LE CLAN DE LA LOUVE

L'auteur

Maite Carranza est née en 1958 à Barcelone. Avant de se consacrer à l'écriture de romans, elle a étudié l'anthropologie, et enseigné en collège. Elle est l'auteur aujourd'hui de nombreux scénarios pour la télévision et de plus de quarante romans, traduits dans de nombreuses langues et récompensés par des prix prestigieux. Mais c'est avec la série *Le clan de la louve* que Maite Carranza acquiert une dimension internationale et un succès populaire incontestable. Maite Carranza est membre de l'association des écrivains en langue catalane.

À paraître :

dans la série **Le clan de la louve**

Livre II : Le désert de glace
(décembre 2011)

Maite Carranza

LE CLAN DE LA LOUVE

Traduit de l'espagnol par Nathalie Nédélec Courtès

POCKET JEUNESSE

Titre original :
El clan de la Loba
Publié pour la première fois en 2005 par Edebé, Espagne

Contribution : Constance Joly-Girard

Loi n° 49 956 du 16 juillet 1949 sur les publications
destinées à la jeunesse : juin 2011.

ISBN : 978-2-266-17334-6

LA PROPHÉTIE D'O

Un jour l'élue apparaîtra,
la descendante d'Om à la chevelure de feu,
maîtresse des flots et des cieux,
un hurlement dans la gorge
et la mort dans les yeux.

Elle chevauchera le soleil
et brandira la lune.

CHAPITRE I

Disparition

Elle dormait à poings fermés. Sa chambre avait le plafond haut et les murs blanchis à la chaux d'une maison de village. Les volets étaient peints en vert, verts comme les vallées pyrénéennes des dessins accrochés aux murs. Du vert, encore, dans les couvertures de livres alignés sur les étagères, mais aussi du rouge, du jaune, de l'orange et du bleu : les couleurs d'une chambre d'enfant contrastant avec le sérieux d'un bureau où trônait un ordinateur de dernière génération.

Car l'enfance s'en allait un peu plus chaque jour, et ce matin-là... s'en irait pour toujours.

Tandis qu'Anaïd se tournait et se retournait, un rayon de soleil remonta lentement vers son visage et vint lui chatouiller le cou, le nez, la joue, et s'échouer sur ses paupières.

Anaïd poussa un cri et ouvrit les yeux. Le rêve et la réalité se confondaient encore en son esprit, et il lui fallut quelques instants avant de se calmer.

Son cauchemar avait paru si réel : la tempête, sa course à perdre haleine, les cris de Séléné, sa mère, assourdis par le tonnerre : « Anaïd, reviens ! », les éclairs aveuglants, éclairant le bois comme en plein jour… l'impression que l'un d'eux allait lui planter sa pointe de feu dans le cœur et qu'elle s'effondrerait sans vie…

Anaïd sourit, soulagée : l'orage qui s'était abattu la veille au soir sur la vallée n'était plus qu'un souvenir. Le vent avait balayé les nuages, et le ciel était pur comme l'eau d'un lac.

Le soleil était déjà haut dans le ciel… Il devait être tard ! Pourtant, Séléné la réveillait toujours de bonne heure pour aller au collège.

Elle sauta de son lit en frissonnant et enfila ses vêtements à la hâte, comme chaque jour. Elle finit par mettre la main sur sa montre. Neuf heures ! Ça alors ! Elle avait déjà raté une heure de cours. Mais où était sa mère ?

— Séléné ?

Anaïd poussa la porte de la chambre voisine, l'esprit toujours embrumé par son cauchemar.

— Séléné ?

Elle s'arrêta sur le seuil, piquée par le froid vif qui entrait par la fenêtre grande ouverte.

Anaïd essayait de contenir les battements de son cœur. Le vent glacial avait emporté toute trace du parfum au jasmin de Séléné qu'Anaïd adorait. Elle s'avança vers la fenêtre et la ferma en tremblant. La neige avait recouvert le paysage. Le mois de mai était bien avancé, or, cette nuit, il avait neigé. Dans le lointain, le clocher d'ardoise noire de l'ermitage, saupoudré de blanc, ressemblait à un gigantesque gâteau à la crème. De la neige en mai…

Au cours d'une année bissextile, c'était probablement mauvais signe. Elle croisa les doigts comme le lui avait appris sa grand-mère Déméter.

— Séléné ? appela encore Anaïd dans la cuisine.

Personne. La cuisine était telle qu'elles l'avaient laissée la veille au soir après leur conversation, avant l'orage et la nuit agitée d'Anaïd. Elle l'inspecta. Rien. Pas de café froid, ni de restes de tartines. Séléné n'avait pas mis les pieds dans la cuisine.

— Séléné ! fit à nouveau Anaïd, de plus en plus inquiète.

Il lui sembla que l'écho de sa voix résonnait jusqu'à la grange qui faisait office de garage. Anaïd s'y précipita. La vieille voiture de sa mère était là, couverte de poussière, les clefs sur le tableau de bord. Elle ne pouvait pas être bien loin : leur petit village d'Urt était très isolé... sans moyen de transport, il était impossible de quitter les lieux. Alors... puisqu'elle n'avait pas pris la voiture, où était sa mère ?

Anaïd tourna les talons et rentra dans la maison. Elle se mit à chercher fébrilement ; il ne manquait aucune des affaires de sa mère. Séléné ne pouvait tout de même pas être sortie sans manteau, sans sac à main ni clefs ! Séléné semblait tout simplement s'être volatilisée.

Le malaise de la jeune fille allait croissant. Cette situation lui rappelait le funeste matin où Déméter était morte. Déméter, qui était sage-femme, avait perdu la vie dans la forêt, par une nuit d'orage, il y avait presque un an, au retour d'un accouchement. Ce jour-là, il y avait eu un orage spectaculaire. Déméter n'avait pas dormi dans son lit. Séléné, très inquiète, avait pris le chemin de la forêt. Elle avait refusé que sa fille l'accompagne. Quand elle était revenue, Anaïd avait immédiatement compris que sa grand-mère était morte. Plus tard, entre deux sanglots, Séléné était parvenue à lui expliquer qu'elle avait découvert le corps de Déméter dans la forêt. Elle avait refusé de donner plus de détails.

Les jours suivants, la maison s'était emplie de parents éloignés venus de tous les coins du monde. Personne ne savait de quoi était morte Déméter. Sa voiture avait été retrouvée dans le chemin forestier, garée sur le bas-côté, la vitre ouverte du côté conducteur, les feux de position et le clignotant allumés.

Finalement, il fut établi qu'elle avait été foudroyée. Dans le village, cette mort peu banale lors d'une nuit d'orage alimenta les conversations pendant longtemps.

Le cœur battant à tout rompre, Anaïd enfila son gros anorak en s'assurant que ses clefs étaient bien dans la poche, ferma la porte et fila au pas de course. Dans la ruelle, le vent glacé s'engouffrait en sifflant le long des maisons aux murs épais.

Urt se dressait au pied des Pyrénées, environné de hautes cimes et de lacs glacés. Sa tour de guet était la plus imposante des tours des vallées avoisinantes. Ses murailles en ruine avaient beau former un rempart contre le vent cinglant, Anaïd fut frappée de plein fouet par le vent du nord. Deux grosses larmes coulèrent le long de ses joues. Cependant, malgré les bourrasques, elle ne ralentit pas l'allure, filant droit vers la forêt.

Anaïd avançait pas à pas sous le couvert des bois, repoussant, à l'aide d'un bâton, les branches brisées par l'orage, fouillant la boue grisâtre qui recouvrait le sol. L'angoisse lui étreignait le cœur. Elle ratisserait pourtant la forêt de long en large, explorerait chaque fourré, retournerait chaque tas de feuilles mortes.

Elle cherchait le corps de Séléné.

Soudain, Anaïd s'arrêta net. Les chênes bruissaient tout autour d'elle. Son bâton avait heurté quelque chose, une masse compacte dissimulée sous le tapis de feuilles. Un corps inerte. Elle se mit à trembler violemment. Les conseils de Déméter pour vaincre l'angoisse lui revinrent en mémoire. Elle parvint à se contrôler, écarta les feuilles avec la pointe de sa botte, contenant sa respiration et... lâcha un soupir de soulagement. Il s'agissait d'un loup, ou plutôt d'une louve, car on distinguait parfaitement ses mamelles enflées. Les louveteaux ne devaient pas être loin. Pauvres petits. Sans le lait de leur mère, ils étaient condamnés à mourir de faim... à moins qu'ils ne fussent suffisamment matures pour suivre la meute. Anaïd admira l'animal. Une bête magnifique. Son pelage, malgré la boue, était gris perle, doux et soyeux. Elle entreprit de recouvrir le corps de feuilles mortes, de branchages et de pierres pour éviter qu'il ne fût la proie des charognards. Pourquoi la jeune louve s'était-elle aventurée en territoire humain, loin des versants de la montagne ? Qu'est-ce qui avait bien pu l'inciter à descendre dans la vallée ?

La jeune fille jeta un coup d'œil à sa montre. Midi. Mieux valait rentrer chez elle. Après tout, sa mère y était sûrement déjà.

Anaïd prit le chemin du retour en marchant à vive allure, et faillit se heurter à plusieurs de ses camarades de classe qui sortaient du collège. Elle n'avait pas la moindre envie de donner des explications ou de répondre à des questions et s'élança donc dans la direction opposée, faisant un détour par la ruelle du pont. C'est alors qu'elle fit l'erreur de tourner la tête. Elle ne vit pas venir la Land Rover bleue qui descendait la pente. Le crissement des freins lui parvint au moment où une douleur aiguë lui transperçait déjà la jambe. Un cri résonna dans les airs, puis tout se brouilla, et elle perdit connaissance.

Anaïd reprit ses esprits, allongée sur le sol. Elle essaya de bouger sans y parvenir. La conductrice du véhicule était penchée sur elle, tâtant délicatement ses membres pour vérifier qu'elle n'avait rien de cassé. C'était une jeune femme blonde aux yeux bleus, vêtue d'un jogging, avec un léger accent étranger.

— Surtout ne bouge pas, ma puce ; je vais appeler une ambulance. Comment t'appelles-tu ?

Anaïd n'eut pas le temps de répondre, des voix répondirent en chœur :

— Anaïd Tsinoulis.

— La minus qui crâne.

— Madame-je-sais-tout.

Anaïd ferma les yeux. Elle aurait aimé se trouver à cent lieues de là. Elle avait reconnu la voix de Marion, la plus jolie fille de sa classe, celle qui organisait les fêtes où elle n'était jamais invitée. Et aussi celle de Roc, le fils d'Héléna, avec qui elle jouait lorsqu'elle était plus jeune, mais qui maintenant ne lui adressait plus la parole… Elle aurait voulu disparaître sous terre.

Tous les idiots de sa classe faisaient cercle autour d'elle, se réjouissant de la voir étendue sur le sol, elle, la pauvre minus, la naine, la moche du collège…

Elle mourait de honte.

Anaïd avait toujours été différente. Tandis que les filles de sa classe avaient grandi, changé, elle était restée une enfant, petite, menue, sans aucune de leurs courbes naissantes. Anaïd avait un problème de croissance : bien qu'elle eût déjà quatorze ans, elle avait la taille d'une enfant de onze ans et le poids d'une enfant de neuf.

Personne ne faisait attention à elle. Elle était invisible aux yeux de ses camarades, sauf à l'école. Là, elle brillait pour son plus grand malheur. Elle avait les meilleures notes et connaissait toutes les réponses aux questions des professeurs. En conséquence, elle était « la minus qui crâne ». Mais le comble était que certains professeurs eux-mêmes étaient gênés par son intelligence hors du commun. Depuis quelque temps, elle s'abstenait d'ailleurs de lever la main et faisait délibérément des fautes dans les exercices. Pourtant, elle restait « la fayotte ».

Allongée sur le sol, Anaïd ne souhaitait qu'une seule chose : que tous la laissent tranquille.

— Écartez-vous, les enfants ! cria l'automobiliste d'une voix forte.

Les jeunes ne demandèrent pas leur reste. Anaïd, toujours étendue sur la chaussée, entendit résonner leurs semelles dans les ruelles pavées du village. Ils allaient répandre la nouvelle de l'accident.

Anaïd ouvrit les yeux et fut réconfortée par le sourire de la jeune femme. Enfin, un peu de chaleur dans cette horrible journée.

— Je crois que je n'ai rien, fit Anaïd en se redressant.

— Non, attends, ne bouge pas ! lança la touriste.

Trop tard. Anaïd était déjà debout et s'époussetait. Elle se sentait parfaitement bien.

— C'est incroyable, souffla l'étrangère.

Anaïd ne souffrait d'aucune fracture à la jambe, là où l'avait heurtée la Land Rover.

— Ça va, je vous assure, c'est trois fois rien. Vous voyez, ajouta Anaïd, lui montrant sa jambe miraculeusement intacte.

— Viens, il vaut mieux aller voir un médecin, insista la jeune femme.

Elle lui tendit la main et avança vers la voiture de location.

— S'il vous plaît, non, je ne peux pas, il faut que je rentre chez moi, supplia Anaïd.

— Alors, je vais t'accompagner pour parler à ta mère.

— Non, c'est impossible ! s'écria Anaïd, en s'élançant.

— Attends ! cria la belle étrangère.

Mais Anaïd avait déjà disparu dans une ruelle. Quelques instants après, elle ouvrait la porte de sa maison.

Le logis était toujours vide.

Maîtrisant son angoisse, Anaïd réfléchit. Elle devait agir avec méthode, ne plus foncer tête baissée. Séléné se trouvait forcément quelque part

L'adolescente alluma tout d'abord l'ordinateur et imprima les e-mails reçus et envoyés ce mois-ci sur la messagerie de sa mère. Elle nota soigneusement le numéro des cinquante derniers appels en mémoire dans son téléphone portable, ainsi que tous les mouvements enregistrés sur ses comptes bancaires, vérifiant ainsi que sa mère n'avait pas retiré de somme importante en liquide et qu'elle n'avait reçu aucune somme inhabituelle.

Elle examina aussi la correspondance que Séléné rangeait dans son tiroir, des courriers provenant en grande partie de son éditeur et de la banque, et feuilleta son agenda, à la recherche d'un indice parmi les adresses et les rendez-vous. En parcourant les relevés téléphoniques, elle se rendit compte que le numéro de téléphone qui revenait le plus souvent était un numéro de Jaca, la ville la plus proche d'Urt, où Séléné se rendait très souvent.

Anaïd composa le numéro. Une messagerie vocale se déclencha à l'autre bout du fil ; une voix d'homme récitait : *Vous êtes bien chez Max. Je ne suis pas là, mais laissez-moi un message et je vous rappellerai.*

Qui était ce Max ? Pourquoi Séléné ne lui avait-elle jamais parlé de lui ? Était-ce un ami ? Ou quelque chose de plus ? Pourtant, dans son agenda et sa messagerie électronique, il n'y avait aucune trace de ce Max, ni rien qui sortît de l'ordinaire, d'ailleurs. Sauf, peut-être, un échange d'e-mails de plus en plus fréquents avec une admiratrice qui disait être fan de ses BD et qui lui demandait s'il était possible de la rencontrer, avec pour seule signature : S.

Gaya était en train de corriger des copies, assise près de la cheminée où flambait un bon feu. Parfois, comme en cet après-midi, elle allumait un feu juste pour le plaisir d'entendre crépiter les flammes et de sentir la douce chaleur se diffuser dans la pièce. Elle regrettait d'avoir accepté ce poste de professeur au collège d'Urt. Les élèves étaient trop nombreux, l'hiver durait dix mois, et elle n'avait plus le temps ni l'envie de faire de la musique. Elle avait cru que ce serait un poste tranquille et que le calme d'un village de montagne lui permettrait de composer, mais elle s'était trompée.

Elle était venue se perdre au milieu de nulle part. À cet instant précis, la sonnette retentit dans l'entrée ; Gaya se leva avec agacement. Que lui voulait-on encore ?

Anaïd, les yeux rougis et l'air effrayé, restait muette sur le seuil. Elle l'observa. Anaïd n'était pas vraiment laide. Ses yeux bleus, d'un bleu cobalt et magnétique, étaient superbes. Mais elle était si maigre, la pauvre, et si mal fagotée, avec son pull trop grand et ses cheveux mal coiffés, si courts sous l'affreux bonnet de laine. Comment Séléné pouvait-elle habiller sa fille ainsi et lui faire cette coupe de cheveux ? Personne n'aurait pu imaginer en les voyant ensemble que cette belle rouquine aux allures provocantes était la mère de cette adolescente chétive… Anaïd annonça brutalement :

— Séléné a disparu.

— Quand ça ? Entre donc, raconte-moi.

Anaïd hésita quelques secondes, et Gaya crut voir passer une ombre de culpabilité sur son visage.

— Ce matin, quand je me suis réveillée, elle n'était

pas là. C'est pour ça que je ne suis pas allée en cours. Je l'ai attendue toute la matinée, mais elle n'est pas revenue.

Gaya réfléchit. Il était possible que ce ne fût qu'un malentendu.

— Elle est sûrement allée voir Melendres, non ?

Anaïd lui fit signe que non. Melendres était l'éditeur de la BD que sa mère avait créée. Ils s'entendaient comme chien et chat, et pourtant le personnage de Séléné, Zarco, commençait à avoir un certain succès.

— Elle n'est pas allée en ville. La voiture est dans la grange. Ses chaussures sont là, son manteau et ses vestes aussi. Il ne manque rien. Et elle a laissé son sac, avec ses clefs, ses cartes de crédit et son portefeuille. Il est accroché au portemanteau.

Gaya pâlit et s'empara du téléphone sans regarder Anaïd. Elle était furieuse contre Séléné. Si elle avait pu, elle l'aurait frappée. Pourquoi, mais pourquoi donc ne l'avait-elle pas écoutée ? Elle aurait dû être sur ses gardes depuis l'année dernière, depuis la mort de sa mère, Déméter.

-- Héléna ? C'est Gaya. Anaïd est là, avec moi. Séléné a disparu.

L'expression de Gaya changea en écoutant les paroles d'Héléna.

— Un accident ? (Elle se tourna vers Anaïd.) Héléna dit que tu as eu un accident, que tu as été renversée par une voiture ce matin ?

Anaïd pesta mentalement contre Roc et Marion et tous ses camarades de classe.

— Mais non, pas du tout. Elle a freiné juste à temps.

— Tu as entendu ? D'accord, on ne bouge pas.

Gaya raccrocha le combiné et regarda fixement Anaïd. Elle avait de la peine pour elle.

— Héléna va venir te chercher. Tu vas aller chez elle en attendant.

Anaïd s'écria :

— Mais il faut aller voir la police.

— Non, surtout pas ! laissa échapper Gaya.

Puis, devant l'expression d'Anaïd, elle se reprit :

— C'est juste que… c'est peut-être un malentendu. Il vaut mieux éclaircir ça nous-mêmes. On va la retrouver.

— Mais…

— Écoute-moi : ta mère est cinglée. Ses réactions sont imprévisibles. Tu veux qu'on te montre du doigt dans la rue à cause d'elle ?

Anaïd se tut. Elle savait que Gaya jalousait Séléné, bien qu'elles fussent amies. Elle enviait son magnétisme, ses boucles rousses, ses longues jambes et son pouvoir de séduction. Il n'était pas difficile de se rendre compte que Gaya, fade et dépourvue d'attrait, aurait vendu son âme au diable pour avoir un quart de son charme.

La forme imposante d'Héléna, la bibliothécaire, se dessina bientôt derrière la porte. Pour Anaïd, Héléna était synonyme de contes et de légendes formidables ; elle représentait tous les livres de son enfance. Sa présence l'embarrassait, car elle n'arrivait jamais à savoir si Héléna était enceinte, si elle venait d'accoucher, ou si elle était juste un peu trop « corpulente ». Héléna avait sept enfants. L'aîné était Roc, le portrait craché de son père, le forgeron du village, brun au teint mat, costaud et moqueur. Autrefois, lorsqu'ils étaient enfants,

Roc et Anaïd avaient partagé les mêmes jeux et les baignades dans la mare. Aujourd'hui, Roc avait une moto et venait de se faire percer l'oreille gauche. Il allait en ville le samedi et, lorsqu'il croisait Anaïd, il détournait la tête, comme les autres.

À la différence de Gaya, Héléna était tendre et affectueuse, et son premier mouvement fut de serrer Anaïd contre elle et de l'embrasser.

— Raconte-moi ce qui s'est passé, ma chérie.

— Elle ne sait rien, fit Gaya.

— Oui, mais peut-être pourra-t-elle nous donner une piste, un détail qui lui aurait échappé...

Mais Gaya l'interrompit à nouveau, indignée.

— On le savait, toi, moi et toutes les autres. On savait que ça devait arriver tôt ou tard.

— Calme-toi, Gaya.

— Tu ne crois pas qu'elle le cherchait, à la fin, avec ses minijupes et ses cheveux flamboyants ? Avec ces photos prises chez elle, ses déclarations incendiaires sur tout et n'importe quoi, ses excès de vitesse et ses cuites ?

— Gaya, ça suffit, Anaïd est là. Tais-toi.

— Pardonne-moi, Anaïd, je n'ai rien contre ta mère, c'est juste qu'elle manque de discrétion, et c'est la meilleure façon de se faire des ennemis et de s'attirer des ennuis. Tu comprends ?

— Tu veux dire que c'est à cause de cette interview sur Internet qu'elle a disparu ? lança Anaïd.

Gaya s'en voulait décidément d'avoir trop parlé.

— Non, ce n'est pas ça... Enfin, oublie ce que j'ai dit. Mais tu sais, j'admirais beaucoup ta grand-mère. C'était quelqu'un, Déméter.

Héléna saisit les mains d'Anaïd.

— Anaïd, cette nuit, as-tu entendu quelque chose, as-tu senti quelque chose de... désagréable, comme quand... ?

La réponse d'Anaïd jaillit avec force.

— Ma mère n'est pas morte.

Héléna s'assit sur une chaise et réfléchit quelques instants.

— Non, bien sûr que non. Voici ce qu'on va faire, Anaïd. Gaya et moi, on va t'aider à chercher Séléné, mais toi, tu dois aussi nous aider. Et d'abord, on va te demander quelque chose de très difficile pour une fille curieuse comme toi.

— Quoi ?

— Que tu ne poses pas de questions.

Anaïd les regardait fixement.

— Tu ne dois parler de cette histoire à personne, tu comprends, à PERSONNE.

— D'accord, je ne poserai pas de questions et je n'en parlerai pas à qui que ce soit.

Anaïd était presque soulagée. Les paroles d'Héléna laissaient à entendre que la disparition de Séléné avait une explication logique.

— Mais qu'est-ce que je dois dire aux gens du village ?

— Eh bien, on dira... que ta mère est en voyage, qu'elle est partie à... à Berlin. D'accord ?

Anaïd acquiesça.

— Mais je ferai quoi en attendant ?

— En attendant, je m'occuperai de toi, répondit Héléna.

— Je vais dormir où ?

— Tu peux dormir avec…

— Non, pas avec Roc, non ! laissa échapper Anaïd.

— Ah bon ? Pourtant vous vous entendez bien.

Anaïd tremblait. Le pire qui pût lui arriver en ce bas monde n'était pas que sa mère eût disparu, mais qu'elle fût contrainte de partager une chambre avec Roc.

— Non, plus maintenant.

— Ben… comme ça, vous allez vous réconcilier. Tu ne trouves pas que c'est une bonne idée ?

— Non.

Héléna soupira et porta la main à son ventre volumineux. Anaïd eut l'impression de le voir bouger. Il était fort probable qu'Héléna fût encore enceinte.

Gaya, honteuse de s'être laissé aller, caressa maladroitement les cheveux d'Anaïd.

— Allez, viens, je t'accompagne chez toi pour prendre tes affaires. Mais avant, il faut que tu manges quelque chose. Je suis sûre que tu crèves de faim.

Elle l'installa à table, lui servit du poulet froid et des légumes. Anaïd lui en fut reconnaissante. Elle n'avait rien mangé depuis la veille au soir.

CHAPITRE II

Tante Chriselda

Anaïd mastiquait lentement, retardant le moment où elle devrait lever la tête et affronter les huit paires d'yeux rivés sur elle. Elle regardait fixement son assiette, comme si son contenu lui inspirait un intérêt particulier.

Les sept fils d'Héléna et le mari de celle-ci observaient ses moindres gestes.

— Vous voyez, les garçons, comment se tient Anaïd ? Elle prend son temps, ne parle pas la bouche pleine, ne rote pas et ne s'essuie pas les doigts sur son T-shirt... C'est une fille bien élevée.

Anaïd était rouge de honte. Le mari d'Héléna parlait d'elle comme d'un nouveau spécimen de chimpanzé dans une cage du zoo.

Héléna, pleine de bonnes intentions, essaya de dévier la conversation vers des sujets moins embarrassants.

— Arrête, tu vois bien que tu l'embêtes. Roc, tu as choisi ton déguisement pour la fête de Marion ?

Roc répondit à contrecœur.

— C'est un secret. Je ne peux pas en parler.

Anaïd n'avait pas été invitée. Héléna le faisait exprès, ou quoi ? Elle ne voyait donc pas qu'ils n'avaient rien à se dire ?

Les yeux toujours fixés sur son assiette, elle réussit à saisir son verre et le vida d'un trait.

— Anaïd mange comme un cochon, elle a des moustaches ! s'exclama l'un des petits monstres.

Anaïd l'observa à travers son verre qui ne lui renvoyait qu'une image horriblement déformée ; elle le foudroya du regard. C'était l'un des jumeaux au sourire édenté avec une énorme bosse sur le front.

— Ouais elle a des moustaches et pas de nichons ! lança l'autre jumeau avec un œil au beurre noir.

— Bon, ça suffit maintenant. Taisez-vous et laissez-la manger.

— À bas les filles !

— Les filles ont des nichons !

— Mais Anaïd est plate comme une guenon !

— Silence !

Anaïd était rouge tomate. La voix de Roc s'éleva soudain.

— Papa, est-ce que je peux sortir, ce soir ?

— Avec Anaïd, alors ? répondit Héléna.

— Avec Anaïd ? répéta Roc, l'air surpris. Non, je ne peux pas sortir avec elle.

— Anaïd est notre invitée.

— C'est que... j'ai déjà rendez-vous avec des copains et ils vont se moquer de moi si elle m'accompagne...

Anaïd fit un effort surhumain pour prononcer quelques paroles.

— De toute façon, il faut que je passe à la maison pour imprimer mon exposé d'histoire-géo.

Elle avait prononcé la phrase sans respirer, et ce furent les seuls mots qu'elle articula de toute la soirée.

Anaïd n'avait pas la moindre envie de rentrer chez elle. Aussi, dès qu'elle fut sortie, se mit-elle à courir à perdre haleine pour se réfugier dans sa grotte secrète de la forêt, là où elle s'était cachée pour pleurer la mort de Déméter.

Autrefois, Anaïd se promenait souvent dans la rouvraie en compagnie de sa grand-mère. Elle l'aidait à ramasser les racines de mandragore, les feuilles de belladone, les fleurs de stramoine, les tiges de jusquiame blanc, et toutes les plantes médicinales servant à la préparation de tisanes et de pommades.

C'est Déméter qui lui avait appris à connaître la forêt, à se méfier des pouvoirs hallucinogènes des amanites qui prolifèrent sous le couvert des chênes, et à distinguer les feuilles toxiques de l'if et de la ciguë, qui sont des poisons mortels foudroyants.

C'est encore avec Déméter qu'elle célébrait le solstice d'hiver dans le calme de la nuit, tournées vers le nord pour s'ouvrir à l'inspiration.

Parfois, Anaïd fuyait cette initiation et se cachait dans les fourrés avoisinants. C'est ainsi qu'elle avait découvert l'entrée de sa grotte, une ouverture étroite dans la roche. Elle s'y était glissée en rampant et avait débouché sur un tunnel qui descendait vers une cavité aux proportions gigantesques. Après l'avoir explorée, émerveillée par ses délicates stalactites, ses lacs et autres grottes adjacentes, elle avait compris que ce lieu serait pour toujours son refuge, un petit coin de paradis pour elle seule où elle pourrait abriter ses peurs et ses chagrins.

Ce soir-là, elle traversa la forêt d'un pas décidé, sourde au cri solitaire de la chouette, et se faufila sans crainte dans le tunnel jusque dans les profondeurs de sa grotte. Là, à la seule lueur d'une lampe à pétrole, elle entreprit de tailler méticuleusement deux fragments de sa pierre noire et dure en forme de larmes, comme elle l'avait fait à la mort de sa grand-mère. Et comme pour la mort de Déméter, elle accrocha une larme noire et brillante autour de son cou et enterra la seconde à l'entrée de la grotte. C'est elle-même qui avait inventé ce « rituel », pour se réconforter. C'était sa façon à elle d'exprimer un chagrin qu'elle ne pouvait partager avec qui que ce soit. À son cou brillaient maintenant deux larmes, une pour chaque femme qui l'avait aimée et l'avait abandonnée.

Déméter, sensée, sévère, juste.

Séléné, excentrique, farfelue, affectueuse.

Pour Anaïd, ces deux modèles radicalement opposés représentaient un équilibre. Une fois Déméter disparue, elle avait reporté sur Séléné toute son affection. Séléné ne se comportait peut-être pas comme les autres mères, certes elle s'habillait de façon provocante et elle était fantasque, mais Anaïd l'aimait profondément.

Maintenant que Séléné avait disparu, elle était seule au monde.

Agenouillée à l'entrée de sa grotte, Anaïd acheva d'enterrer sa larme et, bien qu'elle eût aimé rester là, seule avec ses souvenirs, une intuition soudaine la contraignit à se lever d'un bond et à scruter l'obscurité environnante. Elle était persuadée que des yeux l'épiaient depuis le couvert des arbres.

Anaïd se mit en route, en pressant le pas instinctivement. Il flottait dans l'air quelque chose d'indéfinissable. Elle aurait juré que l'oxygène se raréfiait et que la lueur rassurante du croissant de lune faiblissait peu à peu.

Séléné disparue, le monde était devenu triste et sombre. Comme si un sortilège avait recouvert la verte vallée d'Urt d'un voile épais…

— Anaïd, Anaïd !

Le cartable au dos, Anaïd s'apprêtait à sortir du collège. Héléna l'attendait à la grille.

— Ta tante Chriselda vient d'arriver.

— Ma tante… Quelle tante ?

— La sœur de ta grand-mère. Je suis sûre que tu te souviens d'elle, elle était à l'enterrement l'année dernière.

En effet, Anaïd se souvenait parfaitement d'elle. Si les traits de son visage sympathique demeuraient flous, lui revenaient en mémoire son parfum de lavande et sa main apaisante dans les cheveux. Anaïd fut chez elle en quelques minutes. Chriselda la serra tendrement dans ses bras. La jeune fille nota avec étonnement que sa grand-tante avait mis la cuisine sens dessus dessous.

— Elle avait besoin d'un bon nettoyage, expliqua Chriselda. Il y avait tellement de désordre. Une cuisine, c'est l'âme d'une maison, il faut qu'elle brille et soit bien rangée.

Anaïd ne se demanda même pas qui l'avait appelée, comment elle avait pu entrer, ni d'où elle avait conçu cette idée abracadabrante que la première chose à faire en arrivant était de vider les placards, le frigo et d'aligner les marmites.

Fort heureusement, tante Chriselda n'était pas sortie de la cuisine. Elle n'avait donc pas encore révolutionné la bibliothèque, le salon ou les chambres. Mais si tout ce remue-ménage pouvait la mettre à l'aise, Anaïd n'y voyait pas d'inconvénient. D'ailleurs, Chriselda lui rendait un grand service. Son arrivée signifiait qu'elle n'aurait plus à supporter les dîners et les nuits sur le lit pliant chez Roc.

— Tu sais où est Séléné ?

— Pas encore, ma chérie ; mais ne t'inquiète pas, on le saura très vite.

Et tout en parlant, sa main se posa à nouveau sur les cheveux d'Anaïd, réconfortante.

Héléna, en vrai cordon-bleu, fit apparaître sur la table un délicieux ragoût à base de chou et de pommes de terre, dont le fumet mettait l'eau à la bouche. Anaïd, qui mourait de faim, s'apprêta à manger de bon appétit, sans même se demander comment elle avait préparé ce plat mijoté, ni d'où étaient sortis les ingrédients. Séléné détestait le chou et n'en achetait jamais.

Les trois femmes firent honneur au repas, et Anaïd déduisit trois choses de la conversation énigmatique entre Chriselda et Héléna.

— Héléna était enceinte pour la huitième fois, et c'était encore un garçon.

— Chriselda ne connaissait absolument rien aux enfants, et pourtant elle allait rester là pour s'occuper d'elle et tenter de retrouver Séléné.

— Elle avait cassé ou jeté tous les bocaux de la cuisine, y compris son sirop de croissance.

— Et je fais quoi maintenant sans mon sirop ? s'exclama-t-elle, en colère. Séléné est la seule à connaître la formule de Karen ; et Karen travaille dans un hôpital en Tanzanie.

À peine avait-elle prononcé ces mots, qu'Anaïd fut frappée par une évidence : elle savait que Karen travaillait en Tanzanie aussi définitivement qu'elle savait que Séléné était vivante, et comme elle avait su également, un an auparavant, en se réveillant brutalement à trois heures du matin, que Déméter était morte.

— Ne t'inquiète pas, on va arranger ça. Chriselda va te préparer le même sirop. Je suis sûre que j'ai déjà vu la formule traîner par ici.

Bien que les paroles d'Héléna ne fussent guère encourageantes, sa sollicitude et sa gentillesse finirent par calmer Anaïd. Chriselda lui prit la main et la regarda droit dans les yeux.

— Maintenant, je veux que tu m'expliques tout depuis le début. Raconte-moi dans le détail ce que tu as entendu la nuit où Séléné a disparu. Tout.

Et elle murmura ce « tout » de manière si persuasive que les souvenirs de cette nuit-là affleurèrent d'un coup à sa mémoire, comme éclairés d'un jour nouveau.

— Séléné m'a servi un jus de fruits rouges – c'est celui que je préfère – et on s'est assises toutes les deux sous le porche pour regarder les constellations. On s'amuse souvent à le faire. Mais ce soir-là, elle m'a fait une drôle de surprise. J'étais en train de chercher Andromède et Cassiopée quand elle m'a m'a montré un billet d'avion. Elle m'a annoncé que j'allais partir en vacances d'été en Sicile, chez une amie à elle, Valeria, qui a une maison en bord de mer, sur la plage de Taormine, au pied de l'Etna, et une fille de mon âge. Elle avait tout préparé sans me demander mon avis ! Ça m'a tellement étonnée que je n'ai pas réagi comme elle l'avait prévu. Elle croyait me faire plaisir, mais je n'ai pas sauté de joie. Je me suis contentée de dire que je ne comprenais pas comment elle avait eu cette idée, et que je n'avais pas envie de passer les vacances seule, sans elle, avec des inconnus et dans un pays étranger. Séléné l'a très mal pris. Elle m'a dit que j'étais complètement idiote et irresponsable, que je ne comprenais rien, que quelque chose de terrible risquait de se produire si je refusais d'y aller. Elle m'a dit encore que si elle devait s'absenter ou s'il lui arrivait quelque chose, il fallait que quelqu'un veille sur moi. Et j'ai trouvé ça tellement nul qu'elle invente ce truc pour se débarrasser de moi, que je me suis fâchée. J'ai cru qu'elle avait un petit copain et qu'elle ne voulait pas me le présenter parce qu'elle avait honte de moi. Alors je lui ai dit que je ne partirais pas, qu'elle pouvait toujours courir, que je n'irais jamais à Taormine. Et après, je me suis levée et je suis rentrée. Elle est venue dans ma chambre, a essayé de me parler. Mais j'ai refusé de l'écouter, je me suis couchée, j'ai éteint et j'ai fait semblant de dormir.

« C'est la dernière fois que je l'ai vue.

« Dans la nuit, vers quatre ou cinq heures du matin, j'ai été réveillée par un éclair formidable. Quand j'ai ouvert les yeux, on y voyait comme en plein jour, et j'ai cru que l'Etna entrait en éruption. Les éclairs et les coups de tonnerre étaient effrayants. Les corbeaux eux-mêmes avaient l'air affolés et volaient en cercles devant ma fenêtre. Maintenant que j'y pense, d'ailleurs, ils semblaient immenses, monstrueux. On aurait dit qu'ils voulaient se réfugier dans la maison. L'un d'entre eux s'est immobilisé et m'a regardée fixement à travers la vitre ; il avait un regard intelligent. J'ai senti qu'il me parlait et qu'il m'ordonnait d'ouvrir la fenêtre et… l'espace d'un instant, j'ai failli lui obéir.

« Et puis j'ai fermé les yeux et j'ai réussi à me rendormir malgré l'orage.

« Je ne suis pas allée dans la chambre de Séléné parce que je ne voulais pas qu'elle croie que j'avais cédé. J'étais toujours fâchée contre elle. Et elle n'est pas non plus venue me chercher pour aller danser sous la pluie dans le verger, comme on le fait chaque fois qu'il pleut à verse.

« En tout cas, le lendemain matin, Séléné n'était pas dans son lit et sa fenêtre était grande ouverte. Elle avait disparu. Il n'y avait aucun signe de lutte, aucun signe de violence, pas de sang, ni aucune trace suspecte. Tout était intact, comme si tout ça n'avait été qu'un mauvais rêve.

« Je n'ai touché à rien, j'ai tout laissé tel quel, et je suis sortie pour chercher son corps dans la forêt : je pensais qu'elle avait peut-être été foudroyée.

« Je n'ai trouvé que le corps d'une louve, et tout à coup j'ai su que Séléné était vivante. Je l'ai su avec certitude, et pourtant je ne pourrais pas t'expliquer pourquoi.

LA PROPHÉTIE D'ODI

C'est elle, l'inégalable,
elle qui régnera et à la tentation succombera.

Toutes se disputeront ses faveurs et le sceptre sera sien ;
sceptre de destruction pour les Odish,
sceptre de ténèbres pour les Omar.

La vérité, de son cœur surgira.
Elle seule contre toutes triomphera.
Définitivement.

CHAPITRE III

Séléné

Séléné, appuyée sur le grabat, respirait laborieusement. Elle somnolait plus ou moins. Elle n'avait rien bu ni mangé depuis trois jours.

Les mouches vertes tournoyaient au-dessus du seau plein d'excréments, et se posaient parfois sur son front et ses joues, mais Séléné n'avait même plus la force de les chasser de la main. Les yeux mi-clos, livide et glacée, Séléné se trouvait ailleurs. Son esprit était parvenu à s'échapper de la cellule obscure d'à peine cinq mètres carrés dans laquelle elle était retenue prisonnière. Elle avait réussi à ignorer la faim, la soif, le froid et le dégoût. La puanteur du seau avait pourtant de quoi lui retourner les entrailles.

Il est probable que si rien n'était venu troubler son isolement, l'esprit de Séléné aurait continué à errer, étranger à ce qui l'entourait ; mais en entendant les pas, Séléné sortit de sa léthargie. Elle vit à nouveau les parois suintantes d'humidité, les poux et les punaises qui grouillaient, les cafards qui grimpaient le long des barreaux du lit de fer, et les rats qui se délectaient en respirant sa sueur d'angoisse. Son nez se plissa de dégoût. Elle fixa la porte, pleine d'espoir. Privée de liberté, elle était à la limite de ses forces.

La porte grinça sur ses gonds sans qu'aucune clef l'eût ouverte. Une femme pénétra dans le cachot. Séléné fit un effort surhumain pour se redresser, récupérant un semblant de dignité. Elle tenta vainement de défroisser sa chemise de nuit et de démêler avec ses doigts ses épais cheveux roux.

— Eh bien, murmura la nouvelle venue en la scrutant des pieds à la tête, on peut dire que tu es belle.

Séléné était impassible. Elle ne bougeait pas d'un pouce, debout face à sa geôlière.

— Et ta force de caractère est admirable. Tu n'as demandé ni à boire, ni à manger, ni de quoi te couvrir, tu n'as même pas versé une larme, et tu n'as pas non plus cherché à communiquer.

Séléné lui lança un regard méprisant.

— Qu'est-ce que tu croyais ?

— Sincèrement, je croyais que tu utiliserais ta magie.

Séléné eut un rire forcé.

— Je la réserve pour des choses plus importantes.

La geôlière se plaça face à la captive sans la quitter des yeux. Elle était aussi grande que Séléné, peut-être plus jeune et, sans aucun doute, aussi jolie, bien qu'elle fût d'une beauté plus classique : visage à l'ovale parfait, yeux noirs en amande, cheveux d'un noir de jais et peau blanche laiteuse.

Séléné soutint fièrement son regard. Les yeux de l'inconnue, comme deux charbons ardents, semblaient vouloir la transpercer de part en part. L'intensité de son regard en était même douloureuse, mais Séléné, malgré son épuisement, tenait bon.

L'autre abandonna son manège avant que Séléné n'eût donné un signe de faiblesse. Le jeu avait perdu tout intérêt.

— Tu es puissante. La première Omar qui résiste à mon regard.

Séléné ébaucha un sourire ironique.

— Salma, je suppose.

— Tu supposes bien.

Séléné tenta avec peine de remettre de l'ordre dans ses idées.

— Ça n'aurait pas dû se passer comme ça. Ce n'est pas ce qui était prévu.

— Tu oses dire que je t'ai trompée ?

Séléné refusait de se laisser impressionner.

— Tu m'avais promis d'attendre jusqu'à l'été.

Le rire de Salma se fit entendre, un rire creux et faux qui avait dû résonner des milliers de fois.

— Deux mois, comparés à l'éternité, n'ont aucune importance.

— Si, figure-toi. Tu as ruiné tous mes plans. Je n'ai pas eu le temps d'effacer les traces de nos échanges, ni d'inventer une explication cohérente à mon départ. J'aurais dû avertir mon éditeur, fermer la maison, annuler mes comptes bancaires...

— Et alors, qu'est-ce que ça peut bien faire ? D'ici quelques mois, plus personne ne pensera à toi, même pas ton éditeur. Tu seras une disparue de plus parmi tant d'autres.

Mais ce n'était pas l'avis de Séléné.

— Non. Le clan n'abandonnera jamais. Elles continueront à me chercher, tu peux en être sûre. Elles finiront par comprendre et nous mettront des bâtons dans les roues…

Salma se dit que Séléné avait peut-être raison.

— Tu voulais simuler ta propre mort.

Séléné acquiesça.

— C'était ça le marché.

Salma haussa les épaules.

— C'est la comtesse qui en a décidé ainsi. J'ai organisé toute cette histoire comme je voulais jusqu'à ce que la comtesse donne l'ordre d'avancer l'opération.

Séléné se tut quelques instants, puis reprit :

— Il faut que j'y retourne et que j'arrange tout. Il est encore temps de faire quelque chose.

Salma ne l'entendait pas de cette oreille.

— Impossible, la comtesse veut te voir maintenant.

Séléné tressaillit.

— Elle est là ?

— Non.

— Alors ? fit Séléné, agitée d'une crainte sourde.

— C'est toi qui vas aller la voir. Tu vas venir avec moi dans le monde opaque.

Séléné pâlit et s'agrippa avec force aux barreaux du misérable lit pour ne pas tomber.

— Dans le monde opaque ?

— Tu as peur ? s'exclama Salma d'un ton moqueur.

— Aucune Omar n'en est jamais revenue.

Salma rit à nouveau, de son rire usé et sans joie.

— Mais tu n'es pas n'importe quelle Omar.

Séléné réfléchissait rapidement, essayant de mettre de l'ordre dans ses pensées.

— D'accord, j'irai avec toi... mais à une condition. Il faut d'abord que je retourne chez moi pour organiser ma disparition.

Salma s'esclaffa.

— Non, c'est moi qui vais le faire.

— Toi ? s'écria Séléné, horrifiée.

— Je sens que je vais m'amuser, murmura Salma, l'air espiègle. Elles n'y verront que du feu.

— Non, Salma, pas toi, ce n'est pas possible. En plus, ça fait déjà trois jours.

— Aucune importance.

Séléné s'emporta soudain.

— Ne t'approche pas de chez moi ou tu le regretteras.

Salma ne répondit pas tout de suite, la regardant fixement pendant un long moment.

— Tu me caches quelque chose ?

Séléné fit non de la tête.

Salma, contrariée, se retourna vers la porte.

— Une semaine de plus dans ce petit nid douillet et tu retrouveras la mémoire.

Séléné vacilla, désespérée. Salma faisait demi-tour, s'apprêtant à quitter la pièce, sans lui offrir une goutte d'eau, ni même une couverture. Non, ce n'était pas possible. Après avoir retrouvé l'espoir, elle ne pouvait pas le perdre à nouveau ; elle ne le supporterait pas.

— Un instant.

Salma s'arrêta et attendit qu'elle se décidât à parler.

— J'ai un ami, Max. Il habite en ville. Il doit s'inquiéter. Il m'aime.

— Et toi ?

Séléné hésita avant de répondre. Le souvenir de ses baisers lui brûlait toujours les lèvres.

— Je l'oublierai.

— C'est tout ?

— Il y a une enfant.

— Comment ça, une enfant ?

— Ma fille adoptive.

— Tu as une fille ?

Séléné protesta sèchement.

— Ce n'est pas ma fille. Déméter m'a obligée à l'élever. Elle était plus sa fille que la mienne.

— Une Omar ?

— Non, une mortelle. Elle n'est pas très belle, ni très intelligente, elle n'a aucun pouvoir, mais…

— En ce cas, pourquoi me parler d'elle ?

Séléné pensa à un lit moelleux, un verre d'eau à portée de sa main, un bain chaud, une maison accueillante, un rayon de soleil lui caressant le visage… Il lui était impossible de tromper la perfide Salma.

— Pour elle… je suis sa mère et…

— Et ?

— J'ai de l'affection pour elle, avoua-t-elle en baissant les yeux.

CHAPITRE IV

Délire

Elle trouva la lettre dans l'après-midi, peu de temps après l'arrivée de tante Chriselda. Bien qu'elle lui fût adressée, Anaïd ne pouvait croire qu'elle provenait de Séléné. Les quelques mots écrits à la hâte la dévastèrent.

Anaïd,

N'essaye pas de me retrouver. Je suis partie avec Max. On est déjà loin. On commence une nouvelle vie. Tu ne pouvais pas venir avec nous. J'enverrai de l'argent pour toi à Héléna. Oublie-moi. Séléné.

Anaïd avait envie de hurler. Alors, c'était vrai. Max était bien réel, c'était un homme en chair et en os, la personne que sa mère aimait plus que tout au monde.

Tante Chriselda ajusta ses lunettes sur son nez pour lire le courrier. Elle le parcourut plusieurs fois, incrédule, et bombarda Anaïd de questions à propos de ce Max, de sa mère et de ses folies. Mais Anaïd n'avait aucune envie de lui répondre. Elle voulait être seule et pleurer à son aise.

Quelques heures plus tard, Héléna vint leur rendre visite. Elle tenait à la main une enveloppe contenant de l'argent liquide et une note dactylographiée, signée par Séléné, la priant de prendre soin d'Anaïd et affirmant qu'elle recevrait plus tard une somme plus importante pour sa prise en charge et son éducation.

— Il vient d'où, cet argent ? fit Anaïd d'une voix cassée. Son livret et ses cartes de crédit sont dans son sac. J'ai regardé les derniers mouvements de ses comptes bancaires, et elle n'a rien retiré.

Héléna et Chriselda levèrent les yeux, interloquées.

— Tu nous as bien dit que Séléné n'a rien emporté avec elle ?

Anaïd se remémora la scène, sa course effrénée à travers la maison, le jour de l'orage.

— Oui, tout est là : ses vêtements, ses chaussures, son manteau et son sac.

En prononçant ces derniers mots, Anaïd s'était retournée et avait réalisé, stupéfaite, qu'il ne restait plus rien sur le portemanteau. Le sac et le manteau de Séléné avaient disparu.

— Mais ils étaient là, je les ai vus ! lança-t-elle.

Héléna et Chriselda échangèrent un regard entendu.

— Et les chaussures, tu dis qu'elles sont restées là ?

— Venez voir en haut, tout est là, même sa valise.

Cependant, à l'étage, en ouvrant l'armoire de sa mère, Anaïd pâlit brusquement. Elle était à moitié vide : toutes ses chaussures avaient disparu, sauf une vieille paire de bottes en caoutchouc et des mocassins à la semelle usée. L'étagère où elle rangeait habituellement sa valise était vide, et son livre, ses lunettes de soleil et sa brosse à cheveux ne se trouvaient plus sur sa table de chevet. Anaïd se dirigea lentement vers la salle de bains. Elle ne voulait pas le croire, et pourtant la brosse à dents avait également disparu, ainsi que le shampooing et le gant de crin qu'elle utilisait chaque matin.

Mais le plus étrange, et le plus inquiétant, était encore à venir. Lorsque Anaïd voulut montrer à Chriselda et Héléna la messagerie électronique de sa mère pour leur prouver que cette dernière n'avait prévenu personne de son départ, ni amis, ni éditeur, elle eut la stupéfaction de constater qu'il y avait de nouveaux e-mails datés des jours précédant sa disparition. Séléné y annonçait son prochain départ et annulait, par la même occasion, plusieurs rendez-vous : une conférence, un congrès de bande dessinée et l'inauguration d'un salon. Absolument rien à voir avec les e-mails qu'elle avait imprimés trois jours auparavant. Tous les autres avaient été effacés, même le courrier enthousiaste de cette admiratrice exaltée, S.

Elle montra les e-mails qu'elle avait imprimés à Héléna et Chriselda, mais aucune des deux ne parut leur attacher d'importance. Pourtant Chriselda était ennuyée que l'agenda du téléphone eût été effacé et qu'il ne restât plus rien en mémoire dans l'appareil. Anaïd, abasourdie par ces derniers événements, restait silencieuse.

Quelqu'un était revenu effacer toutes les preuves de la disparition de Séléné, tentant de faire croire à tous qu'elle était partie de son plein gré.

Anaïd sentit la peur s'insinuer en elle.

Comment cette personne avait-elle pu entrer chez elle ?

Comment avait-elle réussi à supprimer l'agenda téléphonique ?

Comment avait-elle réussi à envoyer des e-mails datés des jours précédant la disparition ?

Une seule explication lui vint à l'esprit : Séléné elle-même en était responsable.

À peine cette idée lui avait-elle effleuré l'esprit qu'elle se sentit défaillir. De violents tremblements commencèrent à l'agiter, et elle s'effondra.

Elle se réveilla dans son lit. Elle n'avait pas de fièvre ; et pourtant, elle se sentait nettement plus mal que lorsqu'on lui avait diagnostiqué une pneumonie et qu'elle avait dû être hospitalisée. Elle avait mal partout, de la racine des cheveux jusqu'au bout des orteils. Il lui semblait entendre craquer tous ses os et elle sentait ses viscères se retourner dans tous les sens à un rythme infernal ; elle avait l'impression atroce d'avoir les muscles criblés de coups d'aiguille. Sa tension nerveuse était telle qu'elle ne pouvait rien faire. Impossible de fermer l'œil, de s'asseoir, de lire ou même de réfléchir.

Elle demeura dans cet état second pendant deux longues semaines. Elle n'avait plus envie de vivre, tout lui était égal. Elle n'allait plus à l'école, ça n'avait plus d'importance. Sa mère l'avait abandonnée. Elle avait tout réglé sans oser lui dire face à face qu'elle partait, qu'elle préférait vivre sans elle. Elle lui avait menti et avait fait preuve d'une lâcheté insupportable. Anaïd aurait dû la détester et tenter de l'oublier. Elle aurait aimé qu'elle soit là devant elle pour lui reprocher son égoïsme, son manque total de responsabilité, ce qu'avait toujours critiqué Déméter. Et malgré tout, elle savait qu'elle ne pouvait vivre sans elle. Peu lui importait qu'elle fût égoïste, ambitieuse, irresponsable ou complètement folle... Anaïd avait besoin d'elle.

Pendant ces journées de repos forcé, le plus inquiétant était le bourdonnement permanent qui semblait avoir pris possession de son crâne. Elle aurait juré qu'un essaim d'abeilles tournait sans fin près de ses oreilles. Ce bourdonnement devint vite insupportable. Par moments, il gagnait en intensité et paraissait se localiser en différentes parties de sa boîte crânienne. Un après-midi où elle avait fait l'effort de se lever, elle tenta de se diriger vers son refuge, mais elle ne parvint pas à traverser la forêt de chênes pour se rendre à la grotte. Elle dut faire demi-tour et rentrer en courant. Les sons qui s'élevaient du sous-bois avaient amplifié le bourdonnement jusqu'à ce qu'il devienne intolérable. Une véritable torture.

Il ne se passait pas un moment sans qu'Anaïd songeât à Séléné. Parfois, elle pensait à Karen, le médecin de famille et grande amie de sa mère. Si seulement elle avait pu rentrer de Tanzanie pour s'occuper d'elle, l'examiner et la réconforter. Lorsqu'elle était enfant, elle s'imaginait que le stéthoscope de Karen était magique, qu'il suffisait de lui effleurer la poitrine ou le dos avec l'appareil pour guérir sa bronchite ou son angine.

Elle essaya de s'imaginer comment aurait réagi Karen, les réponses qu'elle aurait pu lui apporter, et il lui sembla presque entendre sa voix, une sorte d'écho ou de murmure étouffé qui s'insinua dans ses pensées, lors d'une nuit d'insomnie : *« Anaïd, ma chérie, ne lutte pas contre la douleur, ni contre ce tumulte ; tout ça est en toi, n'essaye pas de te défendre, respire profondément, écoute ces bruits qui résonnent en toi, accepte-les, intègre-les. »*

Ce que suggérait la voix avait l'air sensé. La tension d'Anaïd se relâcha peu à peu et son corps finit par trouver le sommeil.

Pourtant, elle continua de se réveiller aux premières heures du jour, percevant des murmures autour d'elle, voyant surgir d'entre les tentures une dame à la silhouette élancée couverte d'une tunique légère et, debout sur son tapis d'Orient, un guerrier vêtu d'une armure et d'un heaume.

Ces hallucinations se répétaient chaque nuit. Le chevalier et la dame l'observaient sans retenue. Chaque fois, il lui semblait qu'ils allaient dire quelque chose, mais finalement ils se contentaient de la contempler en silence.

Anaïd tenta d'en parler à tante Chriselda, qui l'amena consulter le médecin. Comme son diagnostic restait flou et qu'il n'avait prescrit aucun traitement, tante Chriselda obligea Anaïd à avaler un liquide nauséabond qui lui donna des spasmes et des vomissements terribles, et ne supprima en rien les hallucinations du chevalier et de la dame. Quant à Chriselda, elle passait le plus clair de son temps au téléphone ou à fouiner dans la bibliothèque et dans la chambre de Séléné. La situation financière précaire de ses nièces la préoccupait beaucoup ; en effet, elle venait de découvrir qu'à la mort de Déméter Séléné avait hypothéqué la maison et avait jeté l'argent par les fenêtres. Pour couronner le tout, Melendres, l'éditeur de Sélené, refusait de faire la moindre avance à Chriselda si Sélené ne signait pas personnellement les factures.

Anaïd n'avait que quatorze ans et ne s'intéressait pas à tous ces problèmes d'adultes. De plus, elle ne faisait pas du tout confiance à Chriselda. Le seul point positif de sa tante était ses mains apaisantes, un véritable remède contre le stress. Par contre, en ce qui concernait les détails pratiques ou la cuisine, Chriselda était un véritable désastre. Anaïd ne lui demanderait plus jamais de lui faire une omelette (la dernière avait été préparée avec du vinaigre) ou un steak (elle le lui avait servi cru) ou de lui laver du linge (elle avait lavé son pull à l'eau de Javel).

Autre chose la préoccupait. À quatorze ans, elle commençait à devenir femme. Quinze jours exactement après la disparition de Sélené, Anaïd se rendit compte en effet qu'elle ne pouvait plus enfiler ses pantalons, que ses T-shirts étaient trop serrés et qu'un soutien-gorge devenait nécessaire. La voilà qui grandissait enfin. Et Sélené n'était même pas là pour fêter ça.

Elle préféra éviter le sujet avec tante Chriselda. Cette dernière était trop indiscrète et ne comprenait probablement rien à ces histoires de filles. C'est pour cette raison qu'elle décida de sortir seule, en fin d'après-midi, après que le tumulte de son crâne se fut un peu apaisé. Elle prit de l'argent dans l'enveloppe que sa mère avait envoyée et se dirigea vers la mercerie-lingerie du village, en priant pour que ce ne fût pas le jour d'Eduardo. Si c'était lui, elle mourrait de honte et serait incapable de dire une parole. Eduardo était musicien, comme elle, et faisait partie de son groupe : il jouait du trombone et elle, de l'accordéon. Il ne lui avait jamais accordé le moindre regard et ne savait même pas qu'elle existait, tandis qu'Anaïd, elle, s'arrangeait toujours pour le contempler lorsqu'il jouait. Eduardo était plus âgé ; il était sportif et se rendait régulièrement au gymnase pour faire de la musculation.

Alors, bien sûr, il était impensable qu'Anaïd lui demandât à voir les derniers modèles de soutien-gorge.

Malheureusement, Eduardo était là.

Anaïd, désolée, le vit en passant devant la vitrine et fit demi-tour, abandonnant l'idée d'entrer dans la boutique. Elle était si contrariée qu'elle se cogna à une passante.

— Oh pardon, fit-elle, embarrassée.

— Non, c'est ma faute, répondit une voix de femme teintée d'un léger accent étranger.

Elles se regardèrent ébahies, se reconnaissant mutuellement.

— Décidément, mon destin est de te renverser, s'exclama la jeune femme blonde.

Anaïd venait de bousculer la propriétaire de la Land Rover bleue qui l'avait heurtée près du pont, le matin de la disparition de Séléné.Toutes deux éclatèrent spontanément de rire.

— Ça va mieux depuis l'autre jour ?

— Oui, ça va, merci beaucoup.

— Eh bien, aujourd'hui, tu ne t'enfuiras pas. Je te dois une compensation pour cet accident. Je t'offre un chocolat chaud et un croissant, d'accord ?

Anaïd hésita. Comment pouvait-elle savoir qu'elle adorait le chocolat chaud ? Séléné et elle célébraient toutes les grandes occasions au salon de thé, en tête à tête ou avec des amies, et elle n'avait pas bu de chocolat depuis deux semaines. Elle en avait l'eau à la bouche.

— D'accord. Il y a un salon de thé tout près d'ici, fit-elle.

La belle étrangère sourit et lui offrit le bras d'un geste naturel et plein de grâce. Anaïd le lui prit sans plus de manières et la guida dans l'entrelacs des ruelles, tout en lui jetant des regards furtifs.

Elle avait le teint très clair, les cheveux blond cendré, les yeux d'un bleu marin profond, intense, et un sourire éclatant. Elle était belle et douce. Anaïd n'arrivait pas à déterminer d'où provenait son accent.

— Ta mère va peut-être t'attendre ?

Anaïd avait la gorge serrée. Sa mère ne l'attendait pas. Elle n'avait plus de mère, ni de grand-mère, juste une grand-tante qui ne lui servait à rien.

— L'autre jour, je ne me suis pas présentée : je m'appelle Christine Olaf.

— Et moi Anaïd.

— Oui, je m'en souviens. C'est un joli nom, Anaïd. Je ne risque pas de l'oublier. Il te va bien. Tu es très jolie, tu sais ?

Ce n'était pas vrai. Anaïd savait parfaitement que ce n'était pas vrai ; pourtant, Mme Olaf avait l'air tellement sincère qu'elle eut envie d'y croire.

C'est pour cette raison que, malgré sa promesse à Héléna, elle se confia à elle et lui raconta la récente disparition de sa mère, sa maladie et l'arrivée de sa grand-tante, jusqu'à sa tentative avortée d'acheter un soutien-gorge. Elle avait besoin de parler, de se soulager, de trouver une oreille attentive et un sourire bienveillant. Christine Olaf lui dit simplement qu'elle était de passage, qu'elle logeait quelques jours à l'hôtel et qu'elle voulait se promener au bord des lacs. Son visage s'illumina soudain.

— Ça te dirait de m'accompagner ?

Sans un instant d'hésitation, Anaïd accepta. Elle se sentait bien, les idées plus claires. Le bourdonnement intempestif avait enfin cessé, ainsi que la douleur dans ses articulations. Elle était parvenue à oublier son chagrin quelques instants. Mme Olaf, la tasse de chocolat fumant et le croissant étaient, jusqu'à présent, le meilleur traitement qu'on lui eût prescrit.

Tout à coup, Mme Olaf se leva, lui disant qu'elle revenait tout de suite. Après quelques instants, elle réapparut en effet, portant un petit paquet.

Avec un sourire énigmatique, elle le lui tendit. Le papier d'emballage était celui de la mercerie d'Eduardo.

Anaïd n'en croyait pas ses yeux. Mme Olaf lui avait acheté le soutien-gorge le plus joli qu'elle eût jamais vu. Émue, elle se leva et se dirigea vers les toilettes pour l'essayer. C'était juste sa taille, il lui allait à merveille ! Elle se rhabilla et revint en courant à sa table pour remercier Mme Olaf de sa générosité. À sa grande surprise, elle n'était plus là, mais sur la table trônait une boîte de chocolats.

— C'est pour toi, lança Rosa.

Rosa lui expliqua que l'étrangère avait payé le goûter et filé discrètement après avoir déposé les chocolats pour Anaïd et lui avoir laissé un large pourboire à elle.

Héléna surveillait la cuisson du repas tout en épluchant les dernières pommes de terre. Elle avait beau changer constamment de position, le bébé remuait de plus belle dans son ventre rond, pédalant furieusement et lui assenant de vigoureux coups de ses tout petits pieds.

— Alors, c'est donc vrai ?

Chriselda fit signe que oui, tout en portant un chocolat à sa bouche et en tendant la boîte à Héléna.

— Oui, ça y est, Jupiter et Saturne sont en conjonction. Ça correspond exactement à ce qu'a prédit l'astronome Hölder dans son traité sur l'arrivée de l'élue.

— Et la conjonction des sept planètes ?

— C'est pour bientôt. Deux mois peut-être, trois tout au plus.

Héléna refusa le chocolat qui lui était offert sans cesser d'éplucher les pommes de terre.

— Emporte la boîte avec toi, c'est trop tentant. (Puis elle ajouta, d'un air pensif :) Tout a l'air de se mettre en place. La conjonction astrale et la météorite lunaire indiquent l'endroit et le moment.

— Ici et maintenant.

— On se doutait que Séléné était l'élue mais, jusqu'à présent, il n'y avait aucune certitude.

— Je suis sûre que les Odish sont au courant depuis longtemps. Depuis leur dernière attaque, quand elles ont tué Déméter, affirma Chriselda.

— Maudites Stryges, maudites sorcières Odish, et elles ont bien failli avoir Anaïd…

Chriselda secoua lentement la tête de droite à gauche et de gauche à droite, profondément absorbée.

— Il y a une chose que je ne comprends pas ; Anaïd n'a pas pu voir la Stryge, elle n'a pas été initiée.

— Pourtant, la description qu'elle nous a donnée de ce corbeau est bien celle d'une Stryge. Une bête déformée, énorme, avec des yeux intelligents et une voix de femme… Essayant de la plier à sa volonté, observa Héléna.

— Mais… s'il s'agissait réellement d'une Stryge, elle aurait aussi emmené Anaïd. Personne, et encore moins une enfant, ne peut résister à leur volonté, répliqua Chriselda avec obstination.

— Et ce Max, qu'en penses-tu ?

— Inutile de le chercher, je suis certaine qu'il n'existe pas.

Héléna devenait nerveuse : elle sentait que Chriselda lui cachait quelque chose.

— Alors, tu veux dire qu'Anaïd a raison, que la disparition des vêtements de sa mère, la lettre, l'argent, tout ce qui était destiné à nous faire croire qu'elle était partie de son plein gré, a été arrangé de toutes pièces par une tierce personne ?

— Je l'ai su dès le premier moment.

— En ce cas, pourquoi as-tu laissé Anaïd croire que sa mère l'avait abandonnée pour s'enfuir avec un homme ?

— Que voulais-tu que je lui dise ? s'exclama Chriselda en s'attaquant à un autre chocolat.

— La vérité, fit Héléna. Elle a le droit de savoir ce qui s'est passé.

— Ça, c'est au *coven* d'en décider.

— Très bien, mais en attendant, il va falloir veiller sur elle. Elle a quatorze ans, tu dois conjurer un bouclier protecteur, supplia Héléna.

— Moi ? fit Chriselda nerveusement en se levant et en repoussant sa chaise.

— Tu peux le faire pendant son sommeil, sans qu'elle s'en aperçoive. Tu te rappelles l'incantation, non ?

Et tout en se la remémorant, Héléna se dit tristement qu'elle n'avait jamais eu besoin de la réciter et que, étant donné qu'elle ne mettait au monde que des garçons, elle n'aurait probablement jamais besoin de le faire. Le bouclier protecteur était destiné aux adolescentes, pour les soustraire à la malédiction des Odish, qui assassinaient sans pitié les toutes jeunes filles en les saignant. Anaïd ignorait tout de ces faits odieux et devait être protégée.

— Mais Anaïd n'a pas l'air d'avoir plus de dix ans, elle n'en a pas besoin.

— Comment ça, elle n'en a pas besoin ? Sa mère vient d'être enlevée et elle est au moment le plus délicat de la vie d'une Omar. Et tu dis que c'est inutile ?

— Mon travail est de retrouver Séléné C'est pour ça que je suis venue et je fais de mon mieux pour y arriver.

— Et la petite ? fit Héléna.

— La petite peut se débrouiller toute seule. Je ne suis pas nounou.

Aucun doute là-dessus, Chriselda semblait aussi douée avec les enfants qu'avec les pot-au-feu.

Héléna changea soudain de sujet, s'intéressant de près à l'enquête de Chriselda.

— Ça fait déjà deux semaines que tu t'y es mise, mais tu ne nous as rien dit. Tu as découvert quelque chose depuis la lettre et l'argent ? Alors ?

— Non, rien, répondit Chriselda sans pouvoir cacher son embarras.

Ce « rien » n'était pas un mensonge, mais cachait tout de même la vérité. Ce « rien » signifiait beaucoup de choses. Il signifiait que Chriselda avait des soupçons quant à l'intégrité de Séléné.

— Tu ne t'occupes pas du tout d'Anaïd.

— Qu'est-ce que tu veux dire ? Je vis avec elle.

— Je veux dire que tu ne la surveilles pas, que tu ne lui parles pas, que tu n'as aucune idée de ce qui lui passe par la tête.

— Des sottises de gamine, voilà ce qui lui passe par la tête. Et je lui impose mes mains chaque soir pour qu'elle oublie toutes ces sottises, répliqua Chriselda, vexée.

— Au prochain *coven*, il faudra décider ce que va devenir Anaïd, répliqua Héléna pour clore le chapitre une bonne fois pour toutes.

Chriselda la regarda, stupéfaite, désignant de son doigt l'énorme protubérance de son ventre.

— Tu pourras voler ?

— Évidemment, je n'ai pas le choix. Je suis plus lourde, je ne peux pas communiquer, mais le sortilège agit tout autant.

Chriselda goûta le pot-au-feu et se brûla la langue.

— Je ne suis pas inquiète pour Anaïd. Elle ne court aucun danger, elle refuse de sortir de chez elle. Elle est très prudente.

Héléna connaissait Anaïd depuis toujours et Chriselda ne savait rien d'elle. Elle crut bon de l'avertir.

— Elle est d'une intelligence incroyable, tu sais.

— Je m'en suis rendu compte.

— Elle parle et écrit cinq langues étrangères couramment.

— Parfait.

— Elle est capable de jouer de n'importe quel instrument de musique.

Chriselda ne savait plus quoi répondre.

— Où veux-tu en venir ?

— Simplement que je ne comprends pas, que je ne comprendrai jamais pourquoi Séléné ne l'a pas initiée à l'âge habituel.

Tout en parlant, Héléna ne quittait pas Chriselda des yeux. Celle-ci semblait lui accorder toute son attention ; cet « oubli » de Séléné était pour le moins étrange. Réfléchissant, Chriselda eut la malencontreuse idée de s'appuyer sur la marmite, et la marmite bascula avec fracas.

Chriselda chancela et tomba avec, tentant de freiner sa chute en s'accrochant aux rideaux. La marmite, les rideaux, Chriselda, le bœuf, le lard, les carottes, l'ail et les pommes de terre s'étalèrent sur le sol, semant le chaos dans toute la cuisine.

Héléna respira profondément, essayant de calmer les battements de son cœur.

Quant à Chriselda, elle paraissait loin de tout, étrangère à ce désastre qu'elle venait de provoquer. Elle devait être aveugle, car elle paraissait le contempler sans le voir. Elle essayait de comprendre, méditant ce qu'Héléna venait de lui apprendre.

— Tu es en train de me dire que Séléné avait une raison pour ne pas initier Anaïd ? Mais laquelle ? Peut-être qu'elle ne fait pas partie des nôtres, que ce n'est pas une Omar ? Peut-être est-elle une simple mortelle ?

Héléna soupira. Séléné leur avait caché beaucoup de choses. Et il était fort probable qu'Anaïd en fût la cause.

CHAPITRE V

Le clan de la louve

Anaïd se réveilla en sursaut et ouvrit les yeux. Elle venait d'entendre hurler un loup, elle en était sûre. En tout cas, elle n'avait plus aucune envie de dormir. Une sensation étrange la poussait à se lever. Peut-être était-ce la lumière ; la nuit était trop claire pour inciter au sommeil.

En ouvrant les volets, elle constata en effet que la lune était ronde et pleine. L'astre nappait les cimes d'un halo de lumière. Chose curieuse, la température était presque étouffante. Anaïd s'accouda au rebord de la fenêtre pour contempler le spectacle et se laisser bercer par ce calme lunaire. Pourtant, il lui semblait que la nuit était trouble et inquiète. Depuis la disparition de sa mère, la terre entière paraissait terne.

« Ça te dit, un bain de lune ? » lui lançait parfois Séléné, lors des nuits d'été. Et elles s'allongeaient toutes deux sur le gazon, se laissant caresser par le vent de la nuit, souriant d'un air complice lorsque, depuis les pentes montagneuses, leur parvenaient les hurlements d'un loup. Ensemble, elles hurlaient à la lune et dansaient sauvagement.

Cette nuit ressemblait tant à ces autres nuits et tout lui rappelait Séléné. Où était-elle ? Pourquoi ne l'appelait-elle pas ? Elle lui manquait tellement. Vivre sans elle était au-dessus de ses forces.

Le hurlement reprit, plus longuement, avec insistance, à tel point qu'Anaïd sentit ses cheveux se hérisser sur sa nuque. Et soudain, de manière naturelle, surgit du fond de sa gorge un hurlement triste. Anaïd hurlait à la lune, contait sa peine à ses amis les loups, les amis de Séléné. Puis elle se tut, plaquant spontanément sa main contre sa bouche, effarée par l'ampleur de son geste, incapable de comprendre ce qui l'y avait poussée. Elle n'eut d'ailleurs pas le temps d'y réfléchir. La mère louve venait de hurler sa réponse et Anaïd réalisa qu'elle en comprenait le sens : *« Ce sont elles qui l'ont emmenée, elles la retiennent prisonnière, elles sont puissantes, mais vulnérables. »*

Elle s'éloigna de la fenêtre, les jambes flageolantes. Tout ça était absurde. Pourtant elle s'était mise à hurler et avait compris le message de la louve. C'était impossible, les loups et les humains ne pouvaient pas communiquer ! Et pourtant Anaïd y était parvenue, même si le sens profond du message lui échappait. Que voulait dire la louve par « elles » ? Qui étaient les personnes qui avaient emmené sa mère ? Elle n'était donc pas partie avec Max ?

Elle observa ses bras, ayant presque peur d'y voir apparaître des poils, puis jeta un coup d'œil dans le miroir. Non, elle n'était pas en train de se métamorphoser en loup-garou. Était-elle en train de devenir folle ? Elle se dirigea vers la chambre de tante Chriselda.

Son lit n'avait pas été défait, la chambre était vide et la fenêtre grande ouverte. Anaïd en resta bouche bée. Les aiguilles du réveil marquaient deux heures du matin et sa grand-tante s'était évanouie dans la nature. Où était-elle donc passée ? Avait-elle aussi disparu comme Séléné ? Avait-elle été foudroyée comme Déméter ?

Malade d'angoisse, Anaïd examina un à un tous les objets qui traînaient dans la chambre de Chriselda, à la recherche d'une piste ou d'un indice quelconque. Sur sa table de chevet reposaient un livre et un pot de cosmétique qu'elle avait oublié de refermer. Cette odeur lui rappelait Séléné. Séléné aussi utilisait cette crème. Elle en étala sur sa main, aspirant avidement les effluves de vanille mêlés à ceux du jasmin. Séléné lui semblait si proche. Elle s'en frotta le visage et les mains comme elle avait vu sa mère le faire au coucher. Elle fut submergée par l'odeur, et une sensation de bien-être l'envahit peu à peu.

Une sorte de fourmillement lui descendit lentement dans le corps et elle se sentit défailllir, les jambes inertes et vacillantes, en proie à une faiblesse terrible. Elle se laissa choir sur le lit, heurtant involontairement la table de chevet et faisant tomber le livre. Il resta ouvert sur le sol.

Un rayon de lune éclairait l'ouvrage. Anaïd se mit à prononcer les mots inscrits sur le papier, les mots graves d'une langue inconnue, dont pourtant elle comprenait le sens.

Plus elle avançait dans sa lecture, plus il lui semblait avoir déjà formulé ces paroles auparavant. Elle les avait prononcées en compagnie de quelqu'un d'autre, et connaissait parfaitement la cadence et la mélodie de chaque phrase.

Une chaleur intense irradia son corps et le sang sembla refluer dans les veines de ses membres. La vie reprenait le dessus. Anaïd se sentit renaître. Un voile passa devant ses yeux et elle sombra dans un sommeil réparateur. Elle rêva que son esprit quittait son corps, flottant, au gré du vent.

La clairière de la forêt, bordée par le versant est de la montagne et traversée de part en part par l'eau claire d'un ru, était en pleine ébullition cette nuit de pleine lune. Quatre femmes y formaient un cercle en se tenant les mains. Après avoir psalmodié quelques paroles, elles se mirent à danser, baignées par la lumière fantasmagorique de l'astre lunaire. Puis la plus âgée disposa des bougies aux cinq points du cercle, pour bénéficier de la force géométrique émanant du pentagone, et les alluma.

Chriselda libéra la longue chevelure qu'elle portait habituellement en chignon. Elle leva son visage vers la lune. La lueur de l'astre faisait briller ses yeux d'un éclat vif et embellissait ses traits. Les trois autres femmes, suivant son exemple, détachèrent leurs cheveux, levèrent les yeux vers la lune, et hurlèrent à l'unisson, dans le langage des louves, celui de leur clan.

Elles appelaient Séléné, la disparue.

Après quelques instants leur parvint une réponse, un hurlement imprécis et musical. Quelqu'un les avait entendues, mais ce n'était pas Séléné. Elles échangèrent des regards étonnés, car personne d'autre, dans la vallée, n'appartenait au clan de la louve. Elles n'eurent pas le temps de commenter ce fait étrange, car un nouveau hurlement s'éleva dans la nuit, la réponse de la mère louve, que certaines d'entre elles entendaient pour la première fois : « *Ce sont elles qui l'ont emmenée, elles la retiennent prisonnière, elles sont puissantes, mais vulnérables.* »

Héléna, Gaya, Chriselda et Karen se laissèrent tomber à terre, victimes d'un épuisement psychique hors du commun. L'appel télépathique qu'elles venaient de lancer avait suffisamment de force pour atteindre Séléné où qu'elle fût, à moins que Séléné ne voulût pas les entendre.

— Et maintenant, qu'allons-nous faire ? demanda Héléna en se tournant vers Chriselda.

— J'ai une piste, mais j'ai besoin de plus de temps, répondit-elle.

Toutes comprenaient cette requête et acquiescèrent implicitement, restant silencieuses un long moment.

Puis Chriselda évoqua un autre problème, requérant une réponse immédiate.

— En attendant, qui va s'occuper d'Anaïd et de son apprentissage ?

Chriselda n'avait pas la moindre intention de solliciter cet honneur, bien qu'elle fût sa parente la plus proche.

— Son apprentissage ? fit Karen. Vous voulez l'initier ?

Chriselda se trouvait au centre du cercle qu'elle avait dessiné à la craie. Les bougies fondaient à vue d'œil et leur flamme vacillait de plus en plus. La force faiblissait avec elles.

— Nous en avons parlé, Héléna et moi. Elle a plus de quatorze ans.

Karen n'avait pas le moindre doute sur la question.

— Je suis son médecin et je peux vous assurer que cette gamine n'a aucun don bien qu'elle soit la fille de Séléné.

Gaya, indignée, ne la laissa pas continuer.

— Je ne sais pas où tu veux en venir et je n'aime pas tes insinuations : Séléné n'est pas l'élue.

Karen la regarda froidement.

— Je n'insinue rien, je l'affirme : Séléné est l'élue de la prophétie.

Cependant, Chriselda, ayant à cœur de résoudre la situation d'Anaïd, enchaîna :

— Nous ne sommes pas en train de mettre en doute la prophétie, ni le fait que Séléné soit ou ne soit pas l'élue, mais le plus urgent est de s'occuper d'Anaïd et de son avenir.

— Ton diagnostic est qu'Anaïd n'a aucune aptitude…

— Exact, affirma Karen, mais je suis prête à prendre soin d'elle. Je sais que Séléné aurait fait de même pour moi si j'avais eu une fille.

Gaya et Chriselda poussèrent ensemble un soupir de soulagement.

— En ce cas, nous sommes d'accord. Rentrons chez nous, fit Gaya d'un ton catégorique.

Mais Héléna ne semblait pas être de cet avis.

— Je ne suis pas d'accord avec Karen. Nous devons initier Anaïd. Je suis sûre que cette petite a un grand potentiel.

— Son intelligence n'a rien à voir avec ses pouvoirs, protesta Karen, vexée. Rappelle-toi que je suis médecin.

Héléna se tourna vers Chriselda.

— Et toi, qu'est-ce que tu en penses ?

Chriselda hésita. Elle venait tout juste de faire la connaissance d'Anaïd, mais il lui semblait qu'en refusant de l'initier elle trahirait la mémoire de sa sœur.

— Nous avons toutes été initiées enfants, dans la famille Tsinoulis. Et chacune d'entre nous a fait preuve des pouvoirs habituels, le contraire serait…

Elle croisa le regard d'Héléna. Il y avait toujours un doute sur les origines d'Anaïd, sur le fait qu'elle ne fût pas la fille naturelle de Séléné. Ce serait la seule explication plausible à son manque de pouvoirs.

Mais Gaya ne l'entendait pas de cette oreille.

— J'en étais sûre. Voilà où tu veux en venir. Elle est de ta propre lignée. Déméter est morte, Séléné a disparu, Chriselda a été envoyée pour nous commander, et après ce sera la gamine qui finira par jouer au chef.

Chriselda était excédée par l'attitude de Gaya et ne put s'empêcher de répliquer d'un ton acerbe :

— Ne m'oblige pas à te lancer un sort d'obéissance !

Ce à quoi Gaya répliqua sèchement :

— Tu en es incapable, parce que les Tsinoulis, vous n'êtes rien que du vent ! Séléné n'est pas l'élue, et Anaïd n'est bonne à rien. Ça ne fait aucun doute pour moi. C'est clair comme de l'eau de roche.

Elle avait à peine terminé sa phrase qu'elle se rendit compte du profond silence qui s'était fait autour d'elle. Stupéfaite, elle vit que ses trois compagnes regardaient vers le ciel. Elles avaient l'air hagard, la bouche grande ouverte, rendues muettes par le choc. À son tour, Gaya leva les yeux. Tous les regards convergeaient vers une silhouette flottant entre les branches d'un chêne, la silhouette d'Anaïd qui cherchait un espace pour descendre en douceur, se posant dans la clairière, au centre exact du cercle du *coven*. Gaya déglutit péniblement. L'atterrissage était magnifique, le plus beau qu'elle eût jamais vu de toute sa vie, une manœuvre parfaite.

Anaïd se posa sans heurts et regarda les quatre femmes avec stupéfaction.

— Qu'est-ce que… qu'est-ce que je fais ici ?

Seule Gaya eut assez de voix pour lui répondre.

— C'est quoi, ce petit numéro, Chriselda ? Tu avais tout préparé, hein ?

Anaïd ne comprenait pas pourquoi Gaya était dans un tel état. Elle se sentait vaguement nauséeuse. Sa tante lui saisit la main.

— Anaïd, ma chérie, c'est la première fois que tu fais ça ?

Anaïd tenta de se souvenir. Elle avait déjà volé dans ses rêves, mais comment donc avait-elle pu se retrouver ici, dans la clairière ?

Karen lui caressa gentiment la joue.

— Ce ne serait pas Séléné ou Déméter qui t'aurait appris à le faire ?

Anaïd fit non de la tête. Elle ne comprenait absolument rien à ce qui lui arrivait et regardait autour d'elle d'un air ahuri. Que faisait-elle là ?

Héléna sourit largement. Elle avait gagné.

— Vous voyez !

Mais Gaya se refusait toujours à l'évidence.

— C'est impossible, j'ai mis six ans pour y arriver... C'est impossible. Et où as-tu trouvé l'onguent ?

La réponse d'Anaïd fut immédiate.

— J'ai trouvé une crème de nuit dans la chambre de tante Chriselda. Elle sentait bon et j'en ai mis sur ma figure et mes mains.

— Et l'incantation ? fit Chriselda ébahie.

— Quelle incantation ?

— Tu as dit quelques mots à voix haute, non ?

— J'ai lu un livre que j'ai trouvé.

Gaya ne cachait pas son indignation.

— Ce ne sont que des sornettes ! Dis la vérité, Séléné t'apprend la sorcellerie depuis la maternelle, hein ?

Anaïd eut l'impression d'être giflée à toute volée. Elle balbutia, incrédule :

— La... la sorcellerie ?

— Ne fais pas l'idiote, tu sais très bien que tu es une sorcière comme moi, comme nous, comme l'ont été ta grand-mère et ta mère.

C'est alors que de nombreuses pièces du puzzle commencèrent à s'assembler dans l'esprit d'Anaïd, bien que le terme « sorcellerie » lui parût déplacé. Chriselda la retint à temps pour l'empêcher de tomber. Elle était très pâle et s'accrochait au bras de sa tante comme à une bouée de sauvetage.

— Une… sorcière ?

Personne ne répondit. Anaïd se tourna vers son professeur, Gaya.

— Tu viens de dire que je suis une… sorcière ?

Gaya la regardait sans mot dire, et Anaïd secoua lentement la tête de gauche à droite.

— Non, ce n'est pas vrai… c'est une blague, murmura-t-elle.

Anaïd dévisagea les quatre femmes une à une, jeta un coup d'œil alentour, percevant la force du cercle magique et… elle comprit.

Ce n'était pas une blague.

Elle était une sorcière.

Puis, sans crier gare, elle s'écroula dans les bras de Chriselda.

LA PROPHÉTIE D'OMA

Le jour viendra où l'élue mettra fin aux conflits entre les sœurs.

La fée des cieux brossera sa chevelure d'argent pour la recevoir avec honneur.
La lune pleurera une larme pour lui présenter une offrande.
Ensemble, père et fils danseront dans l'eau riante.
Les sept dieux s'aligneront pour saluer son intronisation.

Et la guerre commencera,
cruelle et acharnée.
La guerre des sorcières.

Le triomphe sera sien,
tout comme le sceptre
et la douleur
et le sang
et la volonté.

CHAPITRE VI

La légende des temps anciens

À l'aube des temps, O, la mère sorcière, régnait sur toutes les tribus avec l'aide de la magie, imposant la paix aux guerriers, bénissant les fruits de la terre et favorisant leur union avec le feu, l'eau et l'air.

O était respectée par les hommes et les animaux, et son règne était juste.

O était d'une grande sagesse et connaissait les secrets qui lui permettaient de guérir les malades et de prédire l'avenir.

O communiquait avec l'esprit des morts, avec les animaux et les plantes des bois.

O vivait en harmonie avec la nature et avec les hommes et était aimée de tous.

O était fertile et mit au monde deux filles très belles, Od et Om, à qui elle transmit son savoir.

Om voulut que sa mère lui enseignât le pouvoir curatif des plantes et des racines. Et à force de soulager les souffrances, elle se familiarisa avec la mort et comprit le sens de la pitié.

Od voulut que sa mère lui enseignât l'art de communiquer avec les esprits de l'au-delà. Et à force d'écouter les plaintes des esprits errants, des morts qui jamais n'avaient pu trouver la paix, elle en conçut la peur de mourir.

Om aimait la vie car la mort ne l'effrayait pas.

Od craignait la vie car elle aspirait à la vie éternelle.

Om fut fertile et mit au monde une fille, Omi, mais Od, qui craignait la souffrance de l'enfantement, la lui déroba une nuit alors qu'elle dormait.

Od présenta l'enfant à sa mère, O, pour qu'elle la reconnût comme la sienne, la nommant Odi.

O, voulant éviter que ses filles ne s'affrontent, accepta l'imposture malgré ses tourments, sachant qu'Om avait plus de cœur que sa sœur ; et Od promit d'élever et d'aimer Odi comme si elle était sienne.

Om eut le cœur brisé par la perte d'Omi, mais le temps passa et elle conçut une autre fille, Oma, et pardonna le crime de sa sœur.

Oma et Odi jouèrent ensemble, et ensemble furent instruites par leurs mères, échangeant leurs connaissances. Oma, grâce à Odi, put s'initier aux arts divinatoires et apprendre à communiquer avec les esprits. Odi, grâce à Oma, apprit l'art des potions et des breuvages, et les vertus des plantes, des racines et des pierres.

Oma découvrit un jour qu'Od détenait le secret de l'immortalité que lui avaient confié les morts. Elle pouvait y accéder en consommant le sang de nouveau-nés sacrifiés ou de toutes jeunes filles sur le point de devenir femmes. Oma, saisie d'une grande crainte, en fit part à sa mère Om.

Om ne se laissa pas duper par l'apparence affable de sa sœur et surveilla ses faits et gestes. C'est ainsi qu'elle comprit qu'Od avait l'intention de sacrifier sa fille, Oma, pendant la transition, l'âge où la petite fille devient femme, pour s'abreuver de son sang et accéder à l'immortalité.

Tel était le sombre secret qu'Od était parvenue à arracher aux morts.

Om, emplie d'horreur et de dégoût envers sa sœur, la maudit, maudit la fille qu'elle lui avait cédée et la contrée qui était sienne. Puis elle s'enfuit très loin, trouvant refuge dans une grotte, emmenant avec elle la jeune Oma, sans même dire adieu à sa mère O pour ne pas l'affliger davantage.

Alors qu'Om restait cachée dans la grotte avec sa fille, la terre cessa de fructifier. Un blanc manteau de neige la couvrit tout entière, détruisant les récoltes, dénudant les arbres, ne laissant dans son sillage glacé, et dans la demeure d'Od, que la faim et le froid.

O se sentait décliner et voulait léguer les rênes du pouvoir à l'une de ses filles, mais entre les deux la discorde régnait, et elle crut sage de ne confier le sceptre du pouvoir ni à l'une, ni à l'autre.

Pendant ce temps, les guerriers des tribus, contraints à la paix qu'O leur imposait, mais pleins d'ardeur à reprendre les armes, apprirent que la mère sorcière était vieille, que son pouvoir faiblissait, et l'accusèrent d'être responsable de la faim, du froid et du premier hiver impitoyable qui sévissait.

Les guerriers se réunirent en secret et décidèrent qu'était venu le temps de la virilité. Les hommes supplanteraient enfin la sagesse et la magie des femmes par le règne des armes et de la force.

Et Od, excédée par sa vieille mère qui refusait de lui céder sa place, s'allia avec les guerriers et, ensemble, ils ourdirent un complot pour écarter O du pouvoir.

O fut détrônée, mais les guerriers décidèrent qu'à sa place ne régnerait pas Od, mais un mage fourbe, Shh, un homme qui, par la force, et grâce à l'appui d'Od, fit siennes les connaissances de la mère sorcière.

Od, flouée et furieuse, exigea que Shh épousât sa fille Odi et lui remît tous les fils et toutes les filles qu'ils engendreraient. Tel était le tribut qu'il devait payer.

O pleura tant et si bien que le torrent tiède de ses larmes fit fondre la neige et permit à la vie de reprendre ses droits.

C'est alors qu'Om sortit de la grotte en compagnie de sa fille Oma devenue femme, et le règne de l'abondance revint. Les doux rayons du soleil vinrent à nouveau caresser la terre, les plantes reverdirent, les animaux se reproduisirent et les fruits mûrirent. La vie reprenait dans toute sa splendeur.

Cependant, Shh, soutenu par Od, transforma les cérémonies qui célébraient la vie et la paix en cérémonies de mort et de guerre, officiées par Od. Dès leur naissance, les fils d'Odi y furent sacrifiés et leur sang consommé par Od. Tous, sauf un, le premier-né, destiné à régner. Les filles, les nombreuses filles qu'engendrait Odi, les Odish, furent élevées par Od dans la crainte de la mort, la haine des hommes et de leurs cousines, les Omar.

Od leur révéla le secret de l'immortalité et les contraignit à rester fidèles à un objectif : s'emparer des filles adolescentes d'Oma pour s'abreuver de la puissance de leur sang.

Et Om, voyant de tous côtés tant de haine et d'affliction, voulut châtier sa sœur et invoqua à nouveau le règne de l'hiver, du froid et de la faim.

O mourut de chagrin, maudissant Od, la chair de sa chair. Avant de s'éteindre, cependant, elle enfouit son sceptre dans les entrailles de la terre afin qu'il échappât à l'une et à l'autre, et écrivit de son propre sang la prophétie de la sorcière à la chevelure de feu, celle qui mettrait fin à la guerre entre les descendantes des deux sœurs.

Odi mourut de douleur après avoir perdu tant d'enfants et maltraité son corps avec tant de naissances. C'est elle, avec son propre sang également, qui écrivit les derniers vers prédisant la trahison de l'élue, elle-même ayant été trahie par ses propres filles, les Odish.

Om mourut entourée de ses filles et petites-filles, les exhortant à vivre dans l'espoir de la venue de la sorcière aux cheveux de feu qui les vengerait, elles et leurs descendantes.

Les unes et les autres rêvèrent du sceptre et de son pouvoir immense, mais personne ne put jamais le retrouver, et il resta à jamais prisonnier des entrailles de la terre.

Après la mort d'O, les femmes de la terre furent écartées des conseils, des cérémonies, des temples, des lieux publics et même du chevet des malades. Les guerriers les confinèrent dans les maisons, les privèrent de musique, de danse, du savoir contenu dans les livres et des enseignements de la nature. Ils leur interdirent de s'approcher des armes sous peine de mort et les obligèrent à couvrir leur corps et leur chevelure qu'ils considéraient comme impurs. Ils les méprisèrent et les châtièrent publiquement quand elles ne respectaient pas les lois des hommes et ils promulguèrent un édit en vertu duquel seraient poursuivies toutes celles qui pratiqueraient la magie et défieraient la volonté de Shh.

Les filles d'Odi elles-mêmes furent enfermées, victimes du mépris et des persécutions de leur propre père et de leur frère. Et c'est pourquoi les Odish empoisonnèrent leur père Shh, puis firent assassiner leur frère par un autre guerrier ambitieux.

C'est ainsi que se succédèrent les guerres, les trahisons et les persécutions.

Oma et ses nombreuses filles – les Omar – restèrent dans l'ombre, continuant de soulager la douleur d'autrui par les arts curatifs. Elles vivaient dans les bois, les grottes, les vallées, près des ruisseaux et à la croisée des chemins, et récoltaient tous les présents que leur offrait la nature. Elles préparaient des potions et des remèdes pour calmer les souffrances du corps et appliquaient la force de leur psychisme allié aux sortilèges pour apaiser celles de l'esprit. Se sachant persécutées, elles restaient à couvert le jour, et se réunissaient la nuit dans les clairières des bois, pour célébrer leurs cérémonies interdites en dansant et en chantant. Elles vénéraient le pouvoir de la lune, qui régit le cycle féminin, fait lever les semences et commande les marées et se promirent une aide mutuelle par l'usage de la télépathie et de la langue ancienne, pour se défendre de la jalousie des Odish et de la crainte des hommes.

Les filles d'Oma fondèrent les tribus Omar, et leurs petites-filles choisirent leur clan parmi les animaux qui peuplaient la terre. Elles profitèrent de leurs enseignements, de leurs totems, de leur sagesse, de leur langue et de leur esprit. Les nombreuses arrière-petites-filles d'Om fondèrent les clans de la perdrix, de la renarde, de l'ourse, de la louve, de l'hirondelle, de l'orque, de la couleuvre, de la dauphine, de la musaraigne et bien d'autres encore. Les clans devinrent partie intégrante de leur lignée, de leur famille et se dispersèrent de par le monde. Elles furent bien accueillies car elles dispensaient l'amour et la sagesse. Certaines devinrent voyantes, oracles, musiciennes, poétesses, sages-femmes, herboristes ou guérisseuses. Toutes furent fertiles, sages et sensuelles, et transmirent leur savoir à leurs filles tout en cachant leur véritable nature à leurs époux et amants pour se protéger de leur colère.

Aux temps obscurs des persécutions et de la mort, nombreuses furent celles qui périrent par le feu ; mais les autres, celles qui en réchappèrent, aspiraient à des lendemains meilleurs, espérant qu'un jour s'accomplirait la prophétie d'O et que viendrait l'élue, la sorcière rousse, celle qui vaincrait les Odish et mettrait fin à la guerre des sorcières.

Ce temps-là, selon les astres, était proche.

CHAPITRE VII

La révélation

Anaïd était abasourdie.

— Séléné est l'élue de la prophétie ?

Chriselda lui sourit avec fierté tout en savourant un praliné de sa boîte de chocolats. Elle le laissa fondre sur son palais avec délectation.

— Les astres l'ont confirmé, la comète annonce sa venue prochaine, la météorite est tombée dans la vallée et la conjonction astrale est sur le point de se produire. Ses cheveux roux et son pouvoir sont caractéristiques.

— Je le savais, moi, que Séléné était différente...

— Eh bien, je suis la tante de l'élue et toi sa fille. C'est un honneur d'appartenir à sa tribu, à son clan et à sa lignée.

Anaïd récita ce qu'elle venait d'apprendre :

— Je suis Anaïd, fille de Séléné, petite-fille de Déméter, de la tribu scythe, du clan de la louve, de la lignée des Tsinoulis.

Elle l'avait dit d'une traite, à voix haute, essayant de s'en convaincre. Tout cela était si nouveau pour elle...

— Si ta mère pouvait te voir, murmura tante Chriselda, émue.

Un voile de tristesse lui brouilla les yeux et elle se tut.

— Mais alors… Séléné n'est pas partie avec Max ? s'enquit Anaïd.

— Non. Il est probable qu'il n'existe même pas.

— Si, il existe. J'ai son numéro de téléphone.

— Tu l'as déjà vu ?

— Non. Séléné ne m'a jamais parlé de lui.

Anaïd et Chriselda se regardèrent en silence. Ni l'une ni l'autre n'osait formuler ses doutes à voix haute. Anaïd se demandait pour quelles raisons Séléné avait pu lui cacher l'existence de Max. Et Max, savait-il, lui, qu'elle existait ?

— Où est Séléné maintenant ? Qu'est-ce qu'elle est en train de faire ?

Chriselda poussa un long soupir. Anaïd était loin d'être bête, et il ne serait pas facile de lui cacher la vérité ; mais il lui fallait pourtant dissimuler ses véritables sentiments : elle craignait que Séléné ne les eût trahies.

— On ne peut pas savoir où elle est. Tout ce qu'on sait, c'est qu'elle est retenue prisonnière par les Odish.

Une question lui taraudait l'esprit. Elle demanda d'une toute petite voix :

— Elles vont la tuer ?

Chriselda ne répondit pas immédiatement.

— Elle, non.

Anaïd, horrifiée, lui lança :

— Tu veux dire qu'elles ont tué grand-mère ?

Une larme roula sur la joue ridée de Chriselda. En effet, Déméter, la matriarche Tsinoulis, avait défendu Séléné bec et ongles pour l'empêcher de tomber au pouvoir des Odish. Chriselda connaissait sa sœur. Dotée d'une volonté de fer, elle savait parfaitement se défendre. La lutte contre la grande matriarche avait dû être acharnée, supposant une dépense d'énergie terrible de la part des Odish. C'est probablement pour cette raison que les Odish s'étaient retirées après leur victoire, pour reprendre leurs forces et attaquer à nouveau un an plus tard.

— C'est grâce à ta grand-mère qu'elles nous ont laissées tranquilles un moment. Elle était très puissante, et son sort de protection a continué d'agir pendant longtemps.

Anaïd écoutait avec attention, réfléchissant et s'interrogeant sur certains faits qui ne cadraient pas avec les explications de sa tante.

— Mais alors, après la mort de grand-mère, si maman était en danger, pourquoi est-elle restée ici ? Pourquoi ne s'est-elle pas cachée ?

Chriselda commençait à être mal à l'aise. Anaïd se posait trop de questions et finirait par comprendre. Il fallait la déstabiliser.

— Séléné est si courageuse qu'elle a cru qu'elle arriverait à les vaincre. Elle n'a pas voulu se laisser intimider.

— Mais...

Chriselda faillit formuler un sort pour lui imposer le silence. Cet interrogatoire devait cesser. Elle n'avait pas les réponses à toutes ces questions.

Mais Anaïd revint à la charge.

— Ça n'a rien à voir avec le courage. Son comportement a changé. Elle se faisait remarquer exprès. Elle a accepté de se faire interviewer, on a parlé d'elle sur Internet, je l'ai entendue à la radio, elle s'est mise à boire et on l'a arrêtée pour conduite en état d'ivresse... À l'école, tout le monde dit qu'elle a pété les plombs.

Anaïd se souvint des bizarreries de sa mère, certaines vraiment trop cool, d'autres déconcertantes ou même inquiétantes.

— La mort de grand-mère lui a causé tant de chagrin. C'est normal. Peut-être que moi aussi je serais devenue un peu folle.

Chriselda ne comprenait pas où voulait en venir Anaïd. Peut-être en savait-elle plus qu'elle ne voulait bien le montrer ?

— Pourquoi dis-tu ça ?

Anaïd expliqua calmement :

— Comment pouvait-elle continuer à vivre avec ce poids sur la conscience, sachant que sa propre mère était morte pour la défendre ?

Chriselda se sentait mieux. Cette enfant était un trésor. Sans l'aide de personne, elle avait trouvé un argument imbattable et avait expliqué l'inexplicable.

Séléné avait perdu la raison parce qu'elle se sentait coupable. C'était d'une telle logique ! La mort de sa mère et les responsabilités qui pesaient sur elle en ce qui concernait le destin des Omar l'avaient rendue folle. Elle s'était sentie perdue et effrayée et avait oublié tout sens de la mesure et de la réalité, malgré les mises en garde de ses compagnes de *coven*.

Chriselda se souvint que lors des obsèques de la matriarche, Séléné était encore relativement discrète, son abondante chevelure ramassée en chignon. À cette époque-là, le fait qu'elle fût l'élue de la prophétie n'était qu'une vague rumeur. Personne ne la connaissait encore. Tout juste si on savait qu'elle était fille de Déméter, la matriarche Tsinoulis, la grande sorcière. Et pourtant, les signes ne manquaient pas. La comète avait annoncé sa venue depuis quelques années déjà. La météorite lunaire était tombée l'année de la mort de Déméter, l'étonnante conjonction Jupiter-Saturne venait de se produire et le moment approchait où la conjonction des sept planètes se produirait. Le moment désigné dans les traités comme le début du règne de l'élue arrivait. La prophétie était sur le point de s'accomplir.

Anaïd interrompit les réflexions de Chriselda.

— Et tu sais le plus affreux ?

Chriselda fit signe que non.

— C'est Séléné qui a trouvé le corps de sa mère.

Chriselda étouffa un cri. Séléné ne le lui avait jamais dit. Comme elle avait dû souffrir ! Les Odish défiguraient leurs victimes, et leurs corps étaient à peine reconnaissables. Lorsqu'elle était enfant, elle et Déméter avaient désobéi aux adultes et s'étaient rendues au cimetière de nuit. Jamais elles n'oublieraient cette nuit-là. Les deux sœurs, se tenant par la main, avaient souhaité voir une dernière fois Leda, leur meilleure amie, cette petite fille qui jamais ne deviendrait femme parce que les Odish l'avaient vidée de son sang avant qu'elle fût initiée et qu'elle apprît à se défendre. Toutes les deux étaient sorties sans bruit de chez elles pour aller embrasser Leda.

Leur mère leur avait fait promettre de ne pas y aller, mais elles avaient désobéi et pénétré dans la crypte où reposait la dépouille de Leda. Ô combien elles le regrettèrent !

Leda était méconnaissable. Un monstre. Elle n'avait plus de cheveux. Son petit corps vidé de son sang était bouffi et couvert de pustules. Ses yeux et ses ongles avaient été arrachés.

Jamais Chriselda n'oublierait cette vision d'horreur, une vision qui la hanterait jusqu'à la fin de ses jours.

Elle repensa à Séléné qui avait découvert le corps de sa mère. Lorsque les Omar décédaient, victimes des Odish, leurs médecins légistes venaient parfois de très loin pour fournir un certificat à la justice et ne pas éveiller les soupçons. Elles parvenaient à éviter l'enquête policière en faisant attribuer ces décès à des chutes, des accidents de la route, des incendies ou des noyades.

— Moi, je n'ai pas eu le droit de la voir, murmura Anaïd. Elles me manquent tellement, toutes les deux, fit-elle encore, au bord des larmes.

Chriselda prit Anaïd par la main et la serra dans ses bras, lui caressant doucement le front, comme pour effacer ses craintes et ses angoisses. Anaïd s'assit sur les genoux de sa tante, comme une toute petite fille, blottie contre son cœur.

— Elles lui font du mal ?

— Séléné est forte, tu sais. Elle est puissante et elle sait se défendre.

— Je veux aller à sa recherche.

— Avant tu devras apprendre beaucoup de choses.

— Alors, je les apprendrai, vous m'initierez comme sorcière Omar et j'irai sauver Sélené. Tu m'aideras ?

— Évidemment.

— On commence maintenant ?

— Demain, ma chérie. Maintenant, repose-toi. Tu en as besoin.

Anaïd se recroquevilla contre elle et, soudain, lui passa les bras autour du cou et l'embrassa sur la joue.

— Je t'aime, tante Chriselda.

Chriselda sentit son vieux cœur s'emballer. Cela faisait bien longtemps que personne ne l'avait embrassée, ni ne lui avait montré d'affection.

Elle resterait avec Anaïd. Il était hors de question de confier cette petite à une autre sorcière.

Elle ne l'abandonnerait pas.

Elle prendrait soin d'elle au nom des Tsinoulis.

Voir sans regarder, *entendre* sans écouter. Apprendre à *lire les signes*, à *comprendre* la nature et la vie grâce à l'intuition.

Voilà ce que faisait Anaïd jour et nuit depuis que tante Chriselda avait commencé à lui enseigner les rudiments de l'art de la sorcellerie. Elle devrait en dominer les deux premiers principes avant de formuler ses premiers sorts à voix haute ou à l'aide de sa baguette en bois de bouleau.

La baguette lui donnait une impression de sécurité et elle adorait la faire danser dans les airs comme on le lui apprenait.

Elle alla la choisir avec tante Chriselda, près du ruisseau. Avant de casser la petite branche et de juger de sa valeur, tante Chriselda lui enseigna à saluer le vieux bouleau et à lui en demander la permission. Anaïd entendit clairement la réponse de l'arbre leur offrant sa collaboration. Tante Chriselda, en revanche, semblait ne pas l'avoir entendue. Peut-être devenait-elle sourde ? Anaïd n'osa pas le lui faire remarquer, surtout quand elle se rendit compte que Chriselda n'*entendait* pas non plus les objections du scarabée courroucé posé sur la branche.

Anaïd prêta l'oreille et commença à *percevoir* une foule de bruits inconnus. L'un après l'autre, elle les identifia. L'insupportable bourdonnement apparu pendant sa maladie s'était transformé en langages simples : des langages animaux qu'elle comprenait sans la moindre peine. Elle comprenait le chien, le chat, le moineau et la fourmi. Dans un périmètre de vingt mètres, elle entendait des sons en nombre incalculable. Elle préféra garder pour elle cette nouvelle découverte. Elle savait qu'il valait mieux se taire et simuler l'ignorance.

Elle *voyait* aussi une multitude de signes qui autrefois n'avaient aucun sens. La forme des nuages, la direction du vent, le vol des oiseaux, chaque chose avait une signification, lui transmettait un message. Elle apprit à *lire* ce qu'elle voyait grâce à ses propres intuitions et à interpréter deux ou trois rêves et prémonitions avec l'aide de sa tante.

Chriselda la félicita pour ses progrès rapides le jour où elle lut correctement dans le marc de café qu'un événement inattendu allait se produire, et qu'il survint quelques minutes plus tard : un jeune garçon vint remettre un cadeau à Chriselda, de la part de son amie

Léonor. Cette dernière lui offrait tous ses vœux d'anniversaire et un adorable chaton, perdu et effrayé dans un immense carton. Il était né de la chatte Amanda que Chriselda, elle-même, avait offerte à Léonor des années plus tôt.

Anaïd s'empressa de le sortir du carton, de le cajoler et de ronronner de concert avec lui. Les miaulements qu'elle obtint en réponse étaient parfaitement clairs : *« Je suis bien dans tes bras. »*

Le cœur d'Anaïd ne fit qu'un bond. Cette petite boule de poils soyeux avait tant de points communs avec elle. Tous deux avaient perdu leur mère et étaient sous la protection de Chriselda. Anaïd décida de le prendre sous son aile et commença par lui donner un nom.

— Il s'appellera Apollon.

— Apollon ?

— Il est tellement beau. Comme Apollon.

Tante Chriselda la nomma nounou en chef et lui laissa carte blanche, ce qui arrangeait bien ses affaires. Si elle était ravie de prendre soin de sa petite-nièce, elle n'avait pas du tout envie de s'occuper d'un chaton et de lui donner un biberon de lait toutes les trois heures.

Anaïd avait désormais un chat, une baguette en bois de bouleau, elle savait écouter, voir, lire et interpréter, mais tante Chriselda se refusait encore à lui enseigner des sorts.

— La technique t'enseigne *comment* faire, mais pas les raisons qui te poussent à agir. Tu dois pouvoir te maîtriser, être en paix avec toi-même et ton esprit.

Tante Chriselda ne se lassait pas de le lui répéter.

— Tu veux dire que je ne suis pas en paix avec moi-même ?

— Ça, c'est à toi de le savoir. L'estime de soi est très importante. Tu dois trouver ton équilibre.

— Gaya n'a pas l'air très équilibré. Elle est tout le temps sur les nerfs.

— Justement, c'est pour ça qu'elle n'est pas une bonne sorcière. Ses seuls dons sont pour la musique. Quand elle joue de la flûte et qu'elle compose, elle trouve la sérénité qui lui fait tant défaut autrement.

Anaïd n'avait pas envie de patienter, elle souffrait d'une soif insatiable de savoir et de comprendre.

Malheureusement, tante Chriselda devint anormalement calme, restant de longues heures assise près de la fenêtre à contempler les couchers de soleil, en se goinfrant de chocolats et en buvant du thé. Anaïd pensa que sa tante était bien fatiguée et mit ce comportement apathique sur le compte de l'âge. La pauvre tante commençait à perdre la tête.

La jeune fille décida alors qu'elle se passerait de Chriselda. La force qui bouillonnait en elle, lui conférant une sensibilité hors du commun, la poussa à explorer la bibliothèque de sa mère et de sa grand-mère. À force de chercher, elle finit par trouver les grimoires.

Ils étaient écrits dans la langue ancienne, la langue que Déméter lui avait apprise et dans laquelle elle avait formulé le premier sort de sa vie, le sort extrait du grimoire de sa tante, qui lui avait permis de voler jusqu'au *coven*.

Sans que Chriselda y prêtât la moindre attention, elle emporta les livres un à un jusqu'à sa grotte et c'est là, sans l'aide de personne, avec Apollon pour seule compagnie, qu'elle apprit ce qu'elle devait savoir.

CHAPITRE VIII

La comtesse

Séléné errait sans but dans le monde opaque, sa prison.

Dans le monde opaque, le passage du temps n'existait pas. On pouvait y vivre éternellement dans l'oubli.

Le monde opaque n'était que le reflet du monde réel, l'envers du décor, un reflet sans couleur et sans contrastes avec les mêmes lacs et les mêmes grottes, figé dans l'infini froid et triste.

Séléné avançait sous le couvert des bois, entendant résonner les éclats de rire des trentis, ces lutins minuscules et moqueurs. Les quolibets fusaient de toutes parts, mais elle n'y prêtait plus attention, plus rien ne la faisait réagir. Même le chant des anjanas glissait sur elle sans l'émouvoir. Les anjanas, de jeunes femmes à la sublime beauté, peuplaient les rives des lacs, peignant sans fin leur longue chevelure, contant l'amour de leurs voix mélodieuses, encore et toujours.

Séléné ne sut jamais combien de temps s'était écoulé dans le monde opaque. Sa vie entière s'estompait, anéantie peu à peu dans l'oubli et la folie. Elle apprit seulement que la comtesse voulait la rencontrer.

Salma surgit pour l'accompagner dans le dédale des galeries souterraines. Elles traversèrent de vastes salles rocheuses truffées de stalactites. Tout en marchant dans l'obscurité, Séléné sentait un souffle de vie renaître en elle, la conscience lui revenir. Elle avait été sur le point de devenir folle, mais elle avait résisté aux privations et au néant. Et maintenant, qu'adviendrait-il d'elle ?

La comtesse l'attendait, assise dans les ténèbres. Salma se maintint à distance, après l'avoir saluée et lui avoir présenté Séléné.

— Comtesse, voici Séléné.

Une voix impérieuse se fit entendre. Une voix à glacer le sang.

— Approche-toi, Séléné, ordonna-t-elle.

Séléné fit quelques pas et frissonna. Quelque chose d'ignoble s'insinuait en elle, glissait sous sa peau pour envahir sa conscience, tel un immense cafard rampant dans ses entrailles. Horrifiée, Séléné comprit que chaque bouffée d'air qu'elle inspirait y contribuait. Le dégoût la submergea. Elle lutta contre la panique en formulant un sort. Elle se maîtrisa et parvint à bloquer la progression de cette exploration répugnante. L'esprit de la comtesse rampa lentement hors de son corps.

— Bienvenue, Séléné, l'élue.

Séléné tenta de voir son visage, sans succès. La comtesse se tenait au plus profond de l'ombre.

Séléné savait qu'elle ne pesait rien en face d'elle ; néanmoins, elle gardait la tête haute.

— Me voici, comtesse, dans ce lieu d'où aucune Omar n'est jamais ressortie vivante.

Salma rit, de son rire creux et sans joie, et ajouta en désignant Séléné :

— Elle avait peur de venir, de vous rencontrer.

Séléné sentait l'esprit de la comtesse glisser sur ses cheveux, sur sa peau. Mais elle restait de marbre.

— Je l'avoue. Salma a raison. Après tout, on vous appelle « la comtesse sanglante », non ?

La comtesse soupira.

— On m'appelait ainsi il y a bien longtemps.

— Quatre cents ans, marmonna Séléné. L'histoire rapporte que dans votre château de Hongrie, vous avez égorgé plus de six cents jeunes filles.

— Six cent douze. Toutes vierges. Leur sang m'a permis de résister jusqu'à nos jours.

Un frémissement de dégoût parcourut tout le corps de Séléné.

— Et pourquoi n'êtes-vous pas retournée dans le monde réel ?

— Je t'attendais.

Séléné scruta l'ombre sans comprendre.

— Vous m'attendiez ?

— Je reprenais des forces, j'étudiais les astres et les prophéties. Grâce à quoi nous en savons plus que les Omar.

— Ça, c'était il y a bien longtemps, fit Séléné en pâlissant brusquement.

— Eh oui, presque quinze ans, lorsque tu as rejeté les Omar et que tu t'es enfuie. C'est à ce moment-là que tu as compris que c'était toi, l'élue ?

Séléné se souvint de cette époque lointaine où tout lui avait été révélé.

— Un jour, j'ai compris. Jusqu'à ce moment-là, j'avais toujours cru que les prophéties n'étaient que des fables.

— Personne ne choisit son destin, Séléné.

— Et il paraît que vous êtes au courant de mes relations avec une... Odish ? C'est elle qui vous en a parlé ?

— Ce n'était qu'une rumeur. Mais nous n'en étions pas complètement sûres. C'est la météorite qui nous l'a appris.

— La météorite lunaire, fit Séléné dans un souffle. Je croyais que personne ne la remarquerait.

— Peut-être les Omar ne l'ont-elles pas remarquée ; mais nous, les Odish, nous savions que la chute de la météorite, peu avant la conjonction, indiquerait le lieu exact où l'élue se manifesterait. Et elle est tombée dans la vallée d'Urt. Ce fut d'une grande simplicité. Ta lignée, ta force, tes cheveux roux et, surtout, ton histoire : tout te désignait.

Séléné refoula ses larmes.

— C'était il y a un an, quand Déméter est morte.

— Tu deviens sentimentale ? s'esclaffa Salma.

Séléné hurla.

— C'était ma mère ! Vous l'avez assassinée !

Salma rit de plus belle.

— Les Omar et leurs sentiments. Tu finiras par ne plus en avoir ; tu les oublieras, comme le temps qui passe, les rides ou les cheveux blancs.

La comtesse ne pipait mot. Le comportement de Séléné l'intriguait et elle l'observait en silence. Elle finit par dire :

— Je ne comprends pas, Séléné. Ta mère et toi, vous étiez brouillées. Elle ne t'a jamais pardonné ta fuite et ta trahison. Tu as trahi les Omar.

— C'est vrai. Mais c'était ma mère. Je dois le respect à sa mémoire.

Salma pouffa.

— Quelle idiotie !

La comtesse leva la main d'un geste impérieux.

— Silence, Salma. Laisse parler l'élue. Peut-être est-ce le manque de sentiments qui nous décime. Peut-être devrions-nous apprendre une dernière leçon pour survivre. Combien d'entre nous ont survécu jusqu'à aujourd'hui ? Bien peu, en vérité, et la mésentente nous ronge. L'élue nous guidera sur la nouvelle voie, et peut-être en cours de route devrons-nous abandonner certains préjugés... Les sentiments... Serait-ce là notre nouveau défi ? Qu'en penses-tu, Séléné ?

Séléné répondit.

— Je ne sais pas vers où, vers quoi vous vous dirigez, et je ne crois pas que nous suivrons la même direction. Vous m'avez tout infligé, j'ai surmonté toutes ces épreuves, mais je ne sais toujours pas ce que vous voulez de moi.

La comtesse lança d'une voix caverneuse :

— Que lui as-tu fait, Salma ?

Salma recula d'un pas.

— Je l'ai mise au cachot, à l'isolement, sans nourriture.

Je dois dire qu'elle s'en est bien tirée. Après, je l'ai laissée seule dans le monde opaque, et elle n'a pas perdu la raison.

— Imbécile !

Salma protesta, désignant Séléné du doigt.

— Il fallait que je le fasse avant de vous l'amener. Elle n'est rien, juste un moyen d'arriver à nos fins.

— Et que proposes-tu ? L'éliminer, peut-être ? cracha la comtesse avec dédain.

Salma répliqua :

— Pourquoi pas ? C'est une possibilité. Les planètes ne sont pas encore en conjonction parfaite. La prophétie ne s'est pas encore accomplie. Si on se hâte...

— Souviens-toi que Jupiter et Saturne ont déjà régné ensemble dans le ciel.

Séléné prit soudain la parole et se tourna vers Salma, la fixant avec mépris.

— Tu ne peux rien me faire, tu ne peux même pas me menacer.

— Tiens donc, et pourquoi ça ?

Séléné regarda la comtesse par-dessus son épaule.

— Demande à la comtesse. Vous êtes entre mes mains. Sans moi, son retour est plus qu'improbable, je dirais impossible. Il n'y a que moi qui puisse l'aider à récupérer ses forces... Sans moi, vous n'êtes rien.

Salma, furieuse, marmonna entre ses dents, lançant un sort à Séléné. Mais celle-ci ferma les yeux, étendit les bras, les paumes tournées vers le ciel, et le repoussa avec violence. La magie de Salma rebondit contre les parois de la grotte et heurta une colonne. Salma restait bouche bée, ébahie par la fureur de Séléné.

— Ta magie est puissante, très puissante. Qui t'a appris à lutter contre les Odish ? fit la comtesse.

— Déméter.

— Qui d'autre ?

Séléné hésita à répondre, mais pourquoi le nier ?

— Une Odish…

La comtesse ajouta d'un ton sec :

— Que veux-tu ?

Séléné se redressa de toute sa hauteur.

— Je ne sais pas. Ce n'est pas moi qui suis venue vous chercher. Mais je sais ce que je ne veux pas.

— Eh bien ?

Séléné avait les jambes en coton. Elle ne pouvait continuer à tourner en rond. Il fallait qu'elle se décidât, qu'elle s'exprimât clairement, mais elle ne pouvait s'y résoudre.

— Si Déméter était là, elle aurait honte de moi, sa propre fille.

— Elle est morte.

— Déméter m'a élevée dans un esprit d'austérité et de sacrifice, mais moi… j'avais de l'ambition… et je me suis enfuie.

— On est au courant. On sait que tu ne tenais pas en place, que tu refusais la discipline et que tu as rompu avec les Omar…

— Mais je suis revenue.

— Sans avoir réalisé tes rêves. Que voulais-tu, Séléné ? La renommée ? L'amour ? Le pouvoir ? La richesse ? L'aventure ?

Séléné soupira, emplie de nostalgie pour tous ces rêves qui lui avaient échappé.

— Je voulais…

Séléné hésitait. Les mots se bousculaient dans sa tête, mais la pudeur l'empêchait de les prononcer. La comtesse comprit les tourments qui l'agitaient et insista.

— Alors ? Je suppose que tu veux être riche, très riche.

— Je n'ai pas dit ça.

— Pourtant, ta bague, tes faiblesses, tout porte à le croire.

Séléné caressa nerveusement sa superbe bague en or. Enfant, déjà, elle rêvait de bagues en diamants, de bijoux fabuleux, brillant d'un éclat irréel, comme celui d'une étoile. Pourquoi le nier ?

— Je n'aime pas l'argent.

— Ah non ?

— Je veux juste être suffisamment riche pour ne plus avoir jamais à y penser. Oublier ce que représente l'argent. Me libérer de sa malédiction.

— Tu peux avoir beaucoup plus.

Séléné ne voulait pas l'écouter.

— Être belle ? Je le suis déjà. J'ai tous les hommes que je veux.

— Mais un jour, ta beauté s'envolera.

— J'ai le temps. Ce qui me préoccupe à présent, c'est que je dois travailler, me battre pour quelques pièces, calculer le prix d'un restaurant, d'une voiture ou d'une paire de chaussures.

— C'est tout ce que tu veux ? De l'argent ?

— Avec de l'argent, je pourrais voyager et visiter les endroits les plus beaux de la terre, savourer les plats les plus raffinés dans les meilleurs restaurants, avoir des propriétés, des palais partout dans le monde, des voitures... Que puis-je demander de plus ?

La comtesse répliqua lentement, en détachant chacune de ses paroles :

— La beauté éternelle, la jeunesse éternelle, la vie éternelle. Je t'offre l'immortalité.

Séléné inspira profondément. Comment ne pas être tentée par une telle offre ?

— J'y ai déjà pensé. En réalité, j'y ai beaucoup pensé depuis la mort de Déméter.

— Et... ?

Séléné se mordit les lèvres.

— Je ne crois pas être disposée à payer le prix de la vie éternelle.

Salma cracha son venin.

— Elle refuse le sang.

— Oui, je refuse de tuer.

— Tu ne peux aspirer à l'immortalité sans te tacher les mains.

La comtesse s'agita entre les ombres et Salma se tut.

— En tout cas, Salma, je crois que tu as compris que nous avons besoin d'elle, de l'élue, et du sceptre du pouvoir.

— Le sceptre du pouvoir est un mythe ! lança Salma avec passion.

Séléné, surprise, s'exclama :

— Le sceptre du pouvoir ? Vous vous référez au sceptre de la mère O ?

La comtesse se mit à réciter :

« Et O enfouit son sceptre de pouvoir dans les entrailles de la terre afin qu'il échappât à l'une et à l'autre, et écrivit de son propre sang la prophétie de la sorcière à la chevelure de feu, celle qui mettrait fin à la guerre entre les sorcières. »

Salma et Séléné se regardèrent, stupéfaites.

Séléné soupira.

— Celle à qui reviendra le sceptre du pouvoir décidera du destin des Odish et des Omar et régnera comme la mère O.

La comtesse se racla la gorge.

— Je vois que... tu en sais beaucoup.

— Où est-il ? Vous l'avez trouvé ? demanda vivement Séléné.

— La prophétie de Trébora annonce qu'il sortira des entrailles de la terre et qu'il viendra pour toi, répondit la comtesse. C'est lui qui te trouvera.

Séléné chancela.

— Tu ne le refuseras pas ? fit la comtesse. Tu ne refuseras pas le sceptre du pouvoir quand il se présentera à toi ?

Séléné inspira une profonde bouffée de l'air confiné de la grotte. Son cœur battait à tout rompre ; elle devait prendre une décision.

L'idée était séduisante. Le sceptre du pouvoir ferait d'elle une reine. Elle régnerait sur un trône d'or incrusté de saphirs, et ses doigts effilés brilleraient de mille feux, habillés de diamants.

Son visage s'illumina d'un large sourire. Son expression figée, son masque, n'était plus qu'un souvenir.

— En ce cas, si le sceptre du pouvoir existe vraiment et que la prophétie me l'attribue… (Séléné s'interrompit et regarda autour d'elle avec un air de défi.) Il sera à moi.

LE LIVRE DE ROSALYNE

Le secret de l'amour est bien peu partagé.

Toujours elle aura soif,
Une soif de pouvoir sans cesse la rongera,
ignorant que l'amour peut être salvateur,
sans savoir que lui seul est un libérateur,
et puis que rien d'autre ne dure éternellement
pas même la haine, pas même les tourments
dans le tréfonds de son âme
et dans son cœur d'élue.

CHAPITRE IX

Soupçons

Héléna imagina un instant qu'Anaïd était sa fille, l'héritière de ses pouvoirs, et prononça l'incantation dans la langue ancienne.

Anaïd en comprit aisément le sens : « *Encercle sa personne, habille-la, fort et puissant, pour que l'enclave résiste au temps.* »

Anaïd sentit une chaleur subite circuler dans ses veines, et le bouclier lui comprima le buste, comme dans une gaine trop serrée. Puis, petit à petit, la tension se relâcha et finit par disparaître. Seule était visible une rougeur diffuse au niveau du nombril.

Héléna l'examina sous toutes les coutures, l'air préoccupé.

— Tu respires normalement ? Tu ne sens pas quelque chose qui t'oppresse ?

Anaïd fit signe que non.

— Non, je ne sens plus rien.

— C'est exactement ce qui s'est passé avec moi, s'exclama Chriselda qui, jusqu'alors, n'était pas intervenue.

Chriselda était soulagée. Elle savait que la mémoire commençait à lui jouer des tours et doutait de ses aptitudes à la sorcellerie. Elle tentait vainement depuis des jours de conjurer un bouclier protecteur autour d'Anaïd. Elle se tourna vers Karen qui, en sa qualité de médecin, comprendrait peut-être mieux ce qui venait de se produire.

— Tu veux essayer ?

Mais Karen ne paraissait pas en savoir plus que les autres.

— L'incantation était parfaite, mais on dirait que c'est Anaïd qui la rejette. Si je ne savais pas que c'est impossible, je dirais que c'est elle, sans aucun doute, qui expulse le bouclier.

— Moi ? s'écria Anaïd, étonnée.

Karen s'approcha d'elle et l'examina des pieds à la tête. Son regard se posa sur le pendentif de larmes noires.

— C'est peut-être à cause de ce talisman. Où l'as-tu trouvé ?

Anaïd le souleva et, du bout des lèvres, y déposa un baiser.

— C'est moi qui l'ai sculpté, en souvenir de Déméter.

Karen semblait intriguée.

— Mais… cette pierre. Regardez. Qui te l'a donnée ?

Les femmes s'approchèrent et Anaïd leur parla de sa découverte. Elle en était fière.

— C'est une météorite. Je l'ai trouvée dans la forêt, près de…

Elle interrompit sa phrase. Elle allait dire « près de la grotte », mais personne, pas même sa mère, n'en connaissait l'existence. Elle se corrigea à temps.

— Près du ruisseau.

— Comment sais-tu que c'est une météorite ? fit Gaya d'un air surpris.

— C'est grand-mère qui me l'a dit, répondit humblement Anaïd.

— Si c'est Déméter qui le lui a dit, aucun doute. Anaïd, enlève-le et on va recommencer l'incantation, fit Héléna d'un air résolu. Tu veux essayer, Gaya ?

Malheureusement, Gaya n'eut pas non plus le moindre succès. Le sort semblait rebondir contre le corps d'Anaïd comme un ballon contre un mur.

— Est-ce qu'elle ne serait pas sous la protection d'un sortilège plus puissant ? Un anneau de protection radiale, peut-être ? lança Gaya.

Karen passa lentement la main dans l'espace environnant Anaïd, délimitant les contours de son aura.

— Non, il n'y a rien. Dis donc, je n'avais pas remarqué mais... tu as drôlement grandi, et pris du poids aussi.

— Neuf centimètres et cinq kilos, dit Anaïd.

— Pourquoi ne m'en as-tu pas parlé ?

Anaïd haussa les épaules.

— Tante Chriselda n'était pas contente, parce que j'ai pris deux tailles en quelques jours et qu'il faut renouveler toute ma garde-robe.

Karen était ravie.

— Quel dommage que Séléné ne puisse pas te voir. Elle était si inquiète. Mais je savais bien qu'un jour tu allais pousser tout d'un coup.

Anaïd s'était tue, perdue dans ses pensées.

— Ça devrait te faire plaisir, non ? demanda Karen, un peu étonnée de sa réaction.

— Oui, bien sûr. Mais parfois je me sens un peu bizarre ; et je trébuche tout le temps, ajouta Anaïd. Et puis... je ne comprends pas comment j'ai pu grandir comme ça, alors que j'ai arrêté de prendre mes vitamines.

— Quelles vitamines ?

— Le sirop et l'autre flacon que Séléné me donnait. Tante Chriselda les a jetés à la poubelle, et comme tu n'étais pas là pour m'en donner d'autres...

— Tu veux dire les vitamines pour les cheveux ? fit Karen qui, de toute évidence, n'avait jamais rien prescrit à Anaïd pour accélérer sa croissance.

Chriselda faillit en tomber de sa chaise. Elle échangea un rapide regard entendu avec Héléna. Ses pires craintes se confirmaient.

Anaïd, cependant, ne voyait pas l'expression consternée sur les visages qui l'entouraient. Quelque chose d'autre lui tenait à cœur, et cette réunion lui paraissait une excellente occasion pour l'exprimer enfin à voix haute. Elle rassembla tout son courage avant de se lancer.

— J'ai quelque chose de vraiment important à vous demander à toutes les quatre.

Les sorcières levèrent la tête, surprises.

— Je voudrais que vous avanciez la date de mon initiation. Tante Chriselda m'a déjà appris beaucoup de choses, mais je veux apprendre encore plus vite.

— Pour quelle raison ? Pourquoi es-tu si pressée ? s'étonna Karen.

— Je veux retrouver ma mère.

— Et comment crois-tu que tu pourras la retrouver, ma chérie ? continua Karen, émue.

Anaïd répondit :

— Je ne sais pas encore. Mais elle est vivante, je le sens ; et je veux essayer.

— Ce n'est qu'une intuition. Tu peux te tromper. Tu as des preuves ? demanda Héléna.

— Depuis que tante Chriselda m'a appris à écouter, à entendre, je peux... l'entendre.

— Tu ne m'en avais pas parlé, fit Chriselda, vivement.

Anaïd se tut. Chriselda ignorait bien des choses. Elle aurait été étonnée d'apprendre à quel point Anaïd avait progressé. Elle connaissait nombre d'incantations, comprenait sans peine le langage des animaux et pouvait le reproduire à merveille.

Héléna regarda tour à tour ses compagnes.

— L'une d'entre vous a entendu Séléné ?

Toutes secouèrent négativement la tête.

— Ça n'a rien d'étonnant. C'est au-dessus de nos forces.

Gaya n'était pas décidée à se montrer aimable, et ne fit pas mystère de ses réticences.

— Supposons qu'on te fasse l'honneur de dire oui. Tu t'inities, tu retrouves ta mère grâce à ta puissance télépathique et ensuite... tu fais quoi ?

Anaïd n'hésita pas un instant.

— Je l'aide à s'échapper.

— Tu la libères des Odish ?

— Bien sûr.

— Et avec quelles armes ? ajouta Gaya d'un ton ironique.

Sans se troubler, l'adolescente sortit sa baguette de sa poche. Pourquoi la traitait-on comme une gamine sans cervelle ?

Avec fermeté, elle leva sa baguette et décrivit des arabesques, immobilisant une mouche en plein vol. La mouche resta suspendue dans les airs, jusqu'à ce qu'Anaïd eût encore fait danser sa baguette. L'insecte zigzagua quelques secondes puis reprit son vol. Anaïd comprit parfaitement ce qu'elle exprimait en s'éloignant : « *Maudites sorcières.* »

Gaya lui lança un regard noir.

— Qui t'a appris ce sort ?

Karen et Héléna se tournèrent vers Chriselda, attendant une explication. Chriselda pâlit, embarrassée. Elle était responsable de cette enfant, et il était impensable qu'elle se débrouillât sans son aide.

Mais Anaïd préféra jouer cartes sur table.

— Personne. Je l'ai appris toute seule. Et je peux en apprendre un tas d'autres.

Chriselda répliqua :

— Chaque chose en son temps.

— Mais le temps presse ! s'écria Anaïd.

— Ce n'est pas à toi d'en décider, fit encore Gaya.

— Ah non ? Vous vous trompez. Je suis la seule qui puisse retrouver Séléné et je suis la seule qui puisse la sauver.

— Toi ?

Anaïd continua, de plus en plus véhémente.

— J'ai lu les prophéties. J'ai trouvé le livre de Rosalyne. Je comprends la langue ancienne et je sais que, pour Rosalyne, seul le véritable amour peut arracher l'élue des griffes des Odish. Qui aime Séléné ? Qui donnerait sa vie pour Séléné comme l'a fait Déméter ? Déméter voulait la sauver.

Anaïd était lancée, plus rien ne pouvait l'arrêter. Elle regardait les quatre femmes d'un air de défi et celles-ci, interloquées par cet aplomb tout nouveau, ne trouvaient rien à répondre.

Anaïd se tapa la poitrine du poing.

— Moi, je peux y arriver. Je suis la seule qui l'aime réellement ! Pas vous. Vous ne l'aidez pas, vous n'êtes même pas en train de la chercher. Vous croyez que je ne vois pas clair ?

Héléna lui coupa la parole.

— Ça suffit, Anaïd. Tu vas trop loin.

Chriselda fit un effort pour que sa voix retrouvât son autorité habituelle. Anaïd l'avait complètement prise de court.

— Va... va faire un tour et te calmer un peu.

Sans dire un mot, Anaïd souleva Apollon et quitta la pièce.

Elle ne savait que faire : elle hésitait entre se promener dans la forêt ou se réfugier dans sa grotte. Mais à peine dehors, elle croisa la route de Mme Olaf au volant de son superbe 4 × 4. Celle-ci freina, appuya sur le klaxon et, arborant un large sourire, ouvrit la portière côté passager.

Anaïd était ravie. C'était justement ce dont elle avait

besoin : une amie, une véritable amie qui sût l'écouter et lui remonter le moral.

Chriselda se servit une tasse de thé bien chaud. Ses mains tremblaient. Elle remua lentement le sucre, puis but à petites gorgées. Elle se pencha ensuite au-dessus de la théière qui se trouvait devant elle. Elle observa avec attention les feuilles de thé. Inutile d'être experte en arts divinatoires. Le futur ne laissait rien présager de bon, et les problèmes ne faisaient que commencer.

Anaïd avait jeté un pavé dans la mare. Trop de questions restaient sans réponse et il fallait prendre des décisions sans tarder.

Anaïd les avait accusées de ne rien faire pour retrouver Séléné.

Et elle avait frappé juste.

Chriselda, chargée de mener l'enquête, avait réussi, jusqu'à présent, à dissimuler les résultats qu'elle avait obtenus et les soupçons de plus en plus lourds qui pesaient sur Séléné. Cependant, le moment était venu de révéler ce qu'elle avait découvert.

Elle repoussa la théière, se leva et commença à parler à voix basse, sans oser les regarder.

— J'aimerais me tromper, mais je crois que Séléné n'a pas été enlevée.

Toutes la fixaient en silence, d'un air grave. Chriselda reprit avec peine.

— Il n'y avait aucune trace de lutte. Elle aurait dû se défendre contre les Odish. Elle n'a laissé aucune piste, aucun indice pour qu'on la suive, et elle a interrompu tout contact télépathique. Elle n'avait lancé aucun sort de protection autour de sa maison. Elle a aussi détruit toute preuve de ses contacts précédents avec les Odish ; pourtant, on sait qu'elle en a eu. Et puis quelqu'un est revenu chez elle et a essayé de faire passer sa disparition pour une escapade amoureuse.

Le silence était oppressant. Chriselda hésitait à continuer. Elle se trouvait dans un tel état de nerfs que, sans s'en rendre compte, elle tira sur une maille de son pull et commença à le défaire lentement.

— Je suis pratiquement sûre que Séléné a ouvert la fenêtre aux Stryges et qu'elle est partie avec elles de son plein gré.

Seule Karen avait l'air sincèrement surprise.

— Tu crois que Séléné nous a trahies ?

Le silence se fit à nouveau, palpable. La trahison était impensable ; et pourtant, il y avait tant d'indices. Trop. Gaya rompit le silence, les énumérant l'un après l'autre.

— Vous vous rappelez comme Séléné était discrète et raisonnable du vivant de Déméter ? Et comme son attitude a changé après sa mort ? Pour moi, c'est clair. Elle ne pouvait rejoindre les Odish parce que sa mère l'en empêchait. Et la protection que la matriarche Tsinoulis avait conjurée était puissante et a duré un an après sa mort, mais elle a fini par faiblir. Chaque fois qu'elle buvait, chaque fois qu'elle avait des ennuis… Vous vous rappelez nos discussions ? Son insolence ? Sa façon de nous rire au nez ? Elle avait déjà pactisé avec les Odish et n'attendait que le moment opportun pour fuir avec elles.

Chriselda baissa la tête, submergée par la honte. Elle tairait le reste, l'argent jeté par les fenêtres, l'hypothèque sur la maison. Gaya avait sûrement raison, mais il y avait plus, bien plus encore. Peut-être valait-il mieux attendre avant de tout leur révéler.

Karen refusait de croire qu'elle fût passée à l'ennemi.

— C'est complètement absurde. Je sais qu'elle était imprudente et passionnée, un peu égoïste aussi, mais c'était une Omar avant tout, la fille d'une chef de clan, officiante de *coven*, et la mère d'une Omar.

Héléna exposa alors l'aspect le plus frappant et le plus troublant de l'attitude de Séléné.

— Elle a empêché sa fille de développer ses pouvoirs.

— Tu veux dire qu'elle ne l'a pas initiée au moment prévu, corrigea Karen.

— Non, répliqua Chriselda à contrecœur. Le sirop qu'elle donnait à Anaïd était une drogue très puissante. Jusqu'à présent, je croyais que c'était toi qui le lui avais prescrit.

— Tu veux dire que Séléné lui donnait une potion qui bloquait ses pouvoirs ? fit Karen en réfléchissant rapidement.

Certains points obscurs s'éclaircissaient et elle-même commençait à douter.

— Ce qui explique son retard de croissance !

Héléna acquiesça d'un signe de tête.

— Depuis qu'elle a arrêté de prendre ce sirop, Anaïd a fait des progrès fulgurants.

Chriselda ajouta, d'un air préoccupé :

— Elle ne sait pas contrôler ses pouvoirs, tout est venu de manière si soudaine. Elle a besoin d'être guidée et soutenue.

Karen se rendait maintenant à l'évidence.

— Mais pourquoi ? Pourquoi Séléné aurait-elle bloqué les pouvoirs de sa fille ?

La réponse était limpide.

— Pour ne pas avoir un jour à lutter contre elle.

Karen soupira.

— Alors, elle voulait la protéger. Elle a protégé sa fille.

Gaya lança méchamment :

— Ou c'est elle qui s'est protégée de sa fille.

Héléna préféra couper court à toutes ces réflexions.

— Écoutez-moi. Séléné a toujours su qu'elle était l'élue. Sa mère, la matriarche Tsinoulis, le savait aussi. Elle a gardé le secret et a préparé sa fille à assumer son rôle de défenseur des Omar. Mais Séléné est d'un naturel fragile et passionné. Je suppose qu'elle n'a pu résister aux tentations Odish. Elles ont tellement à offrir, vous le savez. La jeunesse éternelle, la richesse, le pouvoir absolu. Vous connaissez toutes Séléné. Vous savez qu'elle n'était pas comme sa mère. Elle était futile et capricieuse. De plus, il y a eu un épisode obscur dans sa jeunesse : pendant quelque temps, elle a disparu. Elle et Déméter ne parlaient jamais de cette époque-là. Je suis sûre qu'elle avait passé un pacte avec les Odish et préparé sa trahison depuis longtemps. D'ailleurs, Chriselda en sait peut-être plus que nous sur le passé de Séléné.

Chriselda se vit contrainte d'intervenir.

— Déméter ne m'a jamais rien dit à ce sujet. Mais je sais que la disparition de sa fille l'avait profondément affectée. Il est probable qu'elle nous ait caché quelque chose de très désagréable. Je n'en sais pas plus. Ma sœur ne m'a jamais rien dit. Elle était très fière et n'avait pas pour habitude de pleurer sur mon épaule.

Karen formula à voix haute le sentiment général :

— C'est terrible.

— Oui, fit Héléna, et nous devons informer les tribus de notre décision. Elles ont toutes les yeux fixés sur nous.

— Ça fait bien longtemps que nous n'avons plus aucune nouvelle des tribus.

— Maintenant que tu le dis…

— C'est étonnant.

— Ce doit être une mesure de sécurité.

— Ou d'isolement, à titre préventif.

Chriselda pensa qu'il valait mieux que sa sœur ne fût plus là. Cette discussion lui aurait brisé le cœur.

— A-t-on suffisamment de preuves pour considérer que Séléné est coupable de trahison ?

Toutes hochèrent la tête. Chriselda les regarda tour à tour.

— L'une d'entre nous veut-elle la défendre ?

Aucune voix ne s'éleva.

— Dans ce cas, si Séléné est l'élue, et il n'y a pas de doute là-dessus…

— Si. Moi, je n'en suis pas persuadée, objecta Gaya.

Chriselda reprit :

— Nous croyons toutes, sauf Gaya, que Séléné est l'élue. Et elle a apparemment décidé d'abandonner la mortalité des Omar pour accéder à l'immortalité des Odish. La prophétie annonce que l'élue sera tentée et que certaines périront de sa main. La prophétie d'Odi est en train de s'accomplir. Séléné s'est laissé tenter…

et si elle réussit… elle deviendra l'Odish la plus puissante qui ait jamais existé et elle exterminera les Omar.

Les paroles de Chriselda leur firent l'effet d'un coup de massue.

— Crois-tu que nous ayons encore le temps de la sauver de sa propre faiblesse ?

Gaya répondit :

— Non. Il est trop tard. Séléné représente un grand danger pour nous. Elle nous connaît toutes, et elle connaît nos faiblesses. On ne peut pas prendre de risques. Il faut détruire Séléné avant qu'elle ne nous détruise.

Chriselda avait la gorge nouée. Une main invisible semblait serrer sa gorge et l'étouffer lentement.

— Anaïd a évoqué le livre de Rosalyne. Je l'avais oublié, mais Rosalyne croyait que seule une personne qui aimait l'élue pourrait la faire changer d'avis et revenir vers sa tribu. Qui plus qu'Anaïd aime Séléné ?

Karen était horrifiée.

— Ce n'est qu'une enfant, sans recours, sans force, ni pouvoir suffisant. Si tout ça était vrai, que Séléné soit une… une Odish… elle n'hésiterait pas à détruire sa fille.

Et Karen éclata en sanglots, incapable de supporter l'image de son amie assassinant sa propre fille. C'était impossible. Il ne pouvait s'agir de la même personne.

Héléna, qui voulait encore croire en l'innocence de Séléné, poursuivit :

— Mais nous n'en sommes pas là ; et, de toute façon, l'une d'entre nous va rester avec Anaïd et la protéger. Chriselda, qu'en penses-tu ?

— Anaïd a fait preuve de beaucoup de courage jusqu'à présent. Mais elle est fragile émotionnellement. Si elle avait le moindre soupçon en ce qui concerne sa mère et les Odish…

Sa phrase resta en suspens, cependant toutes avaient parfaitement compris.

— Il ne faut pas lui dire ce qu'on a découvert. Lui cacher la vérité est la seule manière de la préserver. Si jamais Séléné était l'une d'entre elles et en venait à attaquer sa fille… il faudrait, on devrait…

La fin de la phrase mourut sur ses lèvres.

— La détruire, acheva Karen dans un souffle, les larmes roulant sur ses joues.

— Ce serait notre devoir, déclara Héléna.

— Avant qu'elle ne devienne trop puissante, ajouta Karen.

Chriselda reprit d'une voix faible :

— Et qui s'en chargera ? Qui accompagnera Anaïd et éliminera Séléné dans le pire des cas ?

Le silence qui l'accueillit et les yeux qui restaient fixés sur elle étaient plus qu'éloquents.

Chriselda comprit que cette mission lui incombait. C'était son devoir. En mémoire de sa sœur Déméter et en l'honneur de la lignée Tsinoulis.

La mort dans l'âme, elle accepta, sachant que le succès ou l'échec de sa mission ne dépendait pas d'elle.

Il reposait sur une enfant.

Anaïd.

CHAPITRE X

Mépris et maléfice

— Alors, il sait où est ta mère ? fit Mme Olaf tandis qu'Anaïd claquait la portière.

— Non, répondit Anaïd. Elle n'est pas avec lui. Il n'a même pas cru que j'étais sa fille. Séléné ne lui a jamais parlé de moi.

— Et ça t'ennuie ?

Anaïd explosa.

— Bien sûr que ça m'ennuie ! Ma mère ne me dit même pas qu'elle a un idiot de copain qui s'appelle Max, et à lui, elle ne lui dit pas qu'elle a une fille.

— Pourquoi dis-tu que Max est idiot ?

Anaïd cacha son visage entre ses mains.

— Il m'a dit que… que je ne lui ressemblais pas.

— Et ça te fait de la peine ?

— Oui.

Mme Olaf lui sourit gentiment.

— Et personne ne te comprend.

— Comment le savez-vous ?

— Moi aussi j'ai eu ton âge.

Anaïd soupira. C'était le type de réponse que lui aurait fait Séléné.

Séléné, la menteuse.

La Séléné qu'elle connaissait existait-elle vraiment ?

Anaïd avait toujours pensé que sa mère était jeune, marrante et qu'elle se comportait avec elle plutôt comme une grande sœur. Mais il y avait l'autre Séléné, celle qui disparaissait pendant des jours sans même laisser un mot. Et puis, apparemment… elle avait des amants, à qui elle cachait l'existence de sa propre fille.

Qui était réellement Séléné ?

La Land Rover prit la route principale à la sortie de Jaca.

Anaïd ne voulait plus penser à elle, ni à Max. L'idée lui était soudain venue de rendre visite à Max. Elle l'avait appelé et lui avait demandé si elle pouvait le voir. Aussi simple que ça. Mme Olaf l'avait conduite jusqu'au bar où ils s'étaient donné rendez-vous, puis l'avait attendue dans la voiture. Max n'avait pas du tout apprécié l'idée que Séléné eût une fille. Lui aussi avait reçu un courrier de Séléné le même jour qu'Anaïd. Séléné l'informait qu'elle partait loin, très loin et lui demandait de surtout ne pas chercher à la retrouver.

Anaïd se sentait mal.

En quelques semaines, sa vie avait été complètement bouleversée. Et il y a quelques heures à peine, elle avait tenu tête à sa tante et aux amies de sa mère, indignée par leur apathie.

— Elles ne font rien pour retrouver ma mère !

— C'est possible.

— Elles se fichent pas mal qu'elle soit vivante ou morte…

— Ça n'a rien d'étonnant, tu sais. Elles ne l'aiment pas comme toi. Attention ! cria Mme Olaf.

Elle freina brusquement sans pouvoir éviter un obstacle. Anaïd heurta violemment le pare-brise. Dans sa hâte et sa colère, elle avait oublié d'attacher sa ceinture.

Elle se passa la main sur le front, un peu étourdie. Une bosse énorme et violacée commençait à apparaître. Mme Olaf l'examina.

— Je suis désolée. Un lapin a traversé juste devant la voiture et je n'ai pas pu l'éviter.

Anaïd, ébranlée par le choc, éclata en sanglots. Mme Olaf se gara sur le bas-côté et prit Anaïd dans ses bras.

— Ne pleure pas, ma chérie. Allez, c'est fini.

Elle parlait doucement tout en lui caressant les cheveux.

— Ne pleure pas. Tu es si jolie… Bien plus que cette Marion que j'ai vue et qui ne t'invite pas à ses fêtes… Tes yeux sont d'un bleu si profond. Je suis sûre que toutes les filles de ta classe te les envient.

— Ça m'étonnerait ! lança Anaïd. Elles ne me regardent même pas. C'est comme si je n'existais pas.

Mme Olaf fit entendre un claquement de langue significatif.

— Cette Marion est peut-être populaire mais toi, tu es bien plus intelligente.

— Et ça me sert à quoi d'être plus intelligente ?

— Réfléchis et tu trouveras. Et si je t'offrais un bracelet et un hamburger ? Ça te ferait plaisir ?

Anaïd s'essuya les yeux avec le dos de la main et esquissa un sourire, intriguée que Mme Olaf connût ce secret. Ses escapades avec Séléné lui revinrent en mémoire. Combien de fois avaient-elles filé en douce, sans rien dire à Déméter, pour aller au fast-food manger un hamburger ! Et à chaque fois, avant de rentrer, Séléné lui achetait un bracelet fantaisie.

Elle avait dû en parler à Mme Olaf, mais ne s'en souvenait plus.

Elle se regarda dans le rétroviseur pour s'arranger un peu les cheveux et n'en crut pas ses yeux. La bosse avait déjà disparu et… elle se trouvait plutôt mignonne.

Le hamburger était délicieux, le bracelet joli, et le moral d'Anaïd était remonté en flèche.

Malgré tout, cette histoire de fête continuait à la contrarier.

La fête d'anniversaire de Marion tombait le jour même du solstice d'été et c'était la fête la plus appréciée du village. Depuis quelques semaines, à l'école, on ne parlait plus que de ça.

Anaïd avait encore été terriblement déçue cette année. Sa vie avait tellement changé depuis peu qu'elle s'était naïvement dit que tout serait différent. Mais non, Marion ne l'avait pas invitée.

Pouvait-elle continuer à se laisser ignorer de la sorte ?

Elle embrassa Mme Olaf pour lui dire au revoir et descendit de voiture. Elle n'avait pas du tout envie de retourner auprès de sa tante. Chriselda était une catastrophe ambulante. Elle avait sûrement oublié de préparer le dîner, comme toujours, incapable de comprendre qu'une fille de quatorze ans dût manger plusieurs fois par jour.

Chriselda était installée dans le fauteuil du séjour et se gavait de chocolats. Elle avait le regard grave.

— Anaïd, assieds-toi, s'il te plaît. Voilà. Nous en avons largement débattu dans le *coven*, et nous avons accepté ta proposition. Nous t'autorisons à rechercher ta mère, lui communiqua solennellement sa tante.

— Vraiment ? balbutia Anaïd.

— Tu es probablement la seule qui puisse arriver jusqu'à Sélène et lui donner la force nécessaire pour vaincre les Odish…

Anaïd ne put fermer l'œil de la nuit. Elle imagina mille façons de retrouver sa mère et mille sortilèges pour vaincre les Odish. Mais aucune ne lui sembla convaincante, et elle finit par se lever, fatiguée et découragée.

Elle tentait de se concentrer sur Sélène, mais d'autres réflexions venaient perturber le cours de ses pensées.

Si elle était une sorcière Omar capable d'aller jusqu'en enfer pour arracher sa mère aux griffes des puissantes Odish… pourquoi ne pouvait-elle pas aller à la fête de Marion avec tous les autres ?

Elle décida qu'elle devait y aller.

Après tout, elle était une sorcière.

Et elle n'était pas si moche.

Et elle était futée.

Après les cours, elle fila jusqu'à sa grotte et feuilleta les grimoires de Déméter et Sélène jusqu'à ce qu'elle y trouvât un sort de séduction qui lui semblât parfait.

Un simple coup de baguette et la formule magique devaient suffire pour que Marion la regardât enfin et se rendît compte de son existence.

Le lendemain matin, en classe, elle s'arrangea pour se trouver le plus près possible de Marion. Roberta lui céda sa place contre un paquet de chewing-gums, et Anaïd se retrouva donc à la table derrière sa victime. Elle attendit le moment propice puis sortit sa baguette de son sac à dos et la dissimula sous son livre. Elle avait patienté jusqu'au cours de Corbaran, le prof d'histoire-géo, qui ne se rendait jamais compte de rien. Et pendant qu'il parlait, Anaïd prononça la formule à voix basse, sa baguette pointée vers Marion, assise juste devant elle, lui effleurant les cheveux.

Anaïd retint sa respiration. Ça avait l'air de marcher. Marion avait senti quelque chose, une sorte de chatouillis léger qui l'avait poussée à se gratter. Bientôt, un sentiment inexpliqué l'inciterait à se retourner, et elle découvrirait Anaïd. Plus tard, elle se souviendrait de son nom, lui sourirait et l'inviterait à sa fête.

Anaïd attendit une minute, deux, trois, et elle eut l'impression qu'une éternité s'écoulait. Puis, effectivement, Marion se retourna et la regarda. Mais elle ne sourit pas. Elle se mit à rire. Elle se moquait d'Anaïd et dit à peu près ceci :

— Ça alors, la minus a des nichons maintenant, avec des boutons en prime !

Roc, le petit ami de Marion, éclata de rire, puis toute la classe pouffa. Anaïd était morte de honte. Elle aurait aimé être six pieds sous terre. Elle sortit de classe sans même demander la permission à Corbaran, et alla se réfugier dans les toilettes pour pleurer à son aise.

Elle pleura encore et encore devant le miroir, et décida de se venger.

Lorsqu'elle sortit des toilettes, son plan était au point. La cloche de la récréation venait de sonner. Marion et Roc se trouvaient à l'endroit habituel, entourés de toute leur bande. Anaïd se dirigea vers eux, la tête haute et la baguette dissimulée sous son T-shirt.

— Regardez qui est là ! Anaïd la boutonneuse !

— C'est bon signe, remarquez, bébé Anaïd commence à grandir !

À ce moment précis, Anaïd fit très vivement glisser sa baguette dans sa main et toucha le bouton qu'elle avait sur le nez, puis elle effleura le visage de Marion d'un geste dédaigneux.

— En tout cas, les tiens sont ignobles. Tu en as combien, Marion ? Dix ? Vingt ? Trente ?

Au fur et à mesure qu'Anaïd les énumérait, des boutons d'acné purulents envahissaient le joli visage et le cou de Marion.

— Ouh là ! Ton copain n'est pas jojo non plus ! fit-elle en effleurant le visage de Roc qui se couvrit instantanément d'acné.

Marion ne pouvait se voir, mais elle poussa un cri en découvrant l'aspect de Roc.

— C'est immonde ! s'exclama-t-elle, horrifiée.

Ceux qui étaient assis à côté d'elle reculèrent d'un pas, l'air dégoûté. Elle se tâta le visage, incrédule, et découvrant les protubérances, se cacha le visage dans les mains.

— Sorcière ! Sale sorcière ! hurla-t-elle.

À cet instant précis, Anaïd comprit qu'elle était allée trop loin.

Elle fit demi-tour et s'enfuit à toutes jambes.

Chriselda était atterrée. Héléna venait de lui raconter ce qui s'était déroulé dans la cour de l'école. Non seulement Anaïd lui avait désobéi en répétant seule des sortilèges, mais elle avait aussi lancé publiquement un sortilège de vengeance, avant d'être traitée de sorcière.

Elle écumait littéralement de rage.

— Tu es complètement folle ! hurla-t-elle à sa petite-nièce.

Anaïd était penaude. Elle s'en voulait, elle s'en voulait tellement.

— Tu te rends compte que tu nous mets toutes en danger ? À commencer par toi-même ?

Héléna était restée très calme.

— Les sortilèges de vengeance sont indignes des Omar.

— Ils sont strictement interdits. Qui t'a appris à les formuler ? voulut savoir Chriselda, commençant peu à peu à s'apaiser.

Anaïd n'en avait aucune idée. Les mots étaient sortis tout seuls et ça avait marché.

— Je voulais juste que Marion m'invite à sa fête, se défendit-elle.

— Comme ça ? En la couvrant d'acné ?

— Non, j'ai d'abord conjuré un sort de séduction pour que Marion fasse attention à moi, mais au lieu d'être sympa, elle m'a insultée devant tout le monde.

— Comment as-tu pu croire que tu pourrais changer ses sentiments en lui jetant un sort ?

— Aucune sorcière ne peut obtenir l'amitié ou l'amour avec un élixir ou un sort.

— Sauf les Odish.

— Comment as-tu pu faire ça ?

Anaïd posa la tête sur ses genoux et se mit à sangloter. Elle était vraiment trop nulle.

Héléna et Chriselda se turent et s'assirent près d'elle. Elles lui caressèrent les cheveux tour à tour, essuyant ses larmes et l'apaisant peu à peu.

Anaïd se frotta le nez et les yeux contre sa manche et se résigna à entendre la suite.

Les deux femmes s'adoucirent :

— Ton pouvoir et ta magie doivent être au service du bien commun, jamais pour ton bien personnel. Tu dois t'en souvenir.

— Une sorcière Omar ne doit jamais formuler de sort pour se faire plaisir.

— Nous, les sorcières Omar, nous sommes aussi humaines et mortelles. Nous devons vivre avec les autres humains et nous n'avons pas le droit de nous servir de la magie pour obtenir l'amour, l'amitié, le respect, le pouvoir ou… la richesse.

— Si une Omar utilise ses dons pour assouvir une vengeance ou arriver à ses fins, elle est expulsée de son clan et de sa tribu et dépossédée de ses pouvoirs.

— Anaïd… notre pouvoir doit être limité.

— On doit quand même travailler, faire les courses,

cuisiner... La vie suit son cours et il faut continuer à faire des efforts.

Anaïd acquiesçait de temps à autre, sans les interrompre.

Chriselda décida de clore le chapitre.

— Allez, ne t'en fais pas. Au lit. Demain est un autre jour.

Et Héléna d'ajouter :

— Surtout, demain ne dis rien à personne. Je n'ai pas eu d'autre solution que de donner une potion d'oubli à Roc, Marion et tous leurs copains. Tout ce qui s'est passé ces dernières vingt-quatre heures a été effacé de leur mémoire. Dommage pour ceux qui avaient préparé l'examen de musique.

Anaïd poussa un soupir de soulagement.

— Une potion d'oubli ? C'est génial ! Alors je pourrais peut-être...

— Non ! s'écrièrent Héléna et Chriselda à l'unisson.

Anaïd fit un pas en arrière et n'ouvrit plus la bouche.

Chriselda reprit :

— Lors du prochain *coven*, tu devras demander pardon pour ta désobéissance. Il est possible que tu sois punie d'une manière ou d'une autre.

Anaïd acquiesça. Elle n'avait vraiment pas envie de s'excuser auprès de Gaya, mais elle n'avait pas le choix.

Elle embrassa sa grand-tante et Héléna et s'en fut vers sa chambre. Dès qu'elle fut hors de vue, les deux femmes se regardèrent, soucieuses.

— Elle n'est pas prête.

— Le sera-t-elle un jour ?

— Et si nous nous étions trompées ?

— Tu crois que Déméter et Séléné avaient une bonne raison pour ne pas l'initier ?

— Et si elle était dangereuse ?

Elles commençaient à se demander si Anaïd n'en savait pas nettement plus que ce qu'elle avait voulu leur faire croire.

CHAPITRE XI

Esprits dociles

Anaïd se coucha complètement déprimée. Elle s'était levée en se jurant d'être la personne la plus puissante du monde, et voici qu'elle était la plus nulle et la plus égoïste de la Terre.

Elle se retourna maintes et maintes fois sans parvenir à fermer l'œil. Elle en eut finalement plus qu'assez, alluma la lampe de chevet et sauta hors du lit.

Son coup de blues passé, une colère immense s'empara d'elle. Sa vie n'était qu'un supplice. Tout allait de travers.

Sur le tapis d'Orient était assis un chevalier portant heaume et armure. Il s'écarta précipitamment pour la laisser passer. Anaïd, malgré sa fureur, n'en fut pas étonnée. Elle savait que cet homme, vêtu à l'ancienne, n'était qu'une illusion, un pur reflet de son imagination.

Pourtant, près des tentures, une dame, autre hallucination plus vraie que nature, semblait contempler le chevalier qui avait bondi au passage d'Anaïd. Elle arborait un large sourire, le fixant d'un air moqueur.

Anaïd ne les craignait pas et s'était accoutumée à leur présence silencieuse. Ils surgissaient toujours la nuit et se plaçaient au même endroit. Le chevalier aimait apparemment s'installer sur le tapis aux couleurs vives. Quant à la dame, elle se cachait à demi entre les tentures. Ils s'évanouissaient invariablement aux premiers rayons du soleil.

Cette nuit-là, cependant, Anaïd avait besoin de déverser sa hargne sur quelqu'un. Elle se regarda d'abord dans le miroir et se tira la langue, dégoûtée par ce qu'elle y voyait. Elle se détestait. Elle était horrible, une petite peste maigrichonne et boutonneuse. Finalement, elle se trouvait encore mieux avant. Avant, elle était juste la minus. Aujourd'hui, elle était pire que ça : une idiote préoccupée par une fête d'anniversaire à la noix au lieu de penser à sa mère et à la meilleure façon de la sauver.

Elle ressassait ses malheurs, accablée par les remontrances de ses aînées et l'ampleur de la tâche qui l'attendait. Pourtant c'était elle qui avait proposé de se lancer à la recherche de sa mère et de la sortir des griffes des Odish. Un peu par vantardise, en fait. Elle n'avait jamais cru qu'on la prendrait au sérieux. Et puis…

Mais comment savoir où se trouvait Séléné ?

Et si elle la trouvait, que ferait-elle ?

Et si sa mère ne voulait pas qu'on la retrouvât ?

Et si les sorts qu'elle formulait n'avaient aucun effet ? Et s'ils étaient interdits par les Omar ?

Une sarabande endiablée dansait dans sa tête.

Anaïd crispa les poings. Au même instant, dans le miroir, elle aperçut la silhouette de la dame qui semblait mourir de rire. Même ses rêves se moquaient d'elle, comme Marion, Roc et toute leur bande.

— Je peux savoir pourquoi tu ris ? lança-t-elle, furieuse.

À son grand étonnement, la dame répondit, en désignant le chevalier du doigt :

— C'est à cause de lui. C'est lui, le lâche !

Le chevalier rougit, mais ne répondit rien. Anaïd était ébahie.

— Ah bon ? Et pourquoi dis-tu que c'est un lâche ?

— Eh bien, figure-toi qu'il a tout simplement abandonné son armée ; il a tourné les talons et il s'est enfui à toutes jambes.

Anaïd ne s'attendait pas à ce qu'on lui fournît des détails. Et puis avec qui était-elle en train de parler ?

— Quelle armée ?

— Celle du comte Adolfo qui voulait défendre la vallée contre les troupes d'Al-Mansour.

Anaïd était médusée. Elle se souvenait de cet épisode noir de l'histoire de la vallée dont on leur avait parlé à l'école. Le terrible Al-Mansour-bi-llah avait mis à feu et à sang les villages qu'il avait traversés.

Son hallucination était-elle en train de se payer sa tête ?

Elle se tourna vers le chevalier qui avait l'air particulièrement soucieux, mais qui ne pipait mot.

— C'est vrai, ce que raconte la dame ?

Le chevalier leva lentement la tête et regarda Anaïd.

— C'est à moi que tu parles ?

— Oui.

— Ma belle enfant, comme je te suis reconnaissant de me faire cet honneur. Tu ne peux savoir comme je désirais parler et rompre ce silence de mille dix-sept ans. C'est si ennuyeux le silence, ennuyeux à mourir...

— Ce que m'a dit la dame, c'est la vérité ?

Le chevalier acquiesça d'un air contrit.

— Malheureusement oui. Mon père, le vicomte, avait eu l'idée désastreuse de me confier le commandement de l'armée ; mais j'étais si jeune et sans aucune expérience ! Aux premiers hurlements poussés par les Sarrasins, mon sang s'est glacé dans mes veines. J'ai dû partir en courant. Je ne me souviens plus de rien jusqu'à ma mort.

Anaïd n'en croyait pas ses oreilles.

— Tu as été tué ?

— Eh oui, ma belle enfant. La lâcheté ne m'a pas sauvé de la mort. Une flèche perdue m'a ôté la vie, et la malédiction de mon père m'a retenu sur terre, me condamnant à l'errance ici-bas.

Et il poussa un soupir à fendre l'âme.

Anaïd était abasourdie.

— Alors tu es un... esprit ?

— Un esprit errant, ma chère enfant. À qui tu peux apporter ton aide si tu veux être généreuse.

Anaïd le regardait sans comprendre.

— Puis-je parler ?

La dame commençait à s'impatienter, un peu jalouse du chevalier qui attirait toute l'attention.

Anaïd l'y autorisa.

— Ma douce enfant, toi, tu peux nous voir, nous

entendre et nous demander ce que tu veux. En échange, naturellement, tu dois nous donner quelque chose.

Anaïd ne voyait pas où elle voulait en venir.

— Je peux vous demander quoi ? Et je dois vous donner quoi ?

La dame esquissa un sourire.

— Tu peux nous demander des choses impossibles, des choses que les humains sont incapables de réaliser. Des souhaits que seuls les morts peuvent exaucer.

Anaïd ne comprenait pas.

— Vous êtes des sorciers ?

La belle dame fit signe que non.

— Nous sommes de simples voyageurs dans le monde des esprits, et nous connaissons tous les endroits que les vivants ne peuvent voir. Rien n'a de secret pour nous... Absolument rien. Nous sommes au courant de vos crimes et de vos mensonges ; nous savons où sont cachés vos trésors et qui vous aimez réellement. Nous pouvons chuchoter à l'oreille d'un vivant et lui suggérer une idée en lui faisant croire qu'elle est sienne, et nous pouvons aussi faire en sorte qu'il soit rongé par le remords. Nous pouvons soulever de véritables tempêtes.

Anaïd commençait à y voir plus clair.

— Et si je vous demandais une faveur et que vous me l'accordiez, que devrais-je vous donner en échange ?

Le chevalier lança :

— La liberté !

— Quelle liberté ? répondit Anaïd, surprise. N'êtes-vous pas libres ?

La dame fit entendre un petit claquement de langue.

— Nous sommes condamnés à errer. Nous voulons le repos, le repos éternel. Nous avons déjà payé pour nos fautes.

— Quelle est ta faute, belle dame ?

— La trahison. J'ai trahi mon amour. Je lui ai promis que j'allais l'attendre, et quand il est revenu des croisades, j'en avais épousé un autre, le baron. Il m'a tuée, bien sûr, et il m'a maudite. C'est la raison de ma présence ici.

Anaïd était indignée.

— Ça alors, il t'a tuée, et en plus il t'a condamnée !

La dame crut bon de devoir ajouter :

— Lui aussi est un esprit errant. Parce qu'il m'a assassinée.

Elle soupira longuement.

— Ma belle enfant, si tu savais comme il est déprimant de rester immobile pendant des siècles ! Le chevalier sans courage et moi, qui ai manqué à ma parole, aspirons tant au repos éternel…

Peu à peu, Anaïd avait fini par se convaincre que les deux esprits n'étaient pas le produit de son imagination, ni un rêve. Elle avait bien sous les yeux deux misérables fantômes prêts à la contenter à condition qu'elle les délivrât de leurs chaînes.

— Bien. Je suis disposée à faire un marché si vous me donnez ce que je veux.

La dame et le chevalier l'écoutaient intensément.

— Je veux savoir où est ma mère, Séléné.

Le chevalier et la dame se regardèrent à nouveau, l'air contrarié.

— Ma belle enfant, tu sais fort bien qu'elle se trouve avec les Odish.

— Oui, mais où ?

Le chevalier se racla la gorge.

— Nous sommes tenus au secret, ma reine. Notre indiscrétion pourrait nous coûter cher.

— Donnez-moi une piste, alors, je vous en prie...

Les esprits échangèrent un regard de connivence.

— Tu promets que tu nous libéreras ?

Anaïd répondit sans hésiter :

— Je vous le promets.

— Et tu ne diras à personne d'où tu tiens cette information ?

— Promis.

Le chevalier s'exprima à voix basse.

— Là où les eaux s'apaisent, où les mortels perdent pied, les cavernes sont un lien entre les mondes. Séléné t'y parlera, sans que tu puisses la voir.

— Seul son reflet te parviendra à travers l'onde, ajouta la dame.

Anaïd fit ses propres déductions.

— Vous parlez du lac noir ? C'est ça ?

Mais à son plus grand étonnement, le chevalier et la dame feignirent de ne pas comprendre.

— De quoi parles-tu, belle enfant ?

— Quoi ? Mais, vous venez de me dire...

— Nous ? s'exclama la dame, l'air sincèrement surpris.

— Tu te trompes, belle enfant. Nous n'avons rien dit !

Anaïd s'emporta :

— Disparaissez ! Du vent ! Je ne veux plus vous voir !

Et devant ses yeux ébahis, les deux esprits se volatilisèrent.

Elle n'eut pas envie de les rappeler. Demain, elle se rendrait au lac noir.

LA PROPHÉTIE DE TRÉBORA

Ciselé d'or noble et de sages paroles,
voué à des mains qui ne sont pas encore nées,
et tristement banni par la puissante mère O.

Ainsi l'a-t-elle voulu.
Ainsi en sera-t-il.
Tu resteras enfoui dans les profondeurs de la terre,
jusqu'au jour où s'embraseront les cieux, où les astres montreront la voie.
Des entrailles de la terre alors tu surgiras,
À sa main blanche, docile, tu accourras,
et de rouge éclatant l'habilleras.

Le feu et le sang, qu'on ne peut dissocier,
régneront par le sceptre de la grande mère O.
Le feu et le sang jailliront pour l'élue qui possédera le sceptre.
Le sang et le feu toujours pour celle qui par lui sera possédée.

Car le sceptre d'O lui-même gouvernera ses descendantes.

CHAPITRE XII

À la recherche de Séléné

Anaïd enfila ses bottes, enfonça son bonnet sur sa tête et ramassa son sac. Elle y fourra un peu de pain, du fromage, des oranges, quelques fruits secs et une bouteille d'eau. Le lac n'était qu'à deux heures de marche, mais elle ignorait combien de temps il lui faudrait pour établir la communication avec Séléné.

Sa grand-mère Déméter lui avait appris que deux précautions valent mieux qu'une. La montagne peut être cruelle. Et ils étaient nombreux les imprudents qui, sans hésitation, allaient y jouer leur vie. Déméter les lui montrait parfois quand ils traversaient Urt, avec leur équipement sur le dos. Elle lui avait raconté des histoires d'alpinistes morts de froid, bloqués dans la montagne, foudroyés. D'autres encore étaient tombés au fond d'un précipice ou avaient été dévorés par les loups. Aussi, le sac d'Anaïd était plein à craquer : on y trouvait des allumettes, une corde, un mousqueton, une boussole, une fusée de secours, un pull et un imper. Alors qu'elle en vérifiait le contenu, une petite boule de poils sauta dans le sac. C'était Apollon, l'adorable chaton.

— Non, Apollon. Je ne peux pas t'emmener. Allez, descends.

Mais Apollon ne bougeait pas d'un pouce.

— Miaou, miiaouu.

Anaïd finit par s'attendrir. Le chat ne voulait pas rester seul et se faire disputer par tante Chriselda. Résignée, Anaïd l'installa. Elle miaula :

— Tu peux venir parce que tu es petit et léger comme une plume, mais c'est exceptionnel !

Et elle se mit en chemin en souriant, heureuse d'avoir de la compagnie. Maintenant qu'elle interprétait les signes qui l'entouraient, elle comprenait que le hasard n'est jamais fortuit.

Tout en marchant, elle réfléchit. Elle sentait quelque chose d'étrange dans le comportement de Chriselda. Elle ne se fiait pas non plus vraiment à Héléna, ni à Karen. Quant à Gaya…

L'espace d'un instant, une idée dérangeante vint lui effleurer l'esprit.

Et si Gaya était une Odish ?

Elle traversa le pont et gravit lentement le sentier qui serpentait sur le versant est et conduisait jusqu'au col. Plus elle grimpait sur la pente escarpée, s'éloignant de la vallée, plus elle trouvait étrange cette lumière faible et triste qui, depuis quelque temps, tenait lieu de jour.

Depuis la disparition de sa mère et l'arrivée de tante Chriselda, il lui semblait que l'air s'était raréfié et manquait de fraîcheur, que la lumière matinale, grise et trouble, manquait de contrastes. Aujourd'hui, elle aurait juré que la vallée était prisonnière d'une sorte de voile, d'une illusion étrange, et savait avec certitude que ce n'était pas un phénomène naturel.

Anaïd continua sa marche, de plus en plus oppressée à chaque pas. Apollon commença à s'agiter et à miauler. Il avait peur, lui aussi. Elle était sur un ancien sentier de contrebandiers que les gens du coin parcouraient à dos de mule, et arrivait au col. Elle se rapprochait d'un lieu dangereux. Soudain, Anaïd ne put continuer. Quelque chose l'empêchait de bouger les jambes. L'air lui manquait, sa vue se brouillait, et elle avait une envie terrible de faire demi-tour. Elle fut à deux doigts de céder à la panique, mais elle tint bon, pensant à Séléné, à ses longs cheveux flottant dans le vent, à son sourire chaleureux. Elle ferma les yeux, serra les dents et, au prix d'un effort surhumain, réussit à lever un pied, puis un autre et à avancer peu à peu. À chaque nouveau pas, elle gagnait en assurance. Elle progressa bientôt à grandes enjambées, puis se mit à courir.

Elle heurta presque aussitôt un obstacle dur et froid, une sorte de brume épaisse, palpable et glacée. Sans réfléchir, elle fonça tête baissée, comme un taureau qui charge, et sentit le mur de glace céder tout autour d'elle. La barrière invisible se déchirait. Elle redressa la tête et avança vaillamment. Mais en franchissant les derniers lambeaux de brume glacée qui flottaient autour d'elle, elle sentit une sorte de piqûre, un élancement aigu dans la jambe gauche ; elle tressaillit vivement et roula sur le sol, étourdie par la douleur.

Elle avait réussi ! Quelle que fût la muraille qu'elle avait franchie, la fraîcheur de l'air printanier et la chaleur du soleil caressaient maintenant son visage, tandis que l'arôme puissant des bruyères en fleur flottait délicieusement alentour. L'obstacle s'était brisé contre son corps. Elle venait de rompre un sortilège sans doute formulé par son propre clan, pour la protéger.

Elle l'avait fait pour une bonne cause, pour communiquer avec Séléné. Apollon sortit sa petite tête du sac et miaula affectueusement. Anaïd le caressa. Elle n'était pas seule. Ils avaient réussi tous les deux. Pourtant elle avait un doute. Avait-elle complètement détruit la muraille ou juste ouvert une brèche ?

Elle voulut se lever pour s'en rendre compte mais, ce faisant, cria de douleur. Sa jambe la faisait terriblement souffrir, elle devait avoir une plaie à vif.

En relevant sa jambe de pantalon, elle constata qu'elle n'avait aucune blessure apparente. Sa peau était intacte. Était-ce une illusion ? Elle tenta à nouveau de se lever, mais se mordit les lèvres pour ne pas crier encore. La douleur était insoutenable.

Il y a longtemps, Déméter avait raconté à Anaïd que la lucidité est un état de grâce qui surgit uniquement dans les moments de grand danger. Le corps envoie alors des signaux d'alarme au cerveau et active toutes les connexions neuronales. La vue, l'ouïe, l'odorat et le toucher se développent jusqu'à un niveau insoupçonné.

C'est probablement ce qui se produisit chez Anaïd. Tout à coup, les champignons enfouis sous le tapis de feuilles dégagèrent une odeur puissante. Anaïd se traîna jusqu'à eux et les examina. Son odorat ne l'avait pas trompée. Il s'agissait bien des champignons que Déméter lui avait appris à utiliser pour soulager la douleur ou se relaxer.

Anaïd se mit donc à lécher le chapeau d'un champignon et, bientôt, l'anesthésie s'étendit rapidement à tout son corps. Elle frictionna sa jambe blessée en récitant une litanie qu'elle avait entendue maintes fois dans la bouche de Déméter. Progressivement, la douleur disparut.

Elle fourra le champignon tout au fond de son sac, non sans avoir interdit à Apollon d'y toucher. Elle se sentait bien, prête à repartir.

Il lui restait environ une heure de marche jusqu'au lac. Avait-elle raison de vouloir continuer ? N'était-elle pas aussi folle que ces alpinistes entêtés qui, malgré le vent du nord et les mauvais présages, continuaient à grimper et finissaient par se tuer ?

Elle ferma les yeux et réfléchit longuement. Son instinct ne pouvait la tromper. Elle se laisserait guider. Ce n'était pas la montagne qui avait dressé l'obstacle sur son chemin. C'était une œuvre de sorcellerie. Elle se rapprochait de Séléné, et plus rien ne pouvait l'arrêter.

Anaïd toucha au but alors que le soleil était haut dans le ciel. Elle était épuisée et affamée, mais une vague de soulagement la submergea lorsqu'elle s'assit près des ajoncs, au bord du lac, sur un rocher d'où elle avait une vue imprenable.

Le lac noir devait son nom à la vase et aux algues qui obscurcissaient sa surface. C'est là, entre les montagnes, que la rivière ralentissait son cours et se divisait en différents bras d'eau tortueux. Les méandres boueux avaient donné naissance à un vaste marécage où seuls les imprudents osaient s'aventurer. Anaïd se garderait bien d'y mettre les pieds.

Elle posa Apollon sur ses genoux et sortit de son sac un sandwich et une bouteille d'eau. Elle devait reprendre des forces pour affronter ce qui l'attendait.

Elle mâcha lentement, savourant chaque bouchée, se laissant bercer par le vent et le bruissement des roseaux. Dans le lointain, l'aigle tournoyait dans le ciel, l'écho de son cri retentissant près des cimes. Presque sans s'en rendre compte, Anaïd lui répondit.

Elle devenait vraiment étrange !

Le moment était venu d'établir la communication avec Séléné. Mais comment ? Elle fit une boule du papier d'aluminium qui avait emballé son sandwich et la jeta dans le sac. Ce faisant, elle aperçut le champignon qu'elle y avait oublié.

Était-ce le hasard ? Chriselda lui avait appris que le hasard n'existe pas. D'après elle, les événements se produisaient pour une raison bien définie. L'important était de comprendre quel en était le motif et d'agir ensuite avec discernement. Le champignon était là, sous ses yeux. Il semblait lui dire quelque chose. Soudain, tout s'éclaira : elle devait le manger !

Le champignon aiguiserait ses sens et lui montrerait le chemin pour retrouver Séléné.

Elle en croqua un petit morceau, puis attendit quelques instants pour juger de ses effets, avant d'ingérer le reste. Sa conscience et sa vision sur le monde s'altérèrent, lui donnant le courage et l'expérience nécessaires pour s'aventurer dans la zone périlleuse du marécage.

Elle se leva, prit sa baguette en bois de bouleau et miaula à Apollon l'ordre de ne pas la suivre. Elle avançait avec prudence, sondant le terrain avec la baguette tendue devant elle. Elle cherchait le lieu où, selon les esprits, les deux mondes communiquaient.

Elle avançait de pierre en pierre, lentement, très lentement, se dépouillant de l'ouïe, de la vue et du toucher. Elle était guidée par l'instinct et la baguette qui s'agitait dans les airs et la traînait dans son sillage ; jusqu'à ce qu'elle s'arrêtât, lui indiquant le point exact où elle devait se tenir.

Anaïd entonna une mélopée ancienne tout en donnant de petits coups de baguette rythmés autour d'elle. Elle atteignait le passage, le moment où elle se détachait de son propre corps et se fondait dans les souvenirs, dans les images de Séléné, la voix de Séléné, la chevelure flamboyante de Séléné, son sourire incomparable et la tendresse de ses bras. Anaïd l'appela, criant son nom encore et encore, pleine d'ardeur et d'amour. Elle avait besoin d'elle, de ses caresses. Elle était si proche.

Et soudain… la chute vertigineuse.

Anaïd sentit le sol se dérober sous ses pieds, puis le vide.

Elle tomba, tomba sans fin.

De plus en plus vite, dans un gouffre sans fond, dans les ténèbres et le silence.

La chute semblait ne jamais vouloir s'arrêter

Alors qu'elle perdait tout espoir, elle entendit miauler à ses côtés. Apollon ! Apollon lui avait désobéi et s'enfonçait avec elle.

Anaïd concentra alors toute son attention sur le chaton. La force qui l'avait abandonnée la regagna rapidement.

Au moment même où elle s'était mise à penser au chat, elle avait senti la vitesse diminuer largement.

La peur.

En voulant récupérer Apollon, elle avait oublié d'avoir peur. C'était la peur qui l'avait fait tomber dans l'abîme !

Elle serra contre elle le petit corps tremblant d'Apollon, le caressant doucement entre les oreilles.

Et elle comprit que la rencontre dépendait de sa détermination.

Désormais, elle n'aurait plus peur. Seul comptait son désir profond de voir Séléné. Elle ne craindrait plus l'incertitude, ni les ténèbres, ni le vide, ni le néant. Elle tendit fermement la main et l'appela à nouveau.

Et près d'elle, en effet, se trouvait une main.

Anaïd s'y accrocha, restant suspendue dans le vide. Son cœur battit plus vite lorsqu'elle identifia cette main qui la retenait. Une main douce et froide, la main de Séléné.

Puis Séléné parla. Sa voix semblait trouble et incertaine comme l'espace où elles se trouvaient. L'obscurité noyait le timbre de sa voix, la dénuait de toute joie.

— Ne viens pas, Anaïd, ne me cherche pas. Retourne d'où tu viens.

Et la force de cette voix triste et de la main tremblante eurent raison de la volonté d'Anaïd, la rejetant loin, très loin du puits d'obscurité.

Les miaulements d'Apollon lui brisaient le cœur. Le chaton avait repris sa chute dans les ténèbres, mais la jeune fille, catapultée vers la lumière, ne pouvait plus rien faire pour le sauver.

Puis tout se brouilla, et elle sombra dans l'inconscience.

Elle reprit connaissance des heures plus tard, endolorie et effrayée. Quelqu'un lui tendait de l'eau, en lui caressant les cheveux.

— Maman, fit-elle dans un demi-sommeil.

Mais en ouvrant les yeux, elle vit qu'elle n'était plus au bord du lac. Elle se trouvait près de la source, juste à côté du sentier, et la main qui lui caressait les cheveux était celle de Mme Olaf.

— Ah, tu es réveillée. Enfin. Comment ça va ?

Anaïd ne répondit pas tout de suite. Elle tremblait des pieds à la tête en repensant à la main qu'elle avait étreinte dans la sienne quelques heures auparavant. Une main froide, glaciale, la main de sa mère. Elle serra les poings avec une telle force que ses ongles s'enfoncèrent dans sa peau. Sa mère ne l'aimait pas, elle l'avait rejetée. Séléné lui avait dit de partir, lui avait interdit de s'approcher davantage.

— Tu as froid ? Tiens, couvre-toi.

Et Mme Olaf lui donna une couverture qu'elle avait sortie de sa voiture. La chaleur revint peu à peu et, protégée par la couverture et la présence réconfortante de Mme Olaf, Anaïd se laissa emporter par l'émotion et se mit à pleurer.

— Pleure, ma chérie, allez, ça fait du bien de pleurer.

Anaïd ne se fit pas prier. Elle s'effondra dans les bras de Mme Olaf, secouée de gros sanglots. Elle pleurait parce que c'était injuste que sa grand-mère fût morte, que sa mère eût disparu et que la terre eût englouti son chat. Elle pleurait parce qu'elle était laide, parce que personne ne l'aimait et qu'elle faisait tout de travers.

Quand elle eut pleuré tout son soûl, versant des larmes pour tous les malheurs passés, et aussi pour tous ceux à venir, elle commença à se sentir mieux.

— Merci, murmura-t-elle à Mme Olaf.

Ses bras chaleureux et son affection étaient juste ce dont elle avait besoin pour lui réchauffer le cœur.

Mme Olaf lui sourit gentiment.

— As-tu faim ?

Et soudain, Anaïd réalisa que l'heure du dîner était passée. La nuit tombait et sa tante devait s'inquiéter.

— Je dois rentrer !

Elle se leva précipitamment et, à sa grande surprise, constata que sa jambe ne la faisait plus du tout souffrir. Mme Olaf tenta de la retenir.

— Attends, tu t'es peut-être cassé quelque chose, tu as dû tomber dans le torrent. Laisse-moi voir.

Et pendant que Mme Olaf l'obligeait à bouger ses articulations l'une après l'autre, Anaïd se rendit compte que ses vêtements étaient trempés et déchirés, et qu'elle était couverte d'ecchymoses.

— Ça a l'air d'aller ; tu as vraiment de la chance. Viens, je vais te reconduire chez toi. La voiture est là.

Bénie soit cette chère Mme Olaf. Discrète, gentille et attentionnée.

— Comment saviez-vous où j'étais ?

— On s'était donné rendez-vous cet après-midi, tu te rappelles ?

Anaïd l'avait complètement oublié.

— Je suis désolée.

— Au village quelqu'un m'a dit qu'il t'avait vue passer ce matin, que tu allais vers le lac. Comme tu ne revenais pas, je me suis inquiétée et je suis venue te chercher. Je t'ai trouvée là, évanouie près du sentier.

Anaïd faillit tout lui raconter, puis garda finalement le silence. Mme Olaf l'aida à s'installer dans la voiture.

— Veux-tu me dire ce qui s'est passé ?

Anaïd fit non de la tête. Elle n'aurait pas su par où commencer.

— Mais pourquoi pleures-tu ?

— À cause de mon chat. Il est tombé avec moi.

— Ma pauvre chérie. Je t'en offrirai un autre.

— Peut-être qu'il est perdu dans la montagne.

— Si tu veux, on peut revenir demain pour le chercher ?

Anaïd sourit. Après tout, peut-être y avait-il encore de l'espoir.

— Vous voulez bien ?

— Bien sûr, avec la Land Rover, on sera là en un clin d'œil. Demain, c'est samedi, et tu n'as pas d'école. Je passerai te prendre après le petit-déjeuner et on pourra pique-niquer près des lacs, d'accord ?

Anaïd lui aurait sauté au cou.

— Et surtout, n'apporte rien. C'est moi qui me charge du pique-nique.

Christine Olaf était un ange. Avec elle, Anaïd se sentait en sécurité. Et elle lui donnait toute l'affection qui lui faisait défaut.

Avec Mme Olaf, elle se sentait bien.

CHAPITRE XIII

Le secret de Christine Olaf

Anaïd ouvrit la porte d'entrée en fredonnant une chanson. Mme Olaf la comprenait pour de bon, et avait réussi à lui faire oublier le chagrin qui la rongeait depuis que sa mère l'avait rejetée.

Mais sa joie s'envola bien vite. Quatre femmes guettaient son retour, qui la poussèrent dans le salon et l'acculèrent contre la paroi, tout en barricadant portes et fenêtres.

Puis elles se mirent toutes à parler en même temps.

— Qu'est-ce qu'elle t'a fait ?

— Ça dure depuis quand ?

— Que lui as-tu raconté ?

— Que t'a-t-elle promis ?

— Qu'est-ce qu'elle t'a demandé ?

— Comment se fait-elle appeler ?

Anaïd se boucha les oreilles. C'était insupportable, une véritable cacophonie. Elle crut qu'elles parlaient de son expédition au lac noir.

— J'ai réussi à lui parler, mais elle m'a dit de m'en aller.

— Mais tu viens de descendre de sa voiture !

Anaïd comprenait de moins en moins.

— De qui parlez-vous ?

Exaspérée, Chriselda cria :

— De cette femme blonde !!!

L'indignation gagna Anaïd.

— Vous m'avez espionnée ?

— On aurait dû ! lança Karen.

Anaïd était effondrée. Sa seule amie n'était pas du goût de sa tante, ni des amies de celle-ci.

— Regarde, ma puce, dans quel état tu es ! Et tes vêtements sont déchirés...

— Je suis tombée. Mais Mme Olaf n'était pas là. J'ai établi la communication avec Séléné et...

Aucune des quatre femmes ne semblait plus s'intéresser à Séléné.

— Comment t'a-t-elle trouvée ?

— On sait que tu l'as déjà rencontrée plusieurs fois.

— Tout le village est au courant, sauf nous !

— Tu es descendue de sa voiture !

Anaïd en avait assez. Elle s'exclama, exaspérée :

— Je ne vois pas pourquoi Mme Olaf ne vous plaît pas. C'est mon amie. Je fais ce que je veux, ça ne vous regarde pas et...

— C'est une Odish, pauvre naïve ! coupa Gaya.

Anaïd se tut brusquement. Elle voulut protester, mais les mots restèrent coincés dans sa gorge.

Non, c'était absurde. Mme Olaf ne pouvait pas être une Odish. Karen lui prit les mains et lut dans ses pensées.

— Anaïd, je sais que tout de suite ça te paraît idiot et que tu ne nous crois pas, mais dis-nous seulement si elle t'a offert quelque chose.

Anaïd tendit mécaniquement le bras pour montrer le bracelet de pacotille qu'elle lui avait offert une semaine auparavant.

— Enlève-le, ordonna Héléna, et laisse-le ici.

Anaïd hésita. Elle refusait de croire leurs allégations. Mme Olaf était une personne affectueuse et chaleureuse. Elle ne pouvait pas être une Odish. Pourtant, elle enleva son bracelet et le posa sur la table.

À peine l'y avait-elle déposé qu'Héléna plaça ses mains quelques centimètres au-dessus et commença à réciter une litanie, les yeux mi-clos, comme en transe. Ses mains tremblaient de plus en plus au fur et à mesure qu'elles s'approchaient du bracelet, lentement, très lentement. Et puis soudain, elles s'immobilisèrent, comme paralysées. Héléna laissa échapper un cri, et montra la paume de ses mains, brûlée. Anaïd était horrifiée. Chriselda, Karen et Gaya rejoignirent Héléna et étendirent leurs mains, en psalmodiant les mêmes paroles. Peu à peu, les quatre paires de mains parvinrent tout près du bijou. Anaïd, stupéfaite, sentait la puissance incroyable qui émanait du petit groupe. Sans hésiter, elle étendit ses propres mains et concentra son énergie à vaincre cette résistance qu'il lui semblait palper dans l'air ambiant, comme des flammes invisibles leur léchant les doigts, semblable à cette force qu'elle avait affrontée le matin même dans la montagne. Quelques secondes plus tard, la résistance fut vaincue et le sortilège supprimé.

— Merci, murmura Héléna, épuisée.

Anaïd s'abstint de tout commentaire. Elle avait un goût amer sur la langue. Celui de la désillusion. Cependant, au bout de quelques minutes, elle n'y tint plus.

— Pourquoi dites-vous que c'est une Odish ?

— Une Omar qui a déjà été initiée peut reconnaître une Odish rien qu'en la voyant.

— Et pas les plus jeunes ?

— Non. C'est pour ça que tu as besoin du bouclier protecteur. Tu es incapable de te défendre et, en plus, tu ne les reconnais pas.

— À quoi les reconnaissez-vous ?

— À l'odeur.

— Au son de leur voix.

— Au regard.

— Tu apprendras toi aussi.

— On les reconnaît tout de suite.

— Pas moyen de se tromper.

Alors... c'était vrai ? Mme Olaf voulait la tuer et la vider de son sang ? Mme Olaf avait utilisé un subterfuge pour prendre possession de sa force ? Elle voulait profiter de sa jeunesse pour rester belle et jeune ?

Non.

Elle refusait d'y croire.

Christine était si gentille. Elle ne la craignait pas, au contraire. Elle la fascinait. Anaïd aurait été une victime facile et stupide.

Les Odish agissaient-elles toujours ainsi ?

Probablement. Quelle idiote elle avait été ! Elle n'accorderait plus jamais sa confiance à personne.

Karen ne lui laissa pas de répit.

— Est-ce qu'il y a autre chose, Anaïd ?

— Essaye de te souvenir.

— Vous êtes allées manger ensemble ? Elle t'a fait goûter un plat qu'elle avait préparé ?

Anaïd s'agita nerveusement, dansant d'un pied sur l'autre.

— Non, chaque fois, on a goûté au salon de thé de Rosa.

Elle n'avait pas été très prudente. Déméter lui avait appris à ne jamais accepter de sucreries ou quoi que ce soit d'autre de la part d'inconnus. Elle avait accepté le bracelet, mais refusé des pâtes de fruits que Mme Olaf lui avait achetées. Soudain, quelque chose lui revint en mémoire.

— Des chocolats ! Elle m'a offert une boîte de chocolats. Mais comme je n'aime pas ça, je les ai posés par ici.

Chriselda pâlit brusquement.

— Je les ai tous mangés.

Héléna corrigea :

— Pas tous. J'en ai pris deux ou trois.

Tante Chriselda reprit son interrogatoire.

— Vous êtes toujours restées dans des lieux publics ? Elle ne t'a jamais proposé une promenade dans les bois, près des lacs ou ailleurs ?

Anaïd fit signe que non.

— Demain, on doit faire le tour des lacs.

Chriselda s'arrachait les cheveux.

— Mais comment ai-je pu être aussi bête ! La laisser sortir sans bouclier. Sans surveillance. C'est ma faute. Et ces chocolats…

Anaïd s'en voulait, elle aussi. Elle leur avait caché cette amitié. Pourquoi ? Était-ce une suggestion de Mme Olaf ? Bien sûr, tout comme elle lui avait suggéré de ne pas se laisser humilier par Marion et de désobéir à sa tante. C'était ça, sa tactique.

— Elle doit passer me prendre de bonne heure demain matin.

Tante Chriselda s'approcha et la prit dans ses bras.

— Demain, toi et moi on sera déjà loin.

Karen reprit d'une voix si sérieuse qu'Anaïd en eut la chair de poule :

— Anaïd, il faut qu'on sache : dans tes cauchemars, as-tu déjà rêvé qu'on te plantait un stylet dans le cœur et que la douleur était insupportable ?

Anaïd fit non de la tête, alors que Chriselda l'examinait attentivement.

— Non, pas une goutte de sang sur ses vêtements. Je m'en serais rendu compte.

Karen reprit :

— Déshabille-toi. Je veux t'examiner centimètre par centimètre.

Anaïd enleva son T-shirt, son pantalon, puis s'exclama en montrant son soutien-gorge :

— C'est elle qui me l'a donné !

— Enlève-le et laisse-le sur le sol.

Anaïd obéit en tremblant.

— Elle l'a acheté à la mercerie d'Eduardo, fit-elle sans y croire.

Gaya l'examina prudemment.

— Il n'y a pas de marque, et je n'ai jamais vu ce modèle. Trop original pour qu'Eduardo ait ça en réserve.

— Est-ce que tu avais envie d'avoir un soutien-gorge comme ça ? demanda Chriselda.

— Réfléchis. Tu avais sûrement vu un modèle de ce genre dans un magazine ?

Anaïd se souvint qu'un soir elle avait feuilleté un magazine de mode dans lequel il y avait un modèle identique. Elle ferma les yeux, se remémorant la scène. Elle était allongée sur son lit en train de regarder la lingerie pour les jeunes. Elle s'était dit que si elle demandait ce modèle à Séléné, celle-ci le lui offrirait. Elle était seule mais... sur le tapis était assis le chevalier sans courage et, entre les plis des tentures, la belle dame le regardait d'un air moqueur.

Autrement dit, la dame et le chevalier l'espionnaient, pouvaient lire ses pensées et... interpréter ses désirs. Les misérables !

— Oui, répondit-elle, contrariée. J'avais envie d'un soutien-gorge comme celui-là.

— Je m'en doutais.

Tout en parlant, Chriselda avait sorti sa baguette en bois de frêne et dessinait des arabesques dans l'air, essayant diverses formules pour annuler le sortilège.

Gaya vint à son aide, murmurant d'autres incantations. Pendant ce temps, Karen s'occupait d'Anaïd, examinant attentivement toutes les parties de son corps, cherchant une blessure qui aurait paru anodine au premier coup d'œil. Si ses jambes et ses bras étaient couverts de bleus et d'égratignures, le reste du corps, par contre, était intact. Elle trouva bien une piqûre de moustique, mais aucun orifice par lequel on aurait pu la vider de son sang.

— Ça va, on est arrivées à temps ! fit Karen, soulagée. Où es-tu tombée ?

Anaïd répondit sincèrement.

— Je ne sais pas.

À cet instant, Chriselda et Gaya découvrirent le sortilège. Une fumée épaisse commença à sortir du soutien-gorge, ce qui déclencha un accès de toux terrible chez les deux sorcières. Sur le sol, devant elles, gisait un soutien-gorge blanc des plus ordinaires. Celui que Mme Olaf avait acheté à Eduardo. Les dentelles, la couleur, tout n'était qu'illusion.

Et c'est alors qu'Anaïd comprit.

— Le bouclier !

— Bien sûr ! ajouta Héléna. Nos sortilèges étaient corrects. Ça n'a pas marché à cause du soutien-gorge.

Chriselda, sans même essuyer son visage qui était noir de fumée, pointa sa baguette vers Anaïd.

— Respire profondément, Anaïd, et ne bouge pas.

Et elle prononça la formule.

Anaïd sentit une chaleur intense gagner sa poitrine en même temps qu'un poids terrible lui comprimait les côtes. La sensation d'oppression allait en augmentant, si bien qu'elle se mit à suffoquer, ouvrant la bouche comme un poisson hors de l'eau.

Karen s'écria :

— Mais cesse donc, Chriselda ! Elle est en train de s'étouffer !

Elle éleva sa baguette en bois de chêne vert, desserrant la pression du bouclier.

— J'étouffe. Relâche-le encore, supplia Anaïd.

— Certainement pas, répondit Gaya. Encore moins dans ton cas.

— Gaya a raison.

— Je vous en prie, insista Anaïd. Je ne le supporte pas.

— Tu t'habitueras, murmura Karen.

— Comme à des tas d'autres choses qui nous arrivent, à nous, les femmes.

— Ou à nous, les sorcières.

Karen s'approcha du téléphone.

— Je vais réserver une chambre aux thermes de la vallée sous un faux nom. Vous partirez demain matin très tôt, Chriselda et toi, et vous y resterez cachées jusqu'à ce que Mme Olaf ait disparu.

Anaïd avait la sensation d'être prise au piège.

— Ce n'est pas possible. Il faut que je retrouve Séléné. Aujourd'hui, j'ai réussi à communiquer avec elle. Il faut aller la chercher.

— Oublie Séléné.

— Tu es en danger et tu dois te cacher.

— Il ne faudra parler à personne.

— Tu ne devras pas sortir seule.

— Interdiction d'utiliser la magie sans notre autorisation.

Anaïd n'en pouvait plus. Elle était à bout de nerfs et elle s'effondra. Elle se mit à pleurer de chagrin et de rage.

— Je n'ai pas envie ! Enlevez-moi ce truc ! Je ne peux plus respirer… Je ne veux pas être une sorcière !

Tante Chriselda eut pitié d'elle et lui dit gentiment :

— J'ai dit la même chose que toi quand ma mère a conjuré le bouclier.

Héléna ajouta en caressant son énorme ventre :

— Moi aussi.

Et Karen ajouta, la voix empreinte d'émotion :

— Exactement comme moi.

Gaya s'exclama, elle aussi, en souriant d'un air espiègle :

— Et pour moi, pareil. Un enfer !

Anaïd, stupéfaite, les regarda à tour de rôle, ne sachant si elle devait rire ou pleurer.

Anaïd attendit que Chriselda fût profondément endormie pour se rendre à sa grotte. Elle allait chercher les vieux grimoires. Elle ne pouvait pas tous les emporter et devait faire un choix. Elle avait encore tant de choses à apprendre, à expérimenter.

Elle céda à une curiosité morbide et se mit à feuilleter quelques gravures en couleur qu'elle avait jusqu'à présent refusé de regarder. Elles représentaient des petites Omar vidées de leur sang par les Odish. Des enfants défigurées, avec des plaies béantes, d'une blancheur extrême, les cheveux arrachés et le corps martyrisé. Elle s'obligea à les regarder de près et tenta de se convaincre que Mme Olaf lui aurait fait exactement la même chose. Et tout à coup, le bouclier qui la serrait tant et qui l'empêchait presque de respirer ne lui parut plus aussi pénible à supporter. Au contraire, sa texture solide et son poids lui donnèrent une impression de sécurité.

Elle avait beaucoup pensé aux deux esprits et en avait déduit qu'ils avaient une mobilité réduite. Ni la dame ni le chevalier ne pouvaient la suivre dans la forêt ou dans sa grotte. Ils étaient probablement condamnés à rester là où ils avaient vécu, et où ils étaient morts... Ce qui lui laissait plus de liberté.

Il fallait agir au plus vite et dans le plus grand secret.

Elle rentra revigorée. Elle savait qu'elle avait pris la bonne décision.

À pas de loup, elle entra dans sa chambre, sortit son sac de sport du placard et fourra dedans tout ce qui pouvait lui être utile. Elle prit ses papiers d'identité, les grimoires, et glissa entre les pages du dernier une enveloppe qui se trouvait dans un tiroir de sa commode. Enfin, elle prit aussi une grosse somme d'argent qu'elle-même avait retirée à la banque. Elle s'assit ensuite à son bureau, en grignotant des biscuits au chocolat et en regardant l'heure toutes les cinq minutes, réfléchissant à ce qu'elle pourrait bien écrire à sa tante.

Il était plus de minuit quand ils apparurent. Ce fut d'abord le chevalier, tête basse et l'air penaud. Et, quelques minutes plus tard, la belle dame au sourire moqueur. Anaïd fit comme si de rien n'était et continua d'écrire en grignotant un biscuit. La dame la dévisageait sans cesser de sourire. Elle se doutait qu'Anaïd finirait par lui adresser la parole. Et elle avait raison.

— Ça t'amuse ?

— C'est à moi que tu parles, ma belle enfant ?

— À qui veux-tu que ce soit ?

La dame s'écria alors, très agitée :

— Réfléchis avant de t'enfuir.

— Comment sais-tu que j'ai l'intention de m'enfuir ? fit Anaïd en jouant les naïves.

— Ça saute aux yeux. Tu es habillée, tu as fait ton

sac, tu regardes l'heure continuellement et tu es en train d'écrire un mot.

Anaïd avait encore le temps et vraiment très envie d'asticoter la dame. Après tout, elle n'avait pas su tenir sa langue.

— Je me suis laissé dire que tu t'échappais souvent la nuit, quand tu étais mariée au baron.

La dame rit sans aucun signe de remords.

— Ah, nous en avons eu, du bon temps ! J'étais jeune et passionnée. Comme les siècles passent ! soupira-t-elle.

Le chevalier demanda la parole avant que la dame ne se lançât dans une interminable tirade sur ses amours.

— Puis-je ?

— Je t'en prie, cher chevalier, répondit Anaïd, non sans une pointe d'ironie.

— Je crois, très chère enfant, que tu fais une erreur.

Anaïd lécha le bout de ses doigts poisseux de chocolat.

— À propos de quoi ?

— Tu ne devrais pas partir loin de ces dames sympathiques qui te protègent et qui ne veulent que ton bien.

— Tu parles de Mme Olaf ?

Le chevalier et la dame se regardèrent, consternés.

— Tu sais très bien que nous parlons de ta grand-tante et de ses amies.

— Alors tu trouves qu'il vaudrait mieux que j'aille aux thermes avec tante Chriselda. Que je m'enferme avec elle dans son club pour le troisième âge et que je pourrisse tout le restant de ma vie dans ces eaux bouillonnantes à la noix, débita d'une traite Anaïd, les poings sur les hanches.

— Ce serait plus raisonnable, belle enfant. Ta grand-tante et le bouclier te protégeront.

— Eh bien, figure-toi que je n'en ai pas envie. Je n'irai pas à cette station thermale débile, je ne veux plus voir tante Chriselda et je vais me débarrasser de cet horrible bouclier, lança Anaïd d'un air de défi.

Les esprits échangèrent un regard préoccupé, puis la dame demanda :

— Et, si ce n'est pas indiscret, où comptes-tu aller ?

— À Paris.

Les deux esprits s'exclamèrent, stupéfaits :

— À Paris !

— J'ai une cousine éloignée qui habite là-bas. Je parle français, et j'ai toujours voulu voir la tour Eiffel. C'est plus cool qu'une station thermale, non ?

— Excellente idée, fit le chevalier.

— Indiscutablement, ajouta la dame.

À ce moment précis, le clocher de l'église sonna quatre heures du matin. Anaïd sentit son cœur se serrer en pensant que c'était peut-être la dernière fois qu'elle entendait sonner les cloches de son village.

Elle n'avait jamais quitté Urt.

Elle n'avait jamais voyagé.

Elle n'avait même pas de valise.

Elle se leva et alla ramasser son sac. Ses jambes tremblaient. Elle avait déjà réalisé une partie de son plan. Elle se tourna vers les esprits.

— Il est l'heure, fit-elle en guise d'adieu.

— Attends.

— Tu ne peux pas partir.

— Vous m'aimez tant que ça ?

Le chevalier soupira profondément.

— C'est vrai que nous nous sommes habitués à ta présence. Ce serait dommage que tu t'en ailles.

Anaïd était déconcertée. Il avait l'air sincère et paraissait regretter son départ.

— Mais il y a autre chose… Tu nous avais promis la liberté, s'écria la dame.

Le moment de la vengeance était venu. Anaïd porta les mains à sa tête, comme si elle venait tout juste de s'en souvenir.

— Ah oui, c'est vrai… À mon retour de Paris.

— C'est promis ? fit la dame d'un ton plein d'espoir.

— Tu nous donnes ta parole ? supplia le chevalier.

— Je vous donne ma parole que quand je rentrerai de Paris, je vous libérerai.

Puis, cela étant dit, elle éteignit la lumière, ferma tout doucement la porte de sa chambre et s'éloigna sur la pointe des pieds.

Une fois dans la grange, elle n'avait plus l'air aussi sûre d'elle. Élaborer un plan était une chose, le mettre à exécution en était une autre. Serait-elle capable de conduire la voiture de Séléné ?

D'abord, il fallait mettre le moteur en marche. Elle tourna la clef de contact et appuya sur la pédale d'embrayage une fois, deux fois ; le moteur toussait et crachait. À coup sûr, il allait se noyer. La voiture n'avait pas servi depuis si longtemps. Une fois encore… Enfin !

Anaïd, tremblante et énervée, mit prudemment la marche arrière pour sortir de la grange. Malheureusement, elle avait lâché la pédale trop vite et la voiture cala. Zut ! Ça avait l'air si simple quand Séléné était au volant. Finalement, la voiture de Séléné rejoignit la route, s'éloignant de la seule maison qu'Anaïd eût jamais connue.

Elle était morte de peur, tremblant de tous ses membres. Mais pour l'instant, elle pouvait se féliciter. Tout s'était déroulé à merveille. Elle les avait tous eus. Héléna, Karen, Gaya, Chriselda, Mme Olaf et les deux esprits.

Personne ne savait où elle avait l'intention de se rendre, ni dans quel but.

CHAPITRE XIV

Tes rêves les plus fous

La pile de jetons sur le tapis vert était impressionnante. Deux mains blanches aux longs doigts effilés achevaient de les rassembler.

— 26 noir, lança la jeune femme au croupier effondré.

— La mise entière ? fit l'employé, incrédule, l'œil rivé au monticule de jetons.

— Tout à fait, répondit calmement la joueuse en robe fuchsia.

Le croupier appuya sur la sonnette destinée à la direction. Il se trouvait dans une situation impossible et transpirait à grosses gouttes. Il lui fallait des témoins, et il priait pour que le directeur arrivât au plus vite. En outre, il n'osait regarder la joueuse en face ; son regard l'emplissait d'une terreur irraisonnée.

— Qu'attendez-vous donc ?

C'était une simple question, posée avec calme. À chaque mise, la jeune femme avait pourtant joué une véritable fortune, sans montrer le moindre signe de nervosité.

— Il y a juste un petit… contretemps. Je vous prie de bien vouloir patienter. Ce ne sera pas long.

— Quel genre de contretemps ? s'enquit-elle froidement.

— Votre mise est si importante que j'ai dû prévenir le directeur. Il va arriver d'un instant à l'autre.

Le croupier aurait préféré que la joueuse fût mal vêtue et qu'elle ne fût pas aussi bien élevée, mais tout en elle était irréprochable. La joueuse en fuchsia et son amie rousse, qui n'avait pas dit un mot, étaient on ne peut plus correctes, courtoises et élégantes.

L'employé poussa un soupir de soulagement. Le directeur se tenait devant lui, arborant un sourire professionnel de circonstance.

— Elles ont tout raflé, murmura-t-il en désignant imperceptiblement les deux joueuses.

— Eh bien, leur chance a tourné. Vous savez ce que vous avez à faire.

Ils n'avaient pas élevé la voix et parlaient en souriant. À les voir ainsi ensemble, on aurait cru qu'il s'agissait de deux amis en train de bavarder.

Le croupier sortit un fin mouchoir de batiste et épongea son front couvert de sueur.

— J'ai déjà essayé. Le frein ne marche plus.

— Impossible.

— Je sais. C'est incompréhensible.

Le directeur jeta un coup d'œil discret vers la volumineuse pile de jetons sur la table.

— Combien de fois avez-vous essayé ?

— Cinq fois.

— Le mécanisme s'est peut-être déréglé ?

Le croupier desserra son col de chemise avec un doigt. Il manquait d'air.

— Non, et c'est ça le plus surprenant. Il y a une heure, elles se sont levées pour aller prendre un verre au bar. J'ai actionné le frein pour trois mises différentes, sans aucun problème.

Le directeur commença à prendre peur.

— Vous êtes en train de me dire que vous ne maîtrisez plus la roulette, qu'elles en ont pris le contrôle ?

— C'est bien ça.

— Écartez-vous.

Le directeur prit la place du croupier, tout en souriant galamment aux deux femmes. Elles étaient magnifiques : une brune et une rousse. La brune était délicieusement sensuelle avec son teint de pêche et ses longues mains fines ; mais la rousse était spectaculaire.

— Mesdames, je vous en prie.

La rousse leva la tête ; ses yeux verts brillaient de fièvre et elle semblait au bord du vertige. Elle n'avait rien d'une professionnelle. Elle fit un léger signe de tête pour que le jeu reprît. Dans son geste, se lisait déjà la satisfaction du vainqueur.

— Les jeux sont faits, rien ne va plus…

La roulette commença à tourner, à tourner follement. Un groupe de curieux s'était formé autour de la table. Le directeur regrettait que la nouvelle se fût répandue aussi vite. Subrepticement, il actionna la pédale pour que la roulette s'arrêtât tout près du 26 noir. Ainsi, il y aurait plus de suspense. Il choisit donc le 24 noir.

Alors que la roulette ralentissait peu à peu, un silence palpable se fit dans la salle. Tous les yeux étaient rivés sur la petite boule qui, sautant obstacle après obstacle, finit par s'immobiliser sur la case du… 26 noir.

Le directeur, d'une pâleur cadavérique, avait assisté, impuissant, aux derniers soubresauts de la roulette, alors que tout autour d'eux, les curieux ébahis se mettaient à crier et que les deux femmes s'étreignaient pour célébrer leur victoire.

Il calcula mentalement ce qu'elles avaient gagné. La caisse ne contenait pas une somme pareille, et il était fort probable qu'après avoir réglé sa dette le casino serait dans l'impossibilité de rouvrir ses portes. Ce qui signifiait à coup sûr le renvoi et… la fin de sa carrière.

Une coupe de champagne à la main, Séléné se prélassait dans une baignoire en porcelaine de Sèvres, dans la suite du meilleur hôtel de Monte-Carlo. Elle buvait lentement, savourant chaque gorgée avec délectation.

— Combien de millions ? lança-t-elle, médusée, articulant avec soin le mot « millions ».

— Cinq, répondit Salma de la chambre voisine.

Elle avait ôté sa robe fuchsia et picorait des petits-fours. Quatre millions sept cent trente-deux mille euros, pour être précise.

— Et… ils sont à moi ? demanda Séléné en entrouvrant les yeux.

— Ils sont à toi.

Séléné parut sur le point de défaillir.

— Et je peux en faire ce que je veux ?

Salma eut un rire creux.

— Naturellement… Et tu peux gagner la même somme chaque fois que tu en as envie. Tu ne seras pas chassée de la communauté Odish, ni punie pour avoir utilisé la magie à des fins personnelles. C'est ça, la différence. L'une des nombreuses différences.

Séléné étira ses longues jambes et se perdit dans leur contemplation.

— Tu veux dire que je pourrais, je pourrais... ?

— Quoi ?

— Jeter un sort d'illusion à un homme pour qu'il tombe amoureux de moi ?

— Évidemment, mais un philtre d'amour est bien plus efficace.

Séléné souffla sur la mousse de savon qui s'était amassée sur le dos de sa main. Des bulles légères s'envolèrent et se dispersèrent dans la salle de bains. Elle soupira.

— Et il m'aimerait ?

— À la folie. Il se traînerait à tes pieds, il t'adorerait, il donnerait sa vie pour toi.

Séléné agita la tête de droite à gauche, ses longs cheveux roux ondulant dans l'eau.

— Non, ça ne me plaît pas.

— Tu n'as pas envie d'essayer ?

La rouquine sembla à nouveau y songer.

— Je ne sais pas... Je ne pourrais pas tomber amoureuse de quelqu'un que j'aurais manipulé.

— Bien sûr que non ! Qui te parle d'amour ? C'est un sentiment humiliant, avilissant, tu perds la tête et le contrôle de tes émotions...

— Les Odish ne tombent pas amoureuses ?

— On prend du bon temps. Tu aimerais prendre du bon temps, n'est-ce pas ?

— Pourquoi pas ? Mais aujourd'hui, non. Aujourd'hui, j'ai envie de profiter de mon argent. Acheter, investir, rêver... Laisse-moi savourer cette sensation qui est si nouvelle.

— Qu'est-ce qui te ferait plaisir ?

— Racheter mon hypothèque. L'hypothèque de ma maison à Urt. Je veux annuler mes dettes et... j'aimerais acheter une maison en bord de mer, avec des terres.

— À quel endroit ?

— En Méditerranée, Rome, Naples, la Sicile... Je suis allée en Sicile récemment. Les plages y sont si belles, Syracuse, Taormine, Agrigente. J'y ai des amies... J'y avais des amies. Une propriété en Sicile ; voilà mon rêve.

Salma se leva, passa un peignoir blanc et prit le téléphone.

— Jack ? Bonjour, c'est moi. Oui, trouve-moi une propriété de cinquante mille hectares en Sicile. Tu sais, un palais ou une villa avec des terres cultivables. Oui, c'est ça, qu'elle soit hypothéquée, au bord de la faillite. D'accord, j'attends...

Salma faisait les cent pas dans la chambre, le téléphone collé contre son oreille.

Séléné, ne la quittant pas des yeux, se leva également, étourdie par le champagne, et prit un toast au caviar sur le plateau posé à proximité.

La voix de Salma résonna à nouveau, la sortant de sa torpeur.

— Oui ? Avec vue sur la mer ? Formidable. Tu surveilles ça de près. Il se pourrait qu'ils aient des problèmes qui les obligent à vendre... De quel type ? Je crains fort que dans cette région, les invasions de sauterelles soient monnaie courante. On ne sait jamais.

D'accord. Tu sais ce que tu dois faire, tu achètes au prix le plus bas. Au revoir, Jack.

Séléné se lécha les doigts. L'incrédulité se lisait sur son visage.

— Ce que tu dis est impossible. Comment peux-tu être sûre que la propriété va être mise en vente ?

Salma ouvrit la penderie et commença à s'habiller.

— Ce matin même, des milliers et des milliers de sauterelles voraces vont dévaster les cultures de cette charmante propriété. Un désastre total, et la mise en vente assurée. Tu vois ce que je veux dire ?

Séléné, stupéfaite, mit quelques instants à retrouver sa voix.

— Tu vas leur jeter un sort ?

Salma s'esclaffa, comme si Séléné avait dit quelque chose de particulièrement drôle.

— Oui, et tu vas m'y aider, ma chérie.

— Moi ?

— Il me semble que tout ça est pour toi, non ? Alors, mets-y un peu du tien.

Séléné se leva.

— Où allons-nous ?

— En premier lieu, faire des emplettes, renouveler garde-robe et accessoires. Ensuite, nous chercherons un endroit tranquille pour prononcer l'incantation. Et cette nuit, si tout va bien, ton rêve deviendra réalité.

Séléné était abasourdie.

— Aussi simple que ça ?

— Tout est simple pour une Odish.

LE TRAITÉ D'HÖLDER

Nul doute que les sept dieux tous en rang dont nous parle la prophétie d'O font allusion à la conjonction des sept planètes.

Les sept dieux tous en rang salueront son intronisation.

Tout d'abord le Soleil et la Lune, dieux incontestables du jour et de la nuit, couple éternel voué à un amour impossible. Puis les cinq autres, les plus visibles, capricieux et changeants de la sphère céleste. Jupiter, le dieu des dieux ; Mars, de couleur rouge sang, en honneur au dieu de la guerre ; Vénus, lumineuse comme l'amour ; Mercure, proche du Soleil et messager des dieux ; et le lent Saturne, dieu du temps.

Ainsi se produira l'alignement annoncé par O, la grande conjonction entre les planètes Mercure, Vénus, Mars, Jupiter et Saturne, accompagnées du Soleil et de la Lune, précédée de peu par la danse de l'eau du père et de son fils.
Mais rappelons-nous aussi cet autre vers de la prophétie, celui qui a fait couler tant d'encre :

Père et fils danseront ensemble dans l'onde bienfaitrice.

Et malgré les critiques qu'a suscitées la supposition audacieuse d'Otero, je me propose, dans les pages suivantes, de confirmer son hypothèse, et de prouver qu'il s'agit effectivement de la conjonction de Jupiter et de Saturne dans la constellation des Poissons. Je me reporterai également aux calculs de Kepler sur le sujet et à son hypothèse judicieuse que les deux phénomènes doivent se produire en un intervalle de temps relativement court, ce qui restreint considérablement le champ des hypothèses que l'on avait évoquées.

Le temps de l'élue est très, très proche.

CHAPITRE XV

En fuite

Chère tante Chriselda,

Je vous ai déjà causé à toutes beaucoup trop de problèmes et je ne veux plus être une charge pour personne. C'est pourquoi j'ai décidé de me débrouiller seule et de vous délivrer de la responsabilité de me surveiller. Je vais chercher ma mère. Cherchez-la aussi.

Bises,

Anaïd.

Chriselda, assise côté passager dans la voiture de Karen, froissa rageusement la note dans sa main et la jeta sur le tapis de sol.

Au même moment, un hérisson traversa la route devant la voiture, et Karen donna un brusque coup de volant à gauche pour l'éviter. Elle redressa rapidement, mais Chriselda se cogna la tête contre la vitre.

— Je suis désolée, murmura Karen.

Chriselda se tâtait la tempe en grimaçant de douleur.

— C'est bien fait pour moi, je ne suis qu'une idiote, gémit-elle.

Il y avait environ deux heures que Chriselda s'était présentée chez elle, livide, pieds nus et en chemise de nuit, la lettre d'Anaïd à la main. Karen n'arrivait pas à croire qu'une enfant de quatorze ans prît la fuite en conduisant une voiture. Anaïd avait une bonne demi-heure d'avance, et malgré tous leurs efforts, elles n'avaient pas réussi à la rattraper, ce qui signifiait que la petite roulait au moins à cent à l'heure. Quelle folie !

— On y est bientôt ? s'impatienta Chriselda.

— On arrive à Huesca.

— Et tu crois vraiment qu'elle veut prendre le train ?

— Que veux-tu qu'elle fasse d'autre ? s'exclama Karen. Elle ne courra pas le risque de conduire de jour et, sachant que le soleil va bientôt se lever, et que le premier train pour Madrid va bientôt partir, je ne vois pas ce qu'elle pourrait faire d'autre.

— Pourvu qu'on arrive à temps, fit encore Chriselda.

— Il faudra descendre de la voiture et monter dans le train en vitesse. Sinon elle nous filera sous le nez.

— J'irai, s'écria Chriselda.

— Tu plaisantes ? En chemise de nuit ? Pieds nus ? Et sans papiers d'identité ? lui fit remarquer Karen.

Chriselda se rendit compte que Karen avait raison. Dans sa hâte, elle n'avait même pas pensé à prendre son sac, et encore moins à s'habiller.

— Eh bien, dans ce cas-là, je vais formuler un sortilège d'illusion.

— Ah non, pas dans ma voiture !

Mais Chriselda était déjà en train de prononcer l'incantation et, quelques instants avant que la Renault ne franchît les limites du parking de la gare, elle se retrouva vêtue d'un tailleur des plus élégants, avec des chaussures à talons qui ne correspondaient pas du tout à son style habituel, avec un sac – et tout son nécessaire – sur l'épaule.

En la voyant ainsi vêtue, Karen émit un petit claquement de langue.

— C'est tout ce que tu as trouvé ?

— Désolée, c'est ce qui m'est venu à l'esprit.

— Il ne faut pas qu'on nous voie ensemble. Je ne veux pas qu'on puisse établir de lien entre nous.

Les sortilèges d'illusion comportaient de gros risques, car ils se dissipaient rapidement. En effet, l'illusion optique pouvait disparaître d'un moment à l'autre, et l'effort requis pour conjurer le sortilège était tel que la sorcière Omar qui en était responsable, épuisée, était incapable de prononcer une autre formule pendant quelques heures.

Karen coupa le moteur, et Chriselda bondit hors de la voiture. Le véhicule de Séléné se trouvait garé là. Karen avait vu juste.

— Dépêche-toi ! cria-t-elle à Chriselda.

On entendait déjà les grincements du train ralentissant pour entrer en gare. Chriselda se précipita vers le guichet, en courant aussi vite que le lui permettaient ses hauts talons et sa jupe étroite. Puis elle se hâta sur la voie déserte, cherchant, à travers les vitres sales des wagons, à apercevoir une adolescente maigrichonne. Et elle la vit enfin, en train de mettre un sac de sport dans le porte-bagages. Elle avait retrouvé sa petite Anaïd.

Chriselda allait appuyer sur la poignée de la porte lorsqu'elle trébucha et s'étala de tout son long sur le quai. Devant ses yeux désolés, le train avait fermé ses portes et s'était lentement ébranlé.

Mme Olaf tambourinait de ses longs doigts graciles sur la table de chevet d'Anaïd.

— Paris ? demanda-t-elle d'un air dubitatif.

— Oui, madame, c'est ce qu'elle nous a dit, répondit dans un souffle la belle dame.

Christine Olaf se tourna vers le chevalier, lui lançant un regard noir.

— Et toi aussi tu l'as entendue ?

— Paris, c'est ce qu'elle a dit.

Christine Olaf s'approcha des volets fermés et commença à les entrouvrir. L'interstice laissait passer la faible lueur d'un premier rayon de soleil.

— Non, je vous en prie, supplia la dame en se cachant le visage.

Mme Olaf parut ne pas l'avoir entendue et continua à pousser les volets avec une lenteur calculée.

— Quelle belle journée... Le soleil brille dans toute sa splendeur. Vous devriez le contempler avec moi, pour la dernière fois.

— Madame, ne soyez pas cruelle.

— Cruelle, moi ? s'exclama Mme Olaf, l'air faussement horrifié. Moi, qui aime cette enfant comme ma propre fille et qui par votre faute l'ai perdue ! Je devrais vous faire souffrir comme je suis en train de souffrir pour avoir perdu ma petite Anaïd...

— De quoi parlez-vous, madame ?

— Vous ne méritez pas qu'on vous voie. Votre image va disparaître et vous errerez, invisibles aux yeux de tous. J'en ai assez de vous.

L'horreur se dessina sur le visage des deux esprits et, pendant quelques instants, le silence de la pièce se fit palpable, jusqu'à ce que la dame s'écriât :

— Non ! Je vous en supplie ! Le chevalier et moi ferons tout ce qui est en notre pouvoir pour que vous cessiez de souffrir.

Mme Olaf parut satisfaite, referma les volets et se rassit sur le couvre-lit fleuri d'Anaïd.

— Je vous écoute.

Le chevalier se lissa les moustaches et redressa le heaume qui glissait sur sa tête.

— Elle a pris une enveloppe dans la commode.

— Ah oui ? Et que contenait cette enveloppe ?

— Un billet d'avion.

— Ah, voilà qui est mieux. Continue. Quelle destination ?

— Catane.

— En Sicile ? Une enfant de quatorze ans qui s'achète toute seule un billet d'avion pour se rendre en Sicile ?

— C'est Séléné qui l'a acheté.

— Tiens tiens, vous en saviez des choses ! Et c'est maintenant que vous me les racontez ?

— Nous ne pensions pas que c'était important.

— Anaïd ne voulait pas y aller, ajouta la dame.

— Aller où ? À Catane ?

— À Taormine, avec Valeria et sa fille Claudia.

Mme Olaf s'était levée et redressée de toute sa hauteur,

altière et menaçante, alors que les deux esprits semblaient avoir rapetissé, jusqu'à une taille ridicule, sous l'effet de la peur.

— Vous avez discuté avec Anaïd et vous avez comploté derrière mon dos. Vous espériez qu'elle vous donnerait la liberté, évidemment. Vous pensiez que parce que c'est une enfant, elle était plus naïve, plus confiante et plus sotte que moi. Mais elle vous a bien eus. Vous et moi. Elle est capable de tout.

— Sans nul doute, madame.

— Tout comme moi ! lança Mme Olaf en se dirigeant vers la fenêtre et en ouvrant les volets en grand.

Le soleil fit irruption dans la pièce. Un gémissement retentit, tandis que les deux esprits s'évanouissaient dans les airs, laissant derrière eux un léger voile de vapeur qui s'estompa très vite.

Mme Olaf ouvrit le placard, se saisit d'un pull et en aspira l'odeur à plein nez. C'était le pull qu'Anaïd portait la dernière fois qu'elles s'étaient vues. Il serait parfait pour ce qu'elle avait l'intention d'en faire.

Mme Olaf le rangea soigneusement dans son sac, puis disparut de la maison aussi vite et aussi discrètement qu'elle y était apparue une heure auparavant.

Anaïd regrettait de ne pas savoir se maquiller comme le faisait Séléné. Si on lui avait donné dix-huit ans au lieu de quatorze ou moins, elle aurait certainement évité des tas de complications.

D'abord, le contrôleur du train ne lui aurait pas demandé cent fois quel était son nom et où elle allait.

Au terminal de l'aéroport, Anaïd se faufila à travers

la foule, priant pour ne plus rencontrer que des adultes antipathiques et qui détestaient les jeunes.

— Bon, et toi, qu'est-ce que tu viens faire ici ? lui lança l'employé d'Air Italia sans même daigner la regarder en face.

Enfin. Enfin un adulte qui la traitait sans aucune considération, comme n'importe qui d'autre.

Mais Anaïd comprit vite qu'un adulte antipathique était encore pire qu'un adulte protecteur. L'adulte antipathique ne prenait en considération que les textes de loi, et les textes, en ce cas précis, spécifiaient qu'un mineur ne pouvait rien faire sans le consentement d'un adulte.

Anaïd eut beau essayer de le convaincre, en inventant une histoire à faire pleurer dans les chaumières – et pas si différente de la sienne – celle d'une pauvre fille seule au monde, qui devait absolument changer la date de son billet pour se rendre à Catane où on l'attendait de toute urgence...

Rien à faire.

Anaïd commençait à avoir faim, à être fatiguée et à se demander où elle allait dormir ce soir-là si elle ne parvenait pas à prendre l'avion.

Et comme sa détresse était aussi visible que le nez au milieu de la figure, elle finit par attirer l'attention d'un agent de la sécurité.

— Tes papiers, s'il te plaît.

Anaïd se mit à trembler de manière incontrôlable.

— Suis-moi.

Anaïd se sentait prête à défaillir. Au moment où le vigile la prenait par le bras pour la faire avancer, elle fut sauvée par une voix. Une voix redoutée quelques heures plus tôt et qui, à présent, lui semblait celle d'un ange.

— Anaïd !

Et Anaïd, abasourdie, vit débarquer tante Chriselda hors d'haleine, déguisée en avocate de séries télévisées. Elle s'adressa au vigile en souriant de toutes ses dents.

— Anaïd, ma chérie, enfin ! Merci, monsieur, de me l'avoir retrouvée.

Anaïd se précipita dans les bras de sa tante.

— Vous vous connaissez ?

— Oui, bien sûr, je suis sa tante. Nous voyageons ensemble, mais tout est tellement mal indiqué, la pauvre petite s'est perdue, je la cherche partout.

Le vigile tourna les talons.

— La prochaine fois, faites plus attention.

Anaïd ne bougeait pas d'un pouce.

Tante Chriselda toute tremblante, lui lança :

— Surtout, ne me regarde pas comme ça et ne me demande rien.

Mais, naturellement, c'est ce que fit Anaïd. Elle la dévisagea tant et si bien que, à quelques mètres à peine des toilettes pour femmes, un épais nuage de fumée blanche se forma autour de Chriselda. Lorsqu'il se dissipa, après quelques secondes, le tailleur chic, les chaussures, le sac et la coiffure élégante avaient disparu. Devant les yeux stupéfaits d'Anaïd, la brave femme apparut en chemise de nuit, pieds nus et les cheveux ébouriffés.

En quelques enjambées, elles atteignirent les toilettes pour femmes. Heureusement, elles y étaient seules.

Anaïd la regardait d'un air horrifié.

— Que s'est-il passé ?

Tante Chriselda, désolée, contemplait son reflet dans le miroir. Son aspect était encore pire que ce qu'elle imaginait.

— Tu as brisé l'illusion. Tu n'as pas cru à mon déguisement et le sortilège s'est évanoui.

— Mais pourquoi as-tu choisi un truc aussi absurde ?

— Je me suis habillée avec la première chose qui m'est passée par la tête, je crois que c'était une série télé… Par ta faute, je suis sortie en pleine nuit sans rien sur le dos, et ça fait plus de neuf heures que je te cours après. Où voulais-tu aller ?

Anaïd n'avait plus aucune raison de lui cacher ses intentions.

— À Taormine.

— Taormine ? Pour quelle raison ?

— Pour trois raisons : parce que Séléné voulait que j'y aille, parce que je veux retrouver Séléné, et parce que Mme Olaf croit que je suis à Paris.

— Qu'est-ce que c'est que cette histoire ? Pourquoi croirait-elle que tu es à Paris ?

— J'ai raconté des salades aux esprits. C'est grâce à eux que j'ai réussi à communiquer avec Séléné, mais ils m'ont trahie et…

Évidemment, tante Chriselda ne comprenait absolument rien à tout ce charabia.

— Tu veux bien m'expliquer depuis le début ?

Et Anaïd lui raconta point par point comment elle avait rencontré les esprits, comment elle avait détruit la muraille invisible et comment elle était tombée dans l'abîme au lac noir. Elle lui fit également part de ses soupçons en ce qui concernait les esprits et leur relation avec Mme Olaf. Au fur et à mesure qu'elle avançait dans son récit, Chriselda pâlissait. Quand elle eut terminé, Chriselda pencha la tête au-dessus du lavabo, ouvrit le robinet et laissa l'eau couler sur sa nuque. Elle était dans un tel état, que même Anaïd commença à avoir peur.

— Tu vas bien ?

— Parfaitement, ça ne se voit pas ? Tu viens de me dire que tu as parlé à des esprits et qu'ils t'ont répondu comme si de rien n'était.

— Oui.

— Et que tu as détruit une sorte de muraille invisible qui t'empêchait de gravir la montagne ?

— Oui.

— Et que tu es tombée dans l'abîme des ténèbres après avoir grignoté un morceau de champignon et que tu es ainsi entrée en contact avec Séléné ?

— Oui.

— Il y a quelque chose d'autre que tu ne m'as pas dit ?

— Je comprends le langage des animaux et je peux leur répondre.

À nouveau Chriselda se pencha au-dessus du lavabo et aspergea sa nuque d'eau glacée. Elle redressa la tête en frissonnant, aspira une grande bouffée d'air, et un peu de rose parut revenir sur ses joues.

— Ouf. J'ai avalé combien de chocolats ?

— La boîte entière.

— Et j'ai été dans le cirage pendant tout ce temps…

— Ben, c'est vrai que tu étais bizarre.

— On va à Taormine. Toi et moi. Je ne te laisserai plus jamais seule.

— Oh, ma petite tante ! s'exclama Anaïd, émue.

Chriselda s'empressa d'ajouter :

— Et on peut savoir pourquoi tu ne m'en as pas parlé au lieu de te monter la tête ?

Anaïd hésita.

— Je n'avais pas confiance en toi.

— C'est à cause des chocolats. Ils m'empêchaient de penser.

Mais Anaïd n'était pas convaincue.

— Il y a autre chose. Quelque chose qui te préoccupe et dont tu ne veux pas me parler.

Chriselda baissa la tête. Anaïd était très perspicace.

— Et pourquoi t'aurais-je empêchée d'aller à Taormine ?

— C'était le plan de Séléné. Elle voulait que j'y aille. Je suis sûre que Valeria connaît des tas de choses sur ma mère. Et Séléné voulait que je m'y rende pour une raison bien précise. Je veux découvrir la vérité.

Chriselda ne pipait mot. Le raisonnement d'Anaïd l'avait laissée sans voix. Sa confiance en Séléné était totale, et son comportement rationnel réfutait l'idée qu'elle avait agi comme une adolescente immature. Et ça en devenait très, très inquiétant.

— Bon, tu t'en sors plutôt bien aujourd'hui, mais tu vas devoir travailler. Ce sera ta seule punition pour m'avoir sortie de mon lit à quatre heures du matin.

Anaïd n'avait pas la moindre idée de ce que lui demandait sa tante.

— Tu vas conjurer ton premier sort d'illusion. Je veux un déguisement de tata sympa suffisamment convaincant pour que personne ne doute de son authenticité. Compris ?

Anaïd en resta bouche bée pendant quelques instants.

— Comme pour le soutien-gorge ?

— Exactement. Je t'aiderai. Tu dois penser à une image qui reflète l'un de mes désirs. Elle doit se concrétiser, mais n'oublie pas qu'il nous faut aussi des papiers d'identité, mon passeport et de l'argent. C'est un sortilège très difficile à obtenir et qui ne dure pas longtemps.

— Je connais ce sort.

— Comment ?

— Tu veux que je te le prouve ?

— Non, attends, non…

Mais Anaïd avait déjà saisi sa baguette en bois de bouleau, formulé l'incantation et doté tante Chriselda, en moins de temps qu'il ne faut pour le dire, d'une longue robe à fleurs, d'une paire de sandales, d'un sac en osier et d'une épaisse tresse qui lui tombait dans le dos.

Tante Chriselda ouvrit le sac et en sortit ses papiers d'identité. Ils étaient impeccables avec le nom exact et la date de naissance. Comment sa nièce avait-elle pu être aussi rapide ? Et ces vêtements de hippie ? Elle avait l'impression de les avoir déjà vus…

Anaïd sourit.

— J'ai toujours aimé cette photo de toi et de grand-mère.

Chriselda se souvint alors de la robe fleurie et des vacances merveilleuses qu'elle avait passées avec sa sœur et son premier amour.

Elle prit sa petite-nièce dans ses bras, la serrant tendrement, la remerciant de lui avoir rendu, quarante années plus tard, la chaleur de ce soleil d'été, et une lueur d'espoir.

Elle sut que, désormais, elles ne se quitteraient plus.

CHAPITRE XVI

Le clan des Siciliennes

Anaïd passa les portes automatiques de l'aéroport de Catane, assommée par la chaleur, la foule et les haut-parleurs. Chriselda avançait derrière elle, essayant de ne pas se laisser distancer par la jeune fille. Anaïd voulait arriver à Taormine le plus vite possible et y demander où se trouvait la demeure de Valeria Crocce. À Urt, elle n'avait pas osé chercher l'adresse sur Internet, ses moindres faits et gestes étant épiés par les esprits.

Pendant le voyage, Chriselda lui avait appris tout ce qu'elle savait sur la lignée des Crocce. Valeria, biologiste marine, était la matriarche à la tête du clan de la dauphine. Les sorcières siciliennes, en réalité d'origine grecque, appartenaient maintenant à une branche de la tribu étrusque renommée pour ses arts divinatoires. Les Étrusques étaient capables d'interpréter les mouvements des nuages, le sens du vent et des courants marins, le vol des oiseaux… Elles étaient aussi de grandes expertes dans la lecture des viscères et des flammes.

Comment faire pour retrouver Valeria ? Si seulement elles avaient eu une photo d'elle, ou son numéro de téléphone…

Mais elles n'en eurent pas besoin. À leur grand étonnement, Valeria Crocce les attendait dans le hall de l'aéroport, là où s'agglutinaient les familles ou amis des passagers.

— C'est toi, Anaïd ? Anaïd Tsinoulis ? lui demanda une femme au teint mat et aux yeux noirs.

Personne à part elle et Chriselda ne pouvait savoir quel vol elles avaient pris et quelle était leur destination. Comment Valeria avait-elle su qu'elles arriveraient à Catane aujourd'hui ?

Valeria les prit chacune par le bras et les accompagna jusqu'au parking où elle s'était garée. Sa fille était à moitié allongée sur le siège arrière de sa Nissan, en train d'écouter de la musique à un niveau sonore assourdissant.

— Nous avons appris votre arrivée par les augures. Cette nuit, nous avons lu qu'Anaïd réussirait à prendre un avion jusqu'à Catane, expliqua Valeria dans un murmure.

— Mais… vous saviez l'heure ? Et le numéro du vol ? demanda Anaïd qui n'en revenait toujours pas.

Chriselda répondit rapidement. À voir la fatigue sur le visage de Valeria et l'ennui profond sur le visage de sa fille, elle avait deviné.

— Vous nous avez attendues toutes la journée ?

— En effet, mais ça valait la peine, affirma Valeria dans un large sourire. Anaïd, je te présente ma fille, Claudia. Allez, dis bonjour.

Claudia se pencha pour embrasser Chriselda et Anaïd. Celle-ci ne put s'empêcher de remarquer le regard noir de reproches que Claudia lançait à sa mère. Elles montèrent en voiture, et Valeria s'installa au volant. Une force impressionnante se dégageait de toute sa personne.

— Quel dommage qu'on ne puisse aller manger dans un petit resto typique pour votre première visite. On va éviter le centre-ville et prendre la route de la côte. On ne sera tranquilles que lorsqu'on sera à la maison.

Anaïd et Chriselda échangèrent un regard étonné.

— Que se passe-t-il ? fit Chriselda.

— C'est ce que j'aimerais bien savoir. Ça fait deux mois qu'on essaye de vous joindre.

Chriselda s'agita sur son siège.

— Comment ?

Valeria fit entendre un petit claquement de langue.

— C'est bien ce que je craignais. Ce n'était pas vous ?

Chriselda resta silencieuse quelques instants, puis reprit :

— Je comprends maintenant. On ne recevait plus rien. Aucune information. On a cru que c'était par prudence.

— Vous pourriez m'expliquer ce qui se passe, s'il vous plaît ? fit Anaïd qui était complètement perdue.

Valeria lui raconta ce qu'elle savait.

— Depuis que Séléné a disparu, vous vous trouviez sous une carapace.

Chriselda ajouta :

— Quand les Omar perçoivent du danger, il arrive qu'elles se réfugient sous une carapace, une coupole protectrice qui les isole de l'extérieur. La communication est alors impossible avec le reste du monde. Personne ne peut y pénétrer ni en sortir à moins de rompre le sortilège. Mais dans le cas présent, aucune d'entre nous n'a conjuré cette carapace.

Valeria confirma les soupçons de Chriselda.

— Et aucune d'entre nous non plus. Ce qui veut dire que c'est une Odish. Et elle a dû faire du bon travail.

Anaïd porta la main à sa tête.

— La carapace ! Bien sûr ! C'est moi qui l'ai détruite en sortant de la vallée.

Valeria la regarda, incrédule.

— Toi ?

Chriselda dut le confirmer.

— Personne ne le lui a appris, mais elle était déterminée au plus haut point.

Valeria lança un sifflement d'admiration, puis ajouta :

— Et la sorcière Odish ?

— On l'a découverte juste à temps, soupira Chriselda, soulagée. Elle se faisait appeler Christine Olaf et avait jeté son dévolu sur Anaïd.

Valeria se tourna légèrement vers Chriselda qui était assise à l'avant sur le siège passager.

— L'augure n'annonçait pas ton arrivée.

Puis elle demanda avec curiosité :

— Tu as eu des problèmes, Anaïd ? Tu avais besoin de Chriselda ?

Anaïd reconnut que, sans sa tante, il lui aurait été impossible de s'embarquer pour Catane.

— Vous voulez dire que mon destin était d'arriver jusqu'ici ?

— Exactement.

— Et que tante Chriselda a facilité les ch... ?

Mais elle ne put terminer sa phrase. Elle avait sous les yeux un spectacle grandiose et entièrement nouveau : un manteau gris-bleu à perte de vue, couvert de petites fleurs blanches agitées par le vent, les vagues dansant sur la plage, les blancs moutons de l'écume...

— La mer ! s'écria-t-elle, émerveillée.

Elle ouvrit la vitre pour mieux le contempler et fut assaillie par l'odeur intense et incomparable de l'iode, et les cris des mouettes. L'immensité limpide et paisible s'étendait jusqu'à l'horizon.

— Tu n'as jamais vu la mer ? demanda Claudia étonnée.

Anaïd avait honte. Tout ce qu'elle savait sur le sujet, elle l'avait appris dans ses livres de géographie, à la télé ou sur Internet. Maintenant, elle se rendait compte qu'elle n'était jamais sortie de son trou, un village perdu entre les montagnes. Sa mère et sa grand-mère ne l'avaient jamais emmenée avec elles.

La couleur de la mer lui était inconnue, ainsi que le bruit des vagues se brisant contre les rochers, et l'odeur profonde de l'iode et du sable méditerranéen mêlée aux effluves de lavande, de thym et de genêt. Anaïd aspira profondément cette fragrance unique.

Valeria la sortit de ses pensées, lui désignant la mer.

— Tu vois ces îlots ?

Anaïd les voyait sans peine ; ils ne se trouvaient qu'à quelques mètres du rivage.

— Ce sont les rochers que le cyclope Polyphème a lancés à la mer, fou de rage contre Ulysse qui s'était échappé de sa grotte.

Anaïd, émue, regardait les montagnes des îlots. Les fentes obscures qui couraient sur les pentes paraissaient indiquer des refuges, des grottes. Ainsi elle était sur la côte où, selon Homère, s'était échoué Ulysse ?

— Si on en a l'occasion, on te montrera le mythique détroit de Messine où sévissaient Charybde et Scylla.

— Et cette forteresse qu'on aperçoit là-bas ? fit Anaïd, captivée.

— Claudia, fais le guide !

Claudia ne parut pas apprécier la suggestion de sa mère. Valeria avait l'air de mettre sa fille à l'épreuve, et Claudia lui en voulait manifestement. Elle regarda Anaïd et débita à contrecœur :

— C'est sur cette côte qu'arrivèrent les premiers colons grecs qui fondèrent la ville de Naxos, tout près de Taormine. Notre maison à nous est sur la côte, mais Taormine, qui est célèbre pour son théâtre grec, au pied de l'Etna, est érigée sur une colline et s'appelait autrefois Tauromenion.

Le son de sa voix était tellement morne et antipathique qu'Anaïd préférait ne rien savoir.

— Merci beaucoup, mais je suis vraiment fatiguée ; je préfère dormir un peu.

L'adolescente remit ses écouteurs sur les oreilles, et commença à fredonner.

Décidément, les jeunes de son âge ne l'aimaient pas. À l'avant, Valeria parlait à voix basse à Chriselda. Anaïd, les yeux clos comme si elle dormait, tendit l'oreille.

— Elles sont de moins en moins farouches ! La situation est désespérée... chuchotait Valeria. Depuis la disparition de Séléné ça fait sept ados et trois bébés.

— Et Salma ? Elle a donc refait surface ?

Valeria acquiesça.

— Elle a été vue dans quatre endroits différents. Dont un ici, dans l'île. Je l'ai appris ce matin même.

Chriselda frissonna des pieds à la tête.

— Alors, elle n'est pas morte sur le bûcher.

— Non, c'est elle qui a fait croire cela. Seules des Omar ont été tuées à ce moment-là.

— Où était-elle pendant toutes ces années ? Pourquoi sort-elle à la lumière maintenant ?

— Parce que le moment est venu. Elle l'attend depuis des siècles.

Chriselda répondit, la voix rauque :

— La seule qui soit parvenue à vaincre la carapace, c'est la petite, et elle a réussi à communiquer avec Séléné.

— Et cette Odish ?

— Elle l'avait envoûtée, mais elle n'a pas pu engourdir sa conscience.

— C'est bizarre, non ?

— Anaïd nous a reproché par deux fois notre passivité.

— Vous n'avez rien tenté ? lança Valeria sans y croire.

— Rien. On a perdu deux mois, murmura Chriselda, embarrassée. Et dire que Karen, Héléna et Gaya sont toujours là-bas...

— Elles n'y resteront pas longtemps, c'est évident, dit Valeria.

— Tu crois ?

— Si Anaïd a vraiment détruit la carapace d'isolement, elles tenteront de la reformer encore mais, cette fois-ci, elles n'y parviendront pas.

C'était fort probable, mais Chriselda ne pouvait s'empêcher de penser qu'elle aurait dû agir bien avant. Elle s'en voulait tellement de son attitude passive.

— Nous n'avons pratiquement rien appris pendant ces deux mois, fit-elle avec regret. Nous n'en savons pas davantage sur Séléné.

— Aucun indice, pas la moindre piste ?

— Absolument rien.

— Ça, c'est aussi un indice.

— Malheureusement oui.

— Tu as dit que la petite a réussi à communiquer avec Séléné ?

— Elle a réussi à pénétrer dans une cavité entre les deux mondes.

— Seule ?

— Sans l'aide de personne. Mais Séléné l'a repoussée.

Valeria tourna la tête vers Anaïd qui faisait toujours semblant de dormir.

— Dans ce cas… Anaïd est… la clef.

— Notre seule possibilité.

— Que sait-elle ?

— Pas grand-chose, mais elle apprend vite.

— Très vite. Elle nous écoute depuis le début. N'est-ce pas, Anaïd ?

Anaïd hésita une fraction de seconde. Inutile de nier l'évidence. Elle ouvrit les yeux et répondit d'une traite :

— Si nous avions agi rapidement pour retrouver Séléné et prévenir les autres Omar, je crois que les Odish n'auraient pas osé aller plus loin.

Chriselda et Valeria étaient interloquées. Néanmoins, Valeria reprit :

— Tu as une idée ?

— Aller chercher Séléné le plus tôt possible au lieu de rester là sans bouger en nous protégeant avec ces boucliers ridicules.

Chriselda faillit s'étrangler de stupéfaction.

— Comment pourrais-tu élaborer une stratégie ? Tu n'es pas préparée, tu n'as même pas été initiée ! repartit-elle en colère.

Valeria appuya sur l'accélérateur et passa en cinquième.

— Ne t'en fais pas, Chriselda, je suis tout à fait d'accord avec Anaïd. À une seule condition.

Anaïd retint sa respiration.

— Laquelle ?

— Il faut l'initier immédiatement.

— Avant ta fille ?

Valeria regarda Claudia dans le rétroviseur. Celle-ci, les yeux clos, agitait la tête au rythme de la musique.

— C'est ma fille, mais nous avons besoin d'Anaïd. Claudia attendra.

Deux nuits blanches et la surexcitation liée au voyage et à ses récentes découvertes avaient complètement épuisé Anaïd. Elle s'endormit profondément, à peine eut-elle posé la tête sur l'oreiller. Elle partageait pourtant sa chambre avec Claudia, et elles auraient pu, comme tous les jeunes de leur âge, bavarder avant de s'endormir. Mais cette dernière avait été tellement désagréable qu'Anaïd ne voulut faire aucun effort de conversation.

Elle dormit d'un sommeil de plomb, mais fit un atroce cauchemar. Dans son rêve, elle se heurtait à nouveau contre la muraille invisible et sentait la douleur lui déchirer la jambe, comme un coup de couteau. Une douleur lancinante, insupportable. C'est alors qu'un bruit contre la vitre la réveilla. Elle ouvrit les yeux, et vit Claudia sauter dans la chambre. Elle venait d'escalader les branches d'un cerisier qui poussait dans le jardin juste sous la fenêtre. Les premiers rayons du soleil venaient caresser les murs de la pièce. Claudia, sans faire de bruit, se déshabilla et se blottit bien au chaud sous ses draps.

Anaïd ne put s'empêcher de demander :

— Où étais-tu ?

Claudia tressaillit. Elle croyait qu'Anaïd était endormie.

— Tu m'espionnes ?

Anaïd se dit que cette fille était vraiment stupide.

— Tu m'as réveillée en entrant.

— Dis donc, tu as l'ouïe fine !

— Pourquoi rentres-tu par la fenêtre ?

— À ton avis ? Je n'ai pas le droit de sortir.

Anaïd se crut obligée de la prévenir.

— On a retrouvé sept filles de notre âge égorgées.

Claudia éclata de rire.

— Et toi, tu as avalé ça ?

— Si je suis venue ici, c'est pour fuir une Odish.

Mais Claudia ne parut pas impressionnée par cette information.

— Oui, c'est ce qu'on t'a dit.

Anaïd n'avait pas envie de se laisser ébranler par le ton suffisant de Claudia.

— Je ne vais pas le dire à ta mère, mais tu devrais prendre des précautions.

— Ah oui ? Et lesquelles ?

— Porter ton bouclier et ne pas sortir seule.

Claudia avait l'air ennuyé.

— Elle est au courant, c'est ça ?

— De quoi ?

— Pour le bouclier. Ma mère t'a demandé de me surveiller et de lui dire quand je l'enlève ?

— Tu l'as enlevé ?

— Je n'ai pas l'intention de porter cette espèce de gaine toute la journée !

— OK. Comme tu veux, marmotta Anaïd en se tournant de l'autre côté pour essayer de se rendormir. Si tu as envie d'être la victime numéro huit, c'est ton problème.

Et Anaïd remonta le drap sur elle avec un sourire. Cette Claudia était vraiment une pimbêche. Tant mieux si elle lui avait flanqué la frousse !

CHAPITRE XVII

Le sanctuaire des sorcières

Le petit palais néoclassique aux colonnes de marbre était érigé sur la colline et surplombait majestueusement le détroit de Messine.

Séléné adorait flâner dans ses jardins romantiques, se perdre dans le labyrinthe des haies, ou prendre un rafraîchissement sous la tonnelle. Elle aimait se prélasser près des bassins, plonger sa main dans l'eau, parmi les poissons colorés, et contempler les sculptures qui venaient des nécropoles grecques que l'on trouvait sur l'île par centaines.

Depuis qu'elle était arrivée en Sicile, elle restait cloîtrée dans le palais et ses jardins, au grand désespoir de Salma qui tentait vainement de l'attirer aux innombrables fêtes qui peuplaient les nuits de Palerme.

Séléné préférait les plaisirs de la campagne, profitant de la demeure. Elle n'arrivait toujours pas à croire que tout ce luxe était à elle, qu'elle en était la propriétaire exclusive, tout comme du yacht ancré dans la crique privée, et de la BMW noire, dont le chauffeur attendait ses ordres pour l'emmener où elle voulait.

La nuit, lorsqu'elle était seule, elle ouvrait son coffret à bijoux et s'abîmait dans la contemplation de ses diamants. Elle éteignait la lumière et passait les bagues dans l'obscurité. Elle ouvrait la fenêtre et agitait ses longs doigts effilés comme une enfant, contemplant les pierres étincelantes dans le clair de lune. Elle regrettait le hurlement des loups dans la montagne, et l'air pyrénéen, limpide et frais. Mais petit à petit, elle s'habitua à la chaleur, à l'air tiède au coucher du soleil, aux effluves de pin et aux embruns salés sur son visage.

Un après-midi où elle s'abritait de la chaleur dans une pièce fraîche, elle surprit une conversation. Elle tendit l'oreille et se rapprocha à pas de loup.

Deux jeunes domestiques du village bavardaient tout en nettoyant les baies vitrées.

Elles s'exprimaient en sicilien, mais Séléné les comprenait parfaitement.

— D'abord il y a eu l'invasion de sauterelles qui a ruiné M. le duc.

— Mais ce n'est pas suffisant, Conccetta.

— Personne d'autre n'en a souffert !

— Et alors ?

— Et alors ! Mais d'où crois-tu qu'il est venu, ce nuage de sauterelles ? Il est apparu d'un coup et puis il a disparu comme si de rien n'était ! Il n'y avait pas de sauterelles, Marella. Elles sont venues de nulle part.

— Tu ne peux pas dire que ce sont des sorcières, juste à cause des sauterelles.

— Et les jardins ?

— Bah, je ne te crois pas.

— Mais je l'ai vu de mes yeux, Marella, écoute-moi. J'ai vu le gazon desséché pousser en un clin d'œil et devenir vert comme celui d'un terrain de golf. Juste après que la brune a prononcé des paroles magiques.

— Si ce sont des sorcières, pourquoi ont-elles engagé Grimaldi pour peindre les chambres au lieu de faire de la magie ?

— Je suppose que sinon d'autres personnes l'auraient remarqué.

— Ce sont des suppositions, tout ça.

— Tu n'as pas entendu ce qui s'est passé à Catane ?

— Quoi ?

— Deux bébés ont disparu, et on a trouvé une jeune fille assassinée, vidée de son sang.

— Oui, mais je ne vois pas le rapport.

— C'est depuis qu'elles sont là. Quand elles sont arrivées, le premier soir, un bébé a disparu. Et tu sais quoi…, fit-elle dans un murmure.

— Quoi ?

— Ce soir-là, j'ai clairement entendu pleurer un bébé, ici, au palais.

— C'est impossible, tu veux dire que…

— Ce sont elles ! La brune va les chercher et la rousse les vide de leur sang.

— Tu crois que la rousse est une meurtrière ?

— Ses cheveux sont rouges comme le sang. Je suis sûre que c'est elle.

— Qu'est-ce qu'on fait ? Tu ne crois pas qu'il faudrait le dire à quelqu'un ?

Les deux jeunes filles pâlirent soudain. Devant elles, surgie sans bruit de nulle part, se tenait la mystérieuse étrangère aux cheveux roux, les fixant d'un air moqueur à travers la vitre. Paralysées par la peur, elles restèrent clouées sur place.

— Dis-moi, Marella ; tu as l'intention d'aller raconter ça au village ?

— Non, non, madame.

— Dis-moi, Conccetta, alors tu penses que je suis une sorcière sanguinaire ?

— Non, madame, non, je...

— Pourtant c'est ce que tu viens de dire. Je peux lancer une invasion de sauterelles, non ? Et je me nourris de jeunes filles et de bébés, c'est ça ?

— Non, madame, ce ne sont que des histoires, des bêtises. En réalité, nous ne croyons pas aux sorcières.

— Ça tombe bien, parce que... vous allez oublier ce que vous venez de dire.

— Je ne comprends pas, madame.

— Eh bien, tout de suite, à mon claquement de doigts, vous allez oublier tout ce qui s'est passé ces derniers jours. Maintenant !

Conccetta et Marella fermèrent les yeux un instant. Quand elles les rouvrirent, une superbe jeune femme aux cheveux roux et en robe de soie fleurie se tenait devant elles en souriant.

Elles se regardèrent avec étonnement, se demandant qui ce pouvait être.

LA PROPHÉTIE DE TAMA

La lune foulera la terre en son honneur
protégeant ainsi sa demeure
illuminant de ses pâles rayons drus
l'aura incomparable de son élue.

Un météorite lunaire
aux reflets noirs et froids
sera le gardien de ses nuits
amoindrissant sa peine.

La pierre de lune acérée,
c'est sûr, tuera le mal
dans la chair meurtrie
pour que renaisse son reflet.

CHAPITRE XVIII

Les eaux bleues de Sicile

Anaïd se trouvait à bord d'un voilier, sur une mer d'huile d'un bleu intense, aussi paisible que les eaux d'un lac. Les yeux mi-clos, elle s'abandonnait à la caresse du vent et du soleil, sans perdre un mot de ce que lui contait Valeria.

— Il est impossible de déterminer le nombre exact d'Odish. Nous pensons qu'il y en a une centaine au maximum. Rares sont celles qui meurent. Elles font le nécessaire pour que ça n'arrive pas. Pour conserver leur immortalité, elles sont capables de tout. Elles sont très cultivées ; elles ont vécu à toutes les époques, ont survécu à toutes les catastrophes. Seules quelques-unes – et on peut les compter sur les doigts de la main – ont choisi d'être mères. Peut-être l'ont-elles fait par curiosité ou simplement par erreur. Toujours est-il que certains de leurs pouvoirs en ont été limités. De plus, elles ne sont pas restées aussi jeunes que les autres. Nous, les Omar, nous sommes des milliers réparties en tribus, clans et lignées, et nous avons besoin d'une langue commune pour nous comprendre, de signes et de symboles pour nous reconnaître et nous identifier. Tandis que les Odish n'ont pas ce genre de problèmes ; elles parlent une infinité de langues et se connaissent parfaitement entre elles. Elles ont des milliers d'années. Imagine le nombre de querelles et de rancœurs accumulées pendant tout ce temps. Lorsqu'elles luttent l'une contre l'autre, elles sont sans pitié. Quant à leur aspect, c'est le plus surprenant : elles semblent éternellement jeunes. C'est pourquoi, la plupart du temps, elles simulent leur mort et se font passer pour leur propre fille, petite-fille et ainsi de suite. Elles y sont obligées si elles ne veulent pas renoncer au pouvoir et aux privilèges qui sont les leurs et qu'elles ont obtenus il y a si longtemps. De nombreuses Odish ont acheté des titres et des terres et se sont cachées pendant des siècles, protégées par les privilèges de l'aristocratie et les hauts murs de leurs châteaux. Elles vivaient près du pouvoir et de la royauté, participant aux intrigues et aux complots de cour. Les Odish rôdaient dans l'ombre, instigatrices machiavéliques de complots, fournissant poisons, poignards et décoctions. Elles n'ont aucun scrupule. Elles achètent ou vendent l'affection grâce à leurs sortilèges. Leurs ennemis sont empoisonnés par leurs potions. Avec leurs alliés, des morts qui n'ont pas trouvé le repos, elles tourmentent la conscience des vivants. Grâce à leurs pouvoirs et leur magie noire, elles dominent les océans et les fleuves, la tempête et les vents, les tremblements de terre et le feu.

— Alors c'est vrai ?

Anaïd, qui jusque-là était restée silencieuse et attentive, n'avait pu s'empêcher d'interrompre Valeria.

— Quoi donc ?

— Qu'elles dominent les éléments : la tempête, le vent, la pluie et la grêle.

Valeria hésita.

— Seules y parviennent les Odish les plus puissantes. Mais elles ne le font que rarement, en luttant contre une autre Odish ou contre un clan Omar. Les humains mortels n'ont, pour elles, aucun intérêt.

Anaïd, assaillie par de douloureux souvenirs, frissonna. La tempête qui s'était déchaînée la nuit où sa grand-mère, Déméter, avait perdu la vie. Les Odish en étaient-elles responsables ou était-ce... Déméter ? Et la nuit où Séléné avait disparu, la tempête aussi faisait rage. Séléné l'avait-elle déclenchée ?

— Et nous, les Omar, on domine aussi les éléments ?

Valeria était déconcertée.

— Tu ne le sais vraiment pas ?

Anaïd fit signe que non. Pourquoi aurait-elle dû le savoir ?

— Allez, Claudia, rafraîchis-nous la mémoire et explique tout ça à Anaïd.

Depuis qu'elles étaient à bord de l'embarcation, Claudia n'avait pas dit un mot. Elle aidait sa mère aux manœuvres. Elle lâchait les amarres, hissait les voiles, courait de bâbord à tribord, et ces gestes simples lui donnaient l'air d'une adolescente tout à fait ordinaire. Mais quand on lui demandait de faire un effort et de participer à la conversation, elle n'avait plus rien d'aimable. Valeria avait tellement l'habitude de son attitude méprisante qu'elle n'y faisait plus attention. Anaïd n'avait pas la moindre envie d'écouter la tirade monocorde de l'adolescente.

— Les Omar, filles d'Oma, petites-filles d'Om et arrière-petites-filles d'O, s'éparpillèrent à travers le monde, fuyant les maléfiques Odish. Avec leurs descendantes, elles fondèrent trente-trois tribus qui, à leur tour, se répartirent en clans. Les clans peuplèrent les territoires de l'eau, du vent, de la terre et du feu, se liant à eux pour l'éternité, apprenant leurs secrets et dominant leur pouvoir. Ils prirent le nom et la sagesse des êtres vivants, ils en apprirent la langue et les ruses. Ce qui leur permit de trouver refuge parmi eux, et de se fondre avec eux.

Malgré son antipathie, Anaïd buvait les paroles de Claudia. Elle lui enviait ces connaissances que n'importe quelle Omar possédait. Pourquoi sa mère et sa grand-mère ne lui avaient-elles rien appris ? Elle avait soif d'apprendre et, malgré elle, demanda :

— Si les clans sont liés à un élément, quel est celui du clan de la louve ?

— La terre, répondit Valeria. Vous influez sur les récoltes et les bois, les tremblements de terre et les catastrophes naturelles...

— Et les dauphines sont liées à l'eau, en déduisit Anaïd.

— Bien sûr. Nous apprenons à dominer les marées, nous faisons venir la pluie, nous luttons contre les raz-de-marée et les inondations...

— Et le feu ? Quels clans dominent le feu ?

— Ceux qui invoquent les animaux vivant dans les profondeurs de la terre, près du magma, là où prend vie le premier feu que crachent les volcans. Le clan de la belette, de la taupe, de la couleuvre...

Anaïd s'enhardit, s'exclamant :

— Et l'air est dominé par les aigles, les faucons, les perdrix…

— Bien sûr.

Tante Chriselda, étrangement pâle sous le soleil, prit la parole.

— Il faudra que je t'apprenne quelques formules en vue de ton initiation. Avec ta baguette, tu devras redonner vie à un arbre mort et faire mûrir un fruit vert.

Anaïd ne pouvait cacher sa déception.

— C'est tout ?

— Que croyais-tu ?

— Eh bien, que je devrais provoquer un tremblement de terre, une éruption volcanique ou… une tempête…

Valeria éclata de rire. Claudia siffla :

— Ça, même les chefs de clan ne peuvent y arriver. Les initiées font d'autres trucs débiles, comme de faire mûrir une mandarine, allumer une branche de pin, remplir une bassine d'eau et faire voltiger une plume dans les airs. Je crois que tu as vu trop de films de magie.

— Allez : assez de leçons théoriques pour aujourd'hui. Passons à la pratique.

Valeria commença à se dévêtir et donna un ordre à Claudia.

— Tu peux me passer la gourde, s'il te plaît.

Claudia l'attrapa en rechignant et la lui tendit, en lui montrant l'heure.

— Il y a rencontre et métamorphose, aujourd'hui ?

— Ça te pose un problème ?

— J'ai un rendez-vous cet après-midi, tu ne peux pas me faire ça.

— Je t'avais prévenue, ne me dis pas que tu n'étais pas au courant.

— Pourquoi ? Pourquoi aujourd'hui ? Et pourquoi est-elle venue, celle-là ?

— Celle-là a un nom et elle vaut beaucoup plus qu'un après-midi de ton temps, crois-moi.

Anaïd se sentait mal à l'aise. Valeria entraîna d'un geste brusque sa fille dans la minuscule cabine de proue. Anaïd jeta un œil à Chriselda, d'une pâleur extrême, accoudée au bastingage. Anaïd comprit soudain pourquoi sa tante parlait si peu depuis leur départ : la pauvre avait le mal de mer.

— Tante Chriselda...

Chriselda n'avait plus la force de lui répondre. Anaïd la prit dans ses bras. Pour lutter contre le mal de mer, rien de tel qu'un massage circulatoire, une compresse froide sur le front et une infusion de camomille légèrement sucrée. Des soins que Déméter lui aurait prodigués si elle avait été là. Elle trempa son foulard dans l'eau de mer, obligea sa tante à s'allonger et lui appliqua la compresse improvisée sur le front. Puis elle commença à lui masser les poignets pour activer la circulation du sang, tout en l'obligeant à respirer plus régulièrement. La couleur revint rapidement au visage de Chriselda. Anaïd ramassa la gourde de Valeria et l'offrit à sa tante, qui but une longue gorgée sans reprendre son souffle et se mit à tousser.

— Qu'est-ce que c'est ? demanda Chriselda en fronçant le nez.

Anaïd renifla le contenu du récipient. Elle avait d'abord cru que c'était de l'eau, mais il s'en dégageait une odeur douceâtre qui lui faisait penser à une infusion de menthe. Elle en prit une gorgée. C'était délicieux. Valeria en avait bu il y a quelques instants ; ça ne lui ferait donc pas de mal. Anaïd lui tendit à nouveau la gourde et continua à la masser tout en fredonnant un air que Déméter avait l'habitude de chanter avec ses patients. En quelques instants, Chriselda se sentit nettement mieux. Elle se redressa et prit les mains d'Anaïd dans les siennes, comparant leurs paumes.

— Tu as le don.

Étonnée, Anaïd demanda :

— Quel don ?

— Celui de ta grand-mère et le mien. Celui de la lignée Tsinoulis. Nous avons le fluide. Ne le savais-tu donc pas ?

Anaïd fit non de la tête.

— Déméter s'en est rendu compte quand elle était enfant, avec son chien ; il s'était cassé une patte, et elle l'a guéri en posant les mains sur la blessure.

— Et moi, je sais faire ça ?

— Oui, c'est en ton pouvoir.

Anaïd examina ses mains avec fierté. Parfois, en caressant Apollon, il lui était arrivé de sentir une sorte de fourmillement dans les doigts. Cela pouvait-il être le fluide ?

Les voix étouffées provenant de la cabine se turent. Valeria avait probablement clos le débat avec sa fille, mais Claudia était une dure à cuire.

Claudia et Valeria remontèrent sur le pont. À la grande surprise d'Anaïd, Valeria plongea dans l'eau bleue, avec un style impeccable, sans leur fournir aucune explication. Bouche bée, Anaïd contemplait l'endroit où elle avait disparu. Une minute, puis deux, puis trois, s'écoulèrent... Aucune trace de Valeria. Elle s'était complètement volatilisée. Anaïd commençait à s'inquiéter. Soudain, Chriselda lui désigna quelque chose à la poupe. Anaïd tourna la tête et vit un dauphin. L'énorme créature fit un bond impressionnant au-dessus des eaux et lança un cri aigu. Rapide comme l'éclair, il surgit à la poupe, à la proue, à bâbord et à tribord. Il bondissait sans aucun répit, semblant se multiplier par quatre, par cinq, répétant à l'infini le même cri de bienvenue. Il expulsait l'air de ses poumons par son évent, faisant jaillir un long jet d'eau. Jusqu'à ce qu'Anaïd comprît qu'il ne s'agissait pas d'un seul dauphin, mais de toute une bande ; et parmi eux, nageant comme l'un d'entre eux et riant de leurs ébats : Valeria. Elle appela Anaïd :

— Viens, n'aie pas peur, ils veulent faire ta connaissance.

Anaïd étendit la main, et fut saluée rituellement par dix museaux humides qui lui communiquèrent leur bonne humeur et laissèrent sur ses doigts une agréable odeur d'iode.

— Ce sont les femelles qui t'ont saluée ; elles sont plus curieuses.

— Et plus affectueuses, ajouta Anaïd en langage dauphin, attendrie.

Les femelles montrèrent leur approbation par un concert de cris et de sauts en hauteur. Chriselda contemplait la scène en ouvrant de grands yeux, complètement ébahie.

— Tu sais parler dauphin ?

— Il faut croire, c'est sorti comme ça.

Valeria invita Anaïd à la rejoindre dans l'eau.

— Allez, viens, plonge.

Anaïd secoua la tête, effrayée.

— Je n'ai jamais nagé dans la mer.

— Tu flottes plus facilement, ici ; à cause du sel. La Méditerranée est très salée.

— C'est que…

— Claudia, donne-lui un coup de main.

Claudia, ravie, poussa Anaïd des deux mains et lui fit faire un plongeon tout habillée. Anaïd, qui ne s'y attendait pas, eut un instant de panique. La mer lui parut plus dense que les lacs qu'elle connaissait, presque compacte et semblait se refermer sur elle, lui remplissant la bouche, le nez et les oreilles d'eau et de sel. Elle allait se noyer. Elle avait besoin d'oxygène. Elle parvint à donner un coup de pied et à remonter à la surface, respirant avidement l'air salvateur, regrettant amèrement de ne pas avoir prêté attention pendant le cours de natation à la piscine de Jaca. Elle en savait tout juste assez pour faire quelques brasses, contrôler plus ou moins sa respiration et garder la tête sous l'eau quelques secondes avec les yeux ouverts. Pas plus ; certainement pas de longues minutes, comme en paraissait capable Valeria. Tout à coup, une chose douce et lisse frôla son bras gauche, puis glissa sous son corps et la souleva au-dessus de l'eau. Anaïd s'y agrippa instinctivement, avant de se rendre compte qu'elle chevauchait un dauphin. Valeria était également juchée sur l'un d'entre eux. Elle lui chuchota quelques mots, et les deux dauphins partirent en flèche, glissant sur les flots à une vitesse fabuleuse. Anaïd avait toutes les peines du monde à rester en place, à chaque moment elle craignait de lâcher prise et d'être engloutie. Puis Valeria s'arrêta enfin.

Anaïd ne comprenait rien. Pourquoi étaient-elles parties seules ? Que faisait Claudia ? Et Chriselda ? Valeria parla aux dauphines et les caressa doucement entre les yeux.

— Merci, mes jolies ; vous avez bien travaillé. Allez manger quelque chose et revenez plus tard. Anaïd, tu peux descendre.

— Non, je t'en prie, supplia-t-elle, s'accrochant de toutes ses forces à son destrier marin.

Valeria lança gaiement :

— Laisse-la partir et redresse-toi.

Anaïd finit par obéir et se laissa glisser dans l'eau. À sa grande surprise, elle sentit une roche sous ses pieds. Elle n'avait de l'eau que jusqu'aux chevilles. Elles étaient parvenues à un promontoire rocheux, une sorte d'îlot volcanique poreux. Ça n'avait rien d'extraordinaire dans les parages de l'Etna…

— Tu as peur ?

— C'est que… je ne comprends pas pourquoi nous sommes venues jusqu'ici.

Valeria lui prit les mains et la fit descendre de son appui rocheux.

— Mets la tête sous l'eau, et observe bien tout autour de toi. Ensuite, dis-moi ce que tu as vu.

Anaïd obtempéra, mais sa résistance en apnée était nettement plus limitée que celle de la biologiste. Pendant les quelques secondes où elle était immergée, elle ne réussit à voir devant elle que des algues flexibles et sinueuses agitées par le courant.

— Il n'y a que des algues, fit-elle en reprenant son souffle.

— En es-tu certaine ? Observe-les encore.

Anaïd s'immergea à nouveau, considérant attentivement ces longues algues ondulant sous les flots.

— Oui, j'en suis certaine.

— Ce sont des poissons qui se transforment en algues pour capturer ceux qui, comme toi, ne leur prêtent pas attention.

Valeria semblait beaucoup se divertir. Anaïd s'immergea pour la troisième fois et tendit la main vers la supposée colonie d'algues innocentes. Le mouvement fut si rapide qu'Anaïd n'eut pas le temps de réagir : elle sentit une piqûre sur son doigt et réussit à distinguer de petits yeux malins.

— Aïïee !

— Je t'avais prévenue !

— Ils m'ont mordue.

— Ils t'ont juste « goûtée ». Tu ne leur plais pas.

— Comment peux-tu le savoir ?

— Dans le cas contraire, ils se seraient tous jetés sur toi, et ils seraient en train de festoyer. Ce sont de véritables goinfres.

— Ils sont drôlement malins.

— Oui, ils sont très malins. La capacité de mimétisme

développée par certains animaux pour survivre en mer est phénoménale.

— Pourquoi uniquement les animaux marins ?

— Je suis biologiste, mais j'aime bien donner une explication poétique à ce phénomène. Dans l'eau, tout est confus et trompeur. On n'apprécie pas les formes et les couleurs comme à l'air libre ; les contours sont flous et lointains. Ce que les êtres terrestres considèrent comme des valeurs objectives ne le sont plus dans l'océan ; c'est encore plus vrai au fur et à mesure que l'on s'enfonce dans les profondeurs, car la lumière s'atténue, la vision et la perception du monde extérieur se transforment et cessent d'être des paramètres universels. Tu comprends ?

— Oui, répondit Anaïd, se souvenant de sa chute vertigineuse dans les ténèbres de l'abîme.

C'est là, dans le passage entre les deux mondes, qu'elle aussi avait compris que les critères terrestres n'avaient plus de sens. La peur engendrait l'illusion.

Anaïd écoutait Valeria, sentant confusément qu'elle allait être le témoin d'un spectacle exceptionnel. Sinon, pour quelle raison Valeria l'aurait-elle amenée jusqu'ici ? Pour lui montrer une colonie d'algues affamées ? C'était peu probable.

— Nos ancêtres du clan des dauphins nous ont légué un savoir que nous gardons jalousement. Nous n'en avons fait part à aucune autre Omar, ou presque. Ta mère est une exception et elle voulait que tu viennes à Taormine pour que je t'enseigne l'art de la métamorphose.

À la mention de Séléné, le rythme cardiaque d'Anaïd s'était accéléré. Avait-elle bien compris ? Sa mère voulait qu'elle assistât à une métamorphose. Pourquoi ?

Valeria observa le ciel.

— L'heure approche. Tu dois me promettre que, quoi qu'il arrive, tu resteras calme.

Et tout en parlant, Valeria se dénuda complètement et tendit son maillot de bain à Anaïd.

— Garde-le-moi et ne bouge pas.

— Que vas-tu faire ?

— Me métamorphoser.

— En quoi ?

— Je ne sais pas. Chaque fois c'est différent.

— Et comment le fais-tu ?

Valeria commença à être agitée d'un léger tremblement ; ses dents s'entrechoquaient.

— Je m'unis à ce qui m'entoure. Le mimétisme agit selon l'endroit où je me trouve. Je veux me dépouiller de mon corps et faire partie de tout ça. Je dois trouver un autre corps en adéquation avec mon esprit.

Anaïd remarqua soudain que le corps de Valeria luisait de manière inhabituelle et que ses yeux brillaient d'un feu sans pareil. Valeria s'abandonna sur les vagues, fermant les yeux et laissant son esprit flotter librement sur les eaux. Ses cheveux ondulaient autour d'elle. Était-ce une illusion ? Anaïd se rendit compte que les longs cheveux n'étaient que des algues. Le corps de Valeria avait pris une forme plus ronde et compacte, et scintillait de reflets argent et outremer. Anaïd porta les mains à sa bouche et étouffa un cri.

Un marlin[1].

---

1. Poisson atteignant facilement plus de cent kilos, voire deux ou trois cents. *(N.d.T.)*

Valeria s'était transformée en une gigantesque femelle marlin. Celle-ci se mit à nager en cercles concentriques autour d'Anaïd, une sorte de ballet de plus en plus serré, jusqu'à ce que, soudain, elle changeât de direction et, grâce à son puissant aileron, elle s'éloignât en direction d'une tache sombre qui se déplaçait lentement dans le lointain. C'était un banc de marlins qui allaient vers le nord, en direction du détroit. Valeria se joignit à eux et fut accueillie par des démonstrations de joie. Anaïd les voyait sauter hors de l'eau et entendait le bruit des ailerons qui s'entrechoquaient.

— Valeria, reviens ! cria-t-elle.

Dans sa voix, résonnait la détresse de l'abandon et de la solitude. Elle savait parfaitement que cet énorme poisson était Valeria puisqu'elle s'était métamorphosée sous ses yeux. Mais... la personne en tant que telle avait-elle cessé d'exister ? Ou bien conservait-elle sa conscience humaine ? Que lui arriverait-il si Valeria, métamorphosée en marlin, franchissait le détroit et l'oubliait pour toujours ? Elle grimpa sur la roche la plus haute, là où l'eau lui caressait les pieds sans les recouvrir et où le soleil la réchauffait de ses rayons. Devant elle, les flots s'étendaient à perte de vue, un bleu infini d'une beauté redoutable. Si la montagne est périlleuse, la mer est impitoyable. Seule en plein milieu de la Méditerranée, elle ne survivrait pas longtemps.

Pourtant, elle refusa de se laisser gagner par la peur.

Valeria était robuste. Comme Déméter, tout son être irradiait la puissance. Ni Chriselda, ni Gaya, ni Héléna, ni Karen ne dégageaient la force et l'énergie qui émanaient de Valeria. Était-ce l'autorité naturelle de chef de clan ? Peut-être.

Anaïd attendit des heures et des heures. Pour ne pas sentir le froid, elle s'efforça de rester au sec et de bouger : elle ôta ses vêtements mouillés, se frotta vigoureusement les bras et les jambes, tapa dans ses mains et se pinça les joues. Le ciel s'était voilé peu à peu, se couvrant finalement de gros nuages noirs. Le vent se leva, alors que le soleil déclinait. Depuis combien de temps Valeria l'avait-elle abandonnée ? Trois heures ? Quatre ? La morsure de la faim et de la soif commençait à se faire sentir, et les signes avant-coureurs de la tempête se précisaient.

Sur la ligne fine de l'horizon, elle aperçut le pâle reflet d'un éclair, et l'angoisse lui serra la gorge. Une tempête devait être encore plus terrifiante en mer qu'en montagne.

Une bande de mouettes criardes passa au-dessus d'elle. Quelques-unes, les plus effrontées et les plus curieuses, s'approchèrent jusqu'à la toucher. Anaïd fit de grands gestes pour les faire fuir, les invectivant dans leur propre langue ; ces charognards ailés lui répugnaient.

Pourtant, les mouettes étaient sa seule compagnie. Ses pensées se mirent à errer : elle se dit que l'angoisse la plus terrible étreignant un naufragé, en dehors de la soif, devait être la solitude. Les heures passaient lentement, inexorablement, et elle ne détectait aucun signe de vie à la surface de l'eau. Seuls lui parvenait l'écho inquiétant des coups de tonnerre et le sifflement du vent.

La nuit était proche. De plus en plus proche.

Anaïd ne voulait pas mourir.

Elle eut alors une idée. Et si les dauphins revenaient lui apporter de l'aide ? Après tout, elle était arrivée jusque-là à dos de dauphin. Avant que le soleil ne disparût derrière l'horizon, Anaïd se mit à appeler les dauphins dans leur langue. Elle lança un cri, puis un deuxième et, au troisième, vit clairement s'approcher une ombre qui glissait silencieusement sous l'eau.

C'était la femelle qui l'avait portée sur son dos et qui, dans sa langue, répondait au nom de Floun. Anaïd s'écria :

— Comme je suis heureuse de te voir ! Je t'en prie, ramène-moi à terre.

Mais Floun tourna plusieurs fois gracieusement autour d'Anaïd avant de lui répondre :

— Valeria me l'a interdit.

Anaïd crut défaillir.

— Il lui est arrivé quelque chose ?

— Non.

— Alors, dis-lui qu'elle vienne me chercher avec le voilier.

— Elle sait très bien où tu es.

Bien sûr. Valeria l'avait abandonnée et savait parfaitement qu'à cette heure de la journée Anaïd serait transie, morte de faim, de soif et de peur.

Mais pourquoi ? Si Valeria allait bien, et qu'elle interdît aux dauphins de lui porter secours… quel était son but ?

Anaïd fixa longuement la belle dauphine. Elle aurait juré que les yeux de Floun reflétaient la tristesse et la pitié. Puis Floun bondit une dernière fois au-dessus des flots et s'éloigna dans le crépuscule naissant.

Le cœur de la jeune fille se mit à battre violemment alors qu'un doute s'immisçait dans son esprit.

Elle s'était laissé piéger auparavant par une Odish.

Valeria était-elle une Odish, elle aussi ?

De gros nuages noirs cachaient entièrement les derniers rayons du soleil. Les eaux illuminées avaient acquis une teinte sombre et inquiétante. Anaïd entoura ses jambes de ses bras d'un geste instinctif, et commença à se balancer d'avant en arrière, fredonnant un air que lui chantait Déméter lorsqu'elle était enfant. Elle s'apaisa peu à peu et rouvrit les yeux. Elle distinguait maintenant les formes diffuses qui l'entouraient, et l'obscurité environnante ne lui paraissait plus aussi effrayante.

Ce paysage lui était devenu familier ; après tout, elle était là depuis des heures, sans rien d'autre à faire que de contempler l'horizon. C'est alors qu'elle le vit, à quelques mètres de distance. Il la dévisageait avec curiosité, sans se cacher le moins du monde. Bien qu'il fût à moitié immergé, la lueur des éclairs permettait de distinguer ses cheveux bouclés, sa barbe, son bouclier, son glaive recourbé et son casque avec, en guise d'aigrette, une queue de cheval.

Anaïd n'était pas effrayée le moins du monde.

— Bonjour.

Le guerrier, étonné, jeta un coup d'œil alentour. Il n'avait pas rêvé, Anaïd lui parlait bien.

— C'est à moi que tu parles ?

— Oui, bien sûr, il n'y a personne d'autre.

— Alors… tu peux me voir.

— Et t'entendre.

— Je n'arrive pas à y croire !

— Moi non plus, mais c'est ainsi.

— Tu es… tu es la première personne avec qui je parle en l'espace de… Je ne sais plus. En quelle année sommes-nous ?

— Même si je te le disais, tu n'y comprendrais rien. Tu viens d'où ? Tu es Grec ? Romain ? Carthaginois ?

— Grec des colonies ! Je me nomme Callicratès, soldat hoplite ayant participé à la bataille pour défendre la ville de Gela, sous les ordres du grand Dionysos de Syracuse.

— Ça alors ! Je crois que c'est arrivé au Ve siècle avant Jésus-Christ.

— Avant qui ?

— Disons que tu traînes par ici depuis à peu près deux mille cinq cents ans.

— J'avais bien l'impression que ça faisait un bout de temps.

— Et que t'est-il arrivé, si ce n'est pas indiscret ?

— Je me suis noyé.

Anaïd réprima un frisson.

— Tu ne savais pas nager ?

— J'étais soldat, pas marin.

— Et maintenant, tu es un esprit errant qui aspire au repos éternel.

— Comment le sais-tu ?

— Je le sais ; tu n'es pas le premier que je rencontre. Qui t'a maudit ?

— Ma femme, je suppose. Je lui avais juré que je serais de retour à Crotone pour la récolte, mais je ne suis jamais rentré.

— Alors tu t'es noyé lorsque tu rentrais chez toi ?

— Hélas oui. Je me suis vaillamment battu contre Himilcon, le grand général carthaginois ; nous nous sommes retirés dignement, nous avons pris la mer, mais en approchant de ces côtes, notre navire a coulé.

Anaïd entendit à peine la dernière phrase de Callicratès. Un terrible coup de tonnerre l'avait interrompu.

— Une nuit plutôt agitée. Je me souviens que…

— Non, s'il te plaît, le coupa Anaïd.

— Ne veux-tu pas que je te raconte la tempête qui a envoyé mon navire se fracasser sur les écueils ?

Anaïd n'en avait pas la moindre envie et elle s'emporta.

— Au cas où tu ne le saurais pas, je suis vivante, moi, et je n'ai aucune envie de mourir noyée.

— Tu as raison. C'est épouvantable. Tu veux respirer, mais au lieu d'aspirer de l'air, tes poumons se remplissent d'eau et…

— Silence !

L'hoplite se tut et n'ouvrit plus la bouche. Anaïd se souvint à quel point les esprits étaient obéissants et soumis.

La tempête se rapprochait dangereusement, et les vagues étaient de plus en plus hautes. Elle n'avait aucun refuge, aucune saillie à laquelle s'accrocher.

— Si tu m'aides, je te donnerai le repos éternel.

— C'est à moi que tu parles ?

— Oui, c'est à toi que je parle, Callicratès. Dis-moi comment partir d'ici avant qu'une vague ne m'emporte.

Callicratès sembla réfléchir, regardant autour de lui.

— Il y a certainement une solution, mais je ne la connais pas.

— Pourquoi dis-tu cela ?

— Parce que les autres ont disparu. Je ne les ai pas vues se noyer. Elles se sont échappées.

— De quelles autres parles-tu ?

— Des autres filles.

Anaïd frémit.

— Tu veux dire que je ne suis pas la première que tu vois sur ce rocher ?

— Exactement, mais tu es la première que je vois qui ne pleure pas et qui me parle.

— Combien de filles sont passées par ici ?

— Eh bien… je dirais que, pendant tous ces siècles… des centaines ?

Anaïd pâlit.

— Tu veux dire que chaque année, ou presque, tu trouves une fille comme moi, à moitié nue, prisonnière sur ce rocher, et que le jour suivant elle a disparu ?

— Exactement.

Anaïd était terrorisée. Qui pouvait vivre des milliers d'années en se faisant passer pour des personnes différentes ? Qui massacrait les jeunes filles pour boire leur sang ? Ses terribles soupçons étaient donc fondés.

— C'est une Odish. C'est ce que pensaient les autres.

— Qui ?

— Les filles.

— Tu peux lire les pensées ?

— En effet.

Anaïd était désespérée. Elle devait faire quelque chose.

— Je t'en prie, aide-moi.

— Je le voudrais bien. Comment es-tu arrivée jusqu'ici ?

— Sur le dos d'un dauphin.

— C'est une monture originale.

— Mais il ne veut pas me ramener à terre.

Une nouvelle vague d'une force inouïe balaya le rocher et submergea Anaïd qui eut toutes les peines du monde à se retenir. Il s'en fallut de peu qu'elle ne fût rejetée à la mer ; elle s'accrocha in extremis à une légère protubérance de la roche et se blessa la main.

La tempête se déchaînait maintenant. Le vent hurlant façonnait des vagues énormes que la pluie fouettait avec rage. Anaïd n'avait plus de forces pour s'agripper au rocher. Une étrange sensation l'envahit : ces vagues terribles ne l'effrayaient plus, elle était chez elle et faisait corps avec l'eau et l'écume. C'est alors qu'elle aperçut le dauphin qui nageait dans l'eau sombre.

Elle ferma les yeux et s'y laissa glisser, s'abandonnant aux vagues, s'unissant à la mer.

Une minute, puis deux, puis trois s'écoulèrent, et l'hoplite soupira.

Quelle tristesse !

La pauvre enfant avait disparu à tout jamais, sans qu'il eût pu lui apporter son aide. Il était à nouveau seul devant l'éternité, condamné à la solitude. Les cris de joie de deux dauphins le tirèrent quelques instants de sa rêverie, mais ils s'éloignèrent rapidement. L'hoplite, qui s'ennuyait comme toutes les nuits, resta au creux des vagues pour contempler l'orage.

Une heure plus tard, il vit s'approcher une vedette manœuvrée par une femme en ciré. Elle pilotait avec dextérité : après plusieurs virages habiles, elle se positionna près de l'îlot, évitant les récifs.

L'hoplite, sachant qu'il était invisible aux yeux humains, s'était posté tout au sommet pour mieux contempler l'intruse qui bravait la tempête.

— Eh, toi !

Callicratès n'en croyait pas ses oreilles.

— C'est à moi que tu parles ?

— À qui veux-tu que ce soit ?

Callicratès, mort noyé et ignoré pendant près de deux mille cinq cents ans, eut le bonheur de converser avec un être vivant pour la deuxième fois, cette même nuit.

CHAPITRE XIX

La cérémonie

Chriselda se tordait les mains de désespoir.

— Fais quelque chose ! Je t'en prie, fais quelque chose !

Valeria était dépassée par les événements ; elle n'avait pas prévu la fureur de la tempête. Les persiennes claquaient sous la force du vent et la pluie fouettait les vitres avec violence.

— Les augures avaient annoncé une journée favorable.

Chriselda ouvrit grand la porte, luttant contre le vent.

— Favorable ? Tu appelles ça favorable ?

— Tu sais très bien que je ne peux pas interrompre une initiation. Une fois qu'on a commencé, on doit aller jusqu'au bout.

— La vie d'Anaïd m'importe plus que son initiation. Si elle n'est pas initiée par un clan de l'eau, elle le sera par un clan du feu ou de l'air ; mais, je t'en prie, va la chercher.

Valeria regarda sa montre.

— Il ne reste que quelques heures avant l'aube. Respectons le rituel.

Chriselda s'éloigna.

— Si tu n'y vas pas tout de suite, j'appelle les sauveteurs et je leur signale sa disparition.

Valeria finit par céder sous la pression de Chriselda. Elle revit le sourire confiant d'Anaïd, son émerveillement devant les flots bleus, sa foi aveugle en elle et son émotion quand elle lui avait parlé de Séléné. Et maintenant, cette enfant, qui venait de perdre sa mère, se trouvait seule en mer, la nuit, à la merci des éléments déchaînés.

Elle n'aurait jamais dû lui infliger cela. C'était trop cruel.

Les initiations étaient toujours très dures, mais les novices disposaient habituellement d'une période d'adaptation. En des circonstances normales, Valeria aurait abandonné Anaïd après un mois de navigation et de plongée, et quelques tests préliminaires. Peut-être aurait-elle dû également se renseigner sur les prévisions météorologiques au lieu de se fier uniquement aux augures.

Les flammes avaient prédit une journée excellente pour l'initiation d'Anaïd. S'étaient-elles trompées ? Les augures ne mentaient jamais. C'est elle, peut-être, qui n'avait pas su les lire et avait provoqué un drame. Personne ne l'en rendrait responsable…

Elle ne put s'empêcher de penser au cas de la petite Julia, la fille de Cornelia Fatta, qui n'avait pu supporter l'obscurité de la grotte où elle était retenue prisonnière, et qui s'était tuée en tentant de trouver la sortie.

Voilà où en était Valeria de ses réflexions tandis qu'elle suivait Chriselda qui, malgré sa corpulence, arriva en un temps record au port de plaisance où était ancré le voilier. Valeria crut que Chriselda allait sauter sur le pont sans l'attendre.

— Chriselda, attends, on ne peut pas partir seules !

— On n'a pas le temps. Je te donnerai un coup de main, fit Chriselda.

Et elle avait l'air si résolu, si convaincu, que Valeria haussa les épaules et commença à larguer les amarres. Soudain, le puissant halo d'une lampe torche l'illumina de plein fouet.

— Je regrette, mais il est interdit de sortir du port.

Valeria pâlit.

— Il y a juste un peu de houle.

— Si on veut : des vagues de trois mètres de haut et un bateau de pêche porté disparu. En plus, une femme nous a désobéi : elle est partie seule en pleine mer à bord d'une vedette. On a assez de problèmes comme ça. Alors, vous restez ici. On ne tentera plus rien avant que la tempête ne se calme.

Valeria lâcha la corde qu'elle tenait à la main.

— Très bien… réussit-elle à articuler.

Elle imaginait les vagues de trois mètres de haut balayant l'îlot, Anaïd malmenée par ces vagues, son corps inerte flottant dans l'eau. Floun, cependant, avait ordre de lui porter secours en cas de danger. Mais qui était capable de s'agripper au dos glissant d'un dauphin dans des vagues de cette envergure ?

Chriselda comprit que Valeria avait peur et eut pitié d'elle. Au lieu de l'accabler, elle lui prit la main.

— Appelons-la.

— Crois-tu qu'elle saura nous répondre ?

— C'est elle qui a appelé Karen et qui l'a fait revenir de Tanzanie. Elle l'ignore, mais moi, je sais que c'est elle.

Chriselda et Valeria joignirent leurs mains sous la pluie battante et, dans l'obscurité, leurs deux esprits lancèrent un appel muet d'une telle intensité que la réponse d'Anaïd leur parvint aussitôt.

Elle était vivante.

Toutefois, passé le premier moment d'exaltation, les deux femmes se regardèrent, stupéfaites.

L'esprit qui avait répondu à leur appel se trouvait dans le corps d'un dauphin. Valeria visualisait ses nageoires et son corps luisant, et avait compris la réponse émise en ondes.

— C'est impossible. Elle n'a pas bu la potion.

— Quelle potion ?

— Celle qui permet la métamorphose.

Chriselda réfléchit un instant.

— Tu l'avais mise dans ta gourde ?

— Oui.

— Alors elle en a bu. Une gorgée.

Et Chriselda ajouta :

— Mais moi, j'en ai bu la moitié.

En dépit du tragique de la situation, Valeria se mit à rire.

— Eh bien. Alors, alors… à tout moment, tu peux t'envoler ou te mettre à ramper.

Chriselda pâlit brusquement.

— Ce ne peut pas être aussi facile.

Valeria était redevenue sérieuse.

— En effet, ça n'a rien de facile.

— Je ne comprends pas.

— Moi non plus, Chriselda, je ne comprends pas. Je ne sais pas du tout comment elle a pu y arriver. Personne n'y était jamais parvenu.

Claudia se faufila dans la chambre juste avant l'aube, complètement trempée. Il lui avait semblé y voir une ombre. Cette idiote de Tsinoulis était-elle rentrée plus tôt que prévu ? Elle palpa l'autre lit à tâtons et, comprenant qu'il était vide, alluma sa lampe de chevet.

Elle repéra sur le sol des traces de chaussures mouillées qui n'étaient pas les siennes. Elle était découverte. Ce qui était curieux, c'est qu'on eût mis aussi longtemps à la percer à jour.

Elle ôta ses vêtements trempés et voulut prendre une serviette. En ouvrant l'armoire, elle sentit une sorte de démangeaison étrange sur la main. L'air à l'intérieur était très chaud, brûlant, comme si toute la chaleur de la journée s'y était concentrée. Elle attrapa une serviette et ferma rapidement la porte, puis se glissa sous les draps sans parvenir à se réchauffer. Alors qu'elle hésitait à se lever pour prendre un pull qu'Anaïd avait laissé sur son lit, elle entendit le grincement des portes de l'armoire qui s'ouvraient doucement.

Elle se mit à trembler de plus belle. Une petite ombre évolua vers la fenêtre. Un rat ? Un furet ?

Avec l'agilité de ses quinze ans, Claudia se jeta sur la lampe et l'alluma. Son regard croisa deux yeux perçants, un millième de seconde, avant qu'elle ne voie un chat sauter par la fenêtre. Claudia porta les mains à son cœur qui battait à tout rompre, comprimant sa poitrine pour essayer de se calmer. Son sang s'était glacé dans ses veines, elle ne pouvait plus respirer.

Les yeux de ce chat... Ils lui rappelaient un autre regard, aperçu le soir même sur la plage, celui d'une femme qui la regardait fixement.

Elle alla fermer la fenêtre et vit qu'il y avait bien un pull plié sur le lit d'Anaïd. Elle l'enfila et sentit une douleur cuisante sur sa peau, puis rapidement la chaleur de la laine.

Elle se glissa à nouveau entre les draps et sombra dans un profond sommeil. Elle dormit d'un sommeil de plomb. Elle n'entendit pas la pagaille dans la maison au retour d'Anaïd.

Elle rêvait que des yeux regardaient à l'intérieur d'elle-même, s'introduisaient lentement en elle et fouillaient dans les moindres recoins de son esprit.

Anaïd ne s'était pas encore remise de ses émotions. Peut-être ne s'en remettrait-elle jamais. Un jour, Déméter lui avait confié que certaines fatigues émotionnelles ne pouvaient s'effacer. Elle comprenait à présent le sens de ces paroles : la fatigue qu'elle ressentait était de cette nature.

Elle s'était crue morte, alors qu'elle survivait à la tempête enfermée dans le corps d'un dauphin ; et l'effort de cette métamorphose l'avait épuisée.

Elle s'était crue trahie par Valeria ; et cette supposition l'avait vidée de ses forces.

Mais Valeria avait convoqué un *coven* et Anaïd devait y assister. Elle en était la cause unique. Les clans étrusques étaient en ébullition après les événements récents qui menaçaient la communauté Omar, et la venue d'Anaïd avait été annoncée par des sorcières du clan de la chouette, de la corneille, de l'orque et de la couleuvre, des villes de Palerme, d'Agrigente et de Syracuse. Toutes mouraient de curiosité de connaître la petite Tsinoulis, célèbre, non seulement parce qu'elle était la fille de l'élue, mais aussi pour sa toute dernière prouesse.

La nouvelle de la métamorphose d'Anaïd s'était répandue comme une traînée de poudre grâce aux commérages des dauphines. Toutes voulaient assister à son initiation et espéraient, grâce à elle, en savoir plus pour lutter contre l'incertitude qui les rongeait depuis la disparition de Séléné.

Dans la petite crique orientée au levant, les sorcières continuaient d'arriver.

— Où est la petite louve Tsinoulis ?

Cette question semblait être répétée à l'infini.

— Elle ressemble à Déméter.

— Elle n'a vraiment rien de sa mère.

— Pauvre mignonne, les perdre toutes les deux.

Les commentaires allaient bon train, tous les regards étant tournés vers Anaïd, parfois discrets, parfois directs, avec cette franchise propre aux personnes d'âge mûr. Anaïd savait ce qu'elles pensaient sans oser l'exprimer à voix haute : comment cette enfant chétive avait-elle pu se métamorphoser en dauphin ? La réponse les aurait probablement déçues, car Anaïd elle-même aurait été incapable de leur expliquer ce qui s'était réellement passé. D'ailleurs, peut-être n'aurait-elle pas su reprendre possession de sa forme humaine sans l'aide de Valeria, qui l'avait rejointe après la tempête, avait caressé sa peau luisante et lui avait dicté pas à pas les consignes permettant à nouveau la métamorphose. Anaïd se demandait si elle pourrait un jour renouveler cet exploit, mais Valeria n'en avait aucune idée.

Enfin, lorsque le croissant de lune apparut à l'extrémité sud de la crique, bien à l'abri du vent et des regards indiscrets, Valeria alluma les bougies et répartit les coupelles entre les invitées qui burent à petites gorgées. Une mélopée s'éleva doucement dans l'air de la nuit et les corps se mirent à bouger au rythme d'une danse.

Anaïd participait pour la première fois de sa vie à un *coven*, et elle était très émue. Elle se sentait protégée et appréciée par les Omar. Sa voix et son esprit ne faisaient qu'un avec tous les autres. C'était, pour elle, un grand bonheur.

Pourtant, elle savait aussi qu'elle ne pourrait jamais échapper au contrôle de fer de cette grande famille.

L'initiation fut des plus simples. Comme le lui avait prédit Claudia, elle dut démontrer qu'elle était capable de faire voler une plume dans les airs, remplir d'eau une coupelle vide, mettre le feu à un morceau de bois sec et reverdir sa baguette. Tout cela avec sa seule volonté et ses pouvoirs, devant les regards attentifs des sorcières. Cependant, elle ne se sentait pas intimidée. Elle avait compris qu'une partie du succès de la magie dépendait des émotions et de la maîtrise de soi.

Enfin, elle fut saluée par chacune des invitées au *coven*. Valeria lui offrit son *pentacle* et Cornelia, à la tête de la puissante lignée Fatta et chef du clan de la corneille, lui fit cadeau de son atamé flambant neuf, le couteau à double tranchant qu'elle utiliserait pour couper les branches, les herbes et les racines dont elle aurait besoin pour préparer ses potions, tracer des cercles magiques et se défendre.

La vieille Lucrecia qui, à cent un ans, était la doyenne du clan de la couleuvre, récita une litanie sur les pierres de lune qu'Anaïd portait en amulette autour du cou. Ensuite, elle dévêtit complètement Anaïd, l'enduisit de cendres de rouvre, l'arbre sacré, et l'invita à un bain purificateur dans les eaux sombres de la mer.

En sortant de l'eau, Anaïd se sentait renaître. Désormais, elle était une sorcière, une sorcière initiée qui, exceptionnellement, bien qu'elle appartînt au clan de la louve, avait été adoptée par les dauphines de Valeria Crocce, soutenue par les corneilles de Cornelia Fatta et les couleuvres de Lucrecia Lampedusa. Anaïd se trouvait sous la protection des trois éléments étrangers à sa propre nature : l'eau, l'air et le feu.

Chriselda lui tendit la potion. Anaïd lui trouva un goût amer, mais la vida jusqu'à la dernière goutte.

Après quelques instants, les sorcières, assemblées autour d'elle, entamèrent une mélopée, et Anaïd se mit à danser des figures rythmées jusqu'à ce qu'elle s'écroule et s'effondre dans le sommeil profond des nouvelles initiées.

Les sorcières veillaient sur son sommeil.

Anaïd rêva qu'elle planait dans le ciel, ses longs cheveux ondulant derrière elle, une petite pierre brune dans le creux de la main. Une douce lumière irisait les cieux, qui s'embrasèrent soudain. Anaïd se consumait lentement, le poing serré, protégeant la pierre. Puis le feu se liquéfia et devint une eau salvatrice. Le corps calciné d'Anaïd était devenu un dauphin nageant gracieusement dans l'onde. L'eau disparut et fit place à une région boisée. Anaïd, la louve, hurlait à la lune et versait des larmes d'angoisse.

Au réveil, Anaïd leur raconta son rêve.

Valeria l'écouta attentivement et l'interpréta ainsi :

— Ton voyage sera long et périlleux, mais la force de ton cœur t'aidera à surmonter les épreuves. Tu douteras souvent. Tu pénétreras dans les entrailles de la terre, tu t'immergeras sous les flots, et tu retrouveras ton bien le plus cher. Tu résisteras à la douleur et tu seras valeureuse. La magie et les ruses te seront précieuses. Mais le poids de la découverte sera lourd à porter ; il t'emplira d'angoisse et de chagrin.

Puis Cornelia Fatta lut les signes que le corps d'Anaïd avait laissés sur le sable.

— Ton destin te poursuit comme une ombre et tu seras trahie. Cependant, le sacrifice n'aura pas été inutile.

Les paroles de Cornelia Fatta, plutôt confuses, donnèrent à réfléchir à toutes les invitées. Cependant, Valeria ne voulait pas que le pessimisme les gagnât.

Le moment de parler des événements récents était arrivé. C'était le moment le plus attendu de la soirée.

Valeria prit donc la parole.

— Je ne vais rien vous cacher. Les attaques Odish sont de plus en plus virulentes. Vous le savez, je le sais, nous le savons toutes. Elles ont capturé Séléné, l'élue aux cheveux de feu, et c'est pourquoi elles se sentent plus puissantes. L'élue est leur arme. Tant qu'elle sera captive, elles se croiront hors d'atteinte. C'est pour cette raison que nous avons initié sa fille Anaïd, pour qu'elle nous aide.

— As-tu des nouvelles du clan de Séléné ? Comment s'organisent-elles ? demanda une corneille.

— Le clan de la louve a été isolé pendant près de deux mois sous une carapace Odish. Elles ont été harcelées par une Odish qui avait endormi leur méfiance et a tenté d'attirer Anaïd. Heureusement, elles ont pu se libérer du maléfice, et maintenant, Anaïd est initiée. Comme vous le savez, son pouvoir est immense, et elle est la seule qui, jusqu'à présent, a réussi à établir le contact avec Séléné. Une mère ne peut empêcher sa fille de la contacter si elle en éprouve le désir. C'est pour cette raison qu'Anaïd, en notre nom à toutes, et pour que s'accomplisse la prophétie, entreprendra la tâche difficile de retrouver Séléné et de la ramener chez nous, parmi les Omar.

— Il est possible qu'elle arrive à la retrouver, mais comment une enfant pourrait-elle vaincre les Odish ? fit une dauphine à la silhouette malingre.

— Elle ne sera pas seule, je l'accompagnerai, dit Chriselda.

— Même en supposant que cela soit possible, que se passera-t-il si Séléné ne veut pas revenir parmi nous ? Qu'arrivera-t-il si elle préfère le pouvoir, l'immortalité et la richesse des Odish ? fit une chouette perspicace.

— C'est impossible ! Ma mère n'est pas une Odish et ne le sera jamais ! Elle ne nous trahira jamais !

Le cri d'Anaïd avait jailli avec tant de sincérité que la chouette qui venait de parler se tut, honteuse.

Anaïd se rendit compte que son impétuosité avait tué dans l'œuf les éventuelles questions qui auraient pu être formulées et qui, en réalité, se résumaient à un mot : la méfiance.

— Puis-je prendre la parole ?

Anaïd attendit quelques instants jusqu'à ce que Valeria lui eût fait signe que oui, surprise de son aplomb.

— Je sais que je n'ai ni la force de Valeria, ni la puissance de Déméter, ni la sagesse de Lucrecia... Je sais que, même si je suis une sorcière, je ne suis pas encore une femme et que je suis à un âge difficile pour affronter les Odish. Mais ce sont elles qui m'ont poursuivie jusqu'à présent. Alors je profiterai de l'effet de surprise. Je crois qu'une Odish ne pourra jamais imaginer que quelqu'un d'aussi inexpérimenté que moi puisse se jeter bêtement dans la gueule du loup.

— Et si le loup serre les mâchoires ? coupa une dauphine.

Anaïd haussa les épaules.

— Si je meurs, vous ne perdrez rien. Moi, si je n'agis pas, je perds tout. Je perds ma lignée, mon passé, ma famille et ma dignité. J'ai pesé le pour et le contre, et mon choix est fait. S'il le fallait, j'irais jusqu'en enfer pour retrouver ma mère. Je sais seulement que je dois y aller. Et souvenez-vous de la prophétie : si je reviens avec l'élue, les Odish seront détruites définitivement. Vous qui perdez vos filles, vos bébés, vous ne pouvez qu'en sortir victorieuses. Je ne vous demande que votre soutien, rien de plus.

Anaïd se tut et observa les visages autour d'elle.

Valeria et Chriselda étaient stupéfaites. Où avait-elle trouvé cette audace ? Comment avait-elle pu émouvoir toutes ces femmes et les mettre de son côté en quelques mots ?

Mais ce n'était pas uniquement les paroles d'Anaïd. Elle avait hérité le charisme de sa grand-mère, Déméter, et possédait l'aura de la fille de l'élue. De cela, personne ne pouvait douter.

Valeria posa à nouveau la question que venait de formuler Anaïd.

— Sommes-nous disposées à collaborer avec Anaïd, le clan de la louve et la tribu scythe, dans cette entreprise ?

Cornelia fut la première à répondre.

— Si la chance sourit aux audacieux, Anaïd l'aura de son côté. Que la chance soit avec toi, mon enfant. Les corneilles ont foi en toi.

La vieille Lucrecia commenta :

— Oui, mais la chance ne suffit pas. Il lui faudra se défendre. Quelques-unes d'entre nous, les couleuvres, dominent l'art de la lutte. Ma petite-fille, Aurelia, est la meilleure lutteuse des clans du feu. Elle t'apprendra. Approche-toi, Aurelia.

Une jeune couleuvre d'allure sportive aux cheveux courts d'un noir de jais s'avança et se planta devant Anaïd, les poings sur les hanches.

— À la demande de ma grand-mère, à la tête du clan de la couleuvre, doyenne de la lignée Lampedusa, je t'enseignerai l'art de lutter avec l'esprit et de dédoubler ton corps. Jamais nous n'avions partagé ces secrets avec une sorcière de la terre, tu seras la première.

Les paroles d'Aurelia firent grande impression. Les sorcières chuchotaient entre elles, abasourdies. En s'inclinant vers Anaïd, Valeria arborait un large sourire.

— Ne connaissais-tu donc pas Aurelia, la grande lutteuse ?

Anaïd n'avait pas entendu parler d'elle.

— Personne n'a jamais pu la vaincre et, jusqu'à aujourd'hui, elle n'avait pas eu d'élève. Nous craignions qu'elle n'emporte son savoir dans la tombe.

Anaïd salua Aurelia avec crainte et respect.

— Je dois vraiment apprendre à lutter ?

Aurelia fut catégorique.

— Tu en auras besoin.

Anaïd, effrayée, chercha les yeux de Chriselda. Celle-ci lui confirma d'un signe qu'elle ne pouvait s'y soustraire. Elle apprendrait donc à lutter.

CHAPITRE XX

Le serment

Cette nuit de pleine lune, Chriselda et Valeria avaient décidé de se réunir en haute mer avec les chefs de clan pour célébrer la fin du *coven* d'initiation et discuter de nouvelles inquiétantes qui venaient de leur parvenir. En effet, la situation ne laissait rien présager de bon.

Une jeune corneille leur raconta ce qu'elle avait appris.

— Elles sont arrivées il y a quelques semaines, après avoir acheté le palais du duc de Salieri. Il a dû vendre à cause d'une invasion de sauterelles. Les bestioles sont sorties de nulle part et ont ravagé toutes ses cultures. Il l'a cédé pour une bouchée de pain.

— Es-tu sûre que c'est elle ?

— Grande, rousse, les yeux verts, étrangère, qui passe le plus clair de son temps à dessiner, nage comme un poisson, a les doigts couverts de bagues et danse seule au clair de lune.

— Séléné, sans aucun doute, fit Chriselda, navrée.

La jeune corneille continua.

— La rouquine ne quitte jamais la propriété, mais l'autre, une brune au teint clair, sort tous les soirs et revient au petit matin. Elle ne se montre jamais dans la journée.

— Salma, chuchota Valeria, effrayée.

— Elles sont immensément riches et dépensent sans compter. Au village, on dit que les filles qui travaillent au palais perdent la mémoire pour oublier les horreurs qu'elles y ont vues.

— On parle de pleurs de bébés et de jeunes filles vidées de leur sang.

— En as-tu la preuve ?

La jeune femme soupira.

— Mon informatrice, une fille qui s'appelle Concetta, a été renvoyée. Et elle a perdu la mémoire.

Les trois matriarches de l'île échangèrent un regard consterné. La première à rompre le silence fut la vieille Lucrecia.

— Je me demande pourquoi elles sont venues ici.

— Peut-être pour nous défier, suggéra Valeria.

— C'est une manière de pavoiser. De nous montrer que l'élue a abandonné son clan pour les Odish, s'exclama Lucrecia avec son fort accent sicilien.

— Mais la conjonction ne s'est pas encore produite, rétorqua Chriselda.

— C'est pour ça que le temps presse. Il faut se dépêcher de préparer la petite, fit Cornelia.

— Je propose que, puisque nous l'avons guidée lors de l'initiation, nos secrets lui soient révélés, car elle aura la tâche difficile de convaincre l'élue de retourner vers son clan. Mon clan lui a déjà confié le secret de l'eau, reprit Valeria.

Cornelia acquiesça.

— Nous lui apprendrons le secret de l'air.

Et Lucrecia d'ajouter :

— En plus de l'art de la lutte, nous lui confierons le secret du feu.

— Et si, malgré tout, elle échouait ? murmura Chriselda, inquiète.

— Le serment, fit Valeria d'une voix à peine audible.

— Est-ce vraiment nécessaire ? implora Chriselda.

Les trois matriarches échangèrent un regard peiné. Elles comprirent qu'elles n'avaient pas d'autre choix. Chriselda sortit son atamé et s'entailla la main. Elle aspira quelques gouttes de sang, puis présenta sa paume à ses compagnes, qui firent de même.

— Nous jurons, par le sang de Chriselda qui nous unit à jamais, que nous défendrons de notre mieux la mission confiée à la sorcière Anaïd et à Chriselda, sa parente, de la lignée Tsinoulis. Nous y engageons notre vie.

— Moi, Chriselda, je jure d'agir avec honnêteté et rigueur, et d'accomplir la sentence que les Omar ont prononcée contre Séléné, l'élue traîtresse. Si la mission d'Anaïd échoue… j'éliminerai Séléné de mes propres mains.

LE TRAITÉ DE MC COLLEEN

Lorsqu'une comète s'approche du Soleil, la surface du noyau commence à chauffer et les éléments volatils s'évaporent. Ce faisant, les molécules bouillantes entraînent avec elles de petites particules solides formant ainsi la chevelure de la comète composée de gaz et de particules. Et la comète développe une énorme queue formée de matière lumineuse qui s'étend sur des millions de kilomètres dans l'espace.

De là est née notre certitude que le premier vers de la prophétie d'Oma annonce bien la venue d'une comète.

La fée des cieux déploiera sa longue chevelure d'argent pour la recevoir.

Les études récentes des observatoires américains sur les comètes Kohoutek et Hyakutake nous autorisent à penser que la venue de la comète prédite par la prophétie d'O est proche. Cet événement sera unique et extraordinaire du fait de l'altération extrême des orbites d'origine provoquée par l'attraction gravitationnelle des géantes gazeuses du système solaire extérieur.

CHAPITRE XXI

La soirée d'anniversaire

Cette nuit-là, quand Anaïd rentra, Claudia était assise dans son lit, la lampe de chevet allumée, feignant de lire. Elle semblait contrariée.

Valeria, avant de sortir à nouveau, embrassa Claudia et lui dit en guise d'excuses :

— La prochaine initiation sera la tienne, je te le promets.

Claudia ne répondit pas. Elle lui faisait payer l'initiation d'Anaïd par son silence.

Dès que Valeria eut refermé la porte après leur avoir souhaité bonne nuit, Claudia se leva d'un bond et, en silence, s'habilla et commença à se maquiller. Elle était agitée de tremblements des pieds à la tête.

— Tu t'en vas ?

— Non, je me fais belle pour aller me coucher !

Anaïd s'assit face à elle.

— Tu ne devrais pas être aussi dure avec ta mère.

— De quoi je me mêle !

Mais Anaïd, justement, avait envie de s'en mêler.

— Où vas-tu ?

— À une fête d'anniversaire.

Anaïd eut un pincement au cœur.

— Et tu fais le mur ?

Claudia arrêta momentanément de se mettre du rouge à lèvres.

— C'est à cause de toi.

— De moi ?

— Tout ça, c'est à cause de cette histoire, l'enlèvement de ta mère.

— Ah, et quel est le rapport ?

— Ça a semé la panique et toutes les Omar sont obsédées par cette histoire. C'est ce qu'on appelle la politique de la peur.

Anaïd était indignée.

— Mais c'est la vérité ! Ma mère a disparu !

— Elle a dû partir avec un type.

Son sang ne fit qu'un tour. Anaïd se leva et gifla Claudia. Celle-ci était tellement surprise qu'elle ne savait pas si elle devait rire ou pleurer. Anaïd regretta aussitôt son geste, car Claudia se mit à grelotter si fort qu'elle claquait des dents.

— Qu'est-ce que tu as ?...

— Ne t'approche pas de moi ! s'écria Claudia.

Avec des mains tremblantes, elle se saisit du pull qui se trouvait sur la chaise et le passa sur son T-shirt. Les tremblements cessèrent aussitôt.

— Qu'est-ce que tu fais avec mon pull ?

— Ben, je l'ai mis. J'ai froid.

— Où l'as-tu trouvé ?

— Sur ton lit.

— Je ne l'ai pas apporté ici, je ne l'ai pas mis dans ma valise.

— Ah non ? Et comment il est arrivé en Sicile ?

Anaïd était certaine de ne pas avoir pris son pull.

Elle reporta son attention sur Claudia qui n'arrêtait pas de se gratter les bras.

— Rends-le-moi, fit Anaïd, sans savoir pourquoi elle le lui demandait.

— Désolée, mais si je l'enlève maintenant, je me décoiffe. Salut !

Claudia attrapa son sac et sauta par la fenêtre avec agilité. Sans réfléchir, Anaïd enleva son pyjama, passa son jean et un T-shirt sans manches et, quelques secondes plus tard, elle descendait le long du cerisier, sans que Claudia l'eût repérée.

Avant de quitter la chambre, en éteignant la lumière, il lui avait semblé voir luire de petits points rouges dans l'obscurité, et elle avait aussi senti une sorte de démangeaison sur l'épaule. Mais elle était tellement en colère qu'elle n'y prêta pas attention.

Claudia courait malgré les talons hauts de ses sandales. Elle courait, désespérée, comme si sa vie en dépendait, et Anaïd la suivait en zigzaguant entre les charmantes maisons du bord de mer aux grilles couvertes de glycines en fleur.

Bientôt des rires et de la musique troublèrent le silence de la nuit. Elle aperçut un jardin orné de guirlandes et de photophores, et ce qu'elle vit la remplit d'envie.

Elle vit un groupe de jeunes de son âge qui dansaient, buvaient, riaient et s'embrassaient, à moitié dissimulés par le lierre et le jasmin.

Elle vit comment ils acclamaient l'arrivée de Claudia, comme si elle avait accompli une prouesse.

Elle vit comment un grand brun aux yeux noirs avec un piercing dans le nez courut pour prendre Claudia dans ses bras, et comment ils s'embrassèrent passionnément.

Dans la nuit étoilée flottaient des odeurs de monoï, de maquillage, d'alcool et de sueur. Ils étaient jeunes et ils s'amusaient. Claudia riait et bavardait sans arrêt, assise sur les genoux du garçon, buvant au goulot d'une bouteille, s'interrompant pour l'embrasser longuement.

C'était cela, le bonheur ? Être amoureuse, avoir des amis, être invitée à des fêtes ?

Les notes d'une chanson d'amour se faisaient entendre par-dessus le mur du jardin. Anaïd s'assit les bras autour des genoux et se laissa bercer par la musique.

— Salut.

Elle leva la tête et se trouva nez à nez avec un garçon de son âge, un grand boutonneux plutôt timide.

— Salut, répondit-elle sans enthousiasme.

— Tu veux boire un coup ?

Et il lui tendit la bouteille qu'il avait à la main.

Anaïd n'avait jamais bu d'alcool et avait honte de le lui dire.

— Non merci.

— Une clope ?

Encore pire.

— Non merci.

— Tu veux aller faire un tour ?

Anaïd le regarda, étonnée, se demandant s'il était en train de se moquer d'elle.

— Non merci.

— Je te dérange ? Tu veux que je m'en aille ?

Anaïd en resta bouche bée. Le garçon faisait visiblement un gros effort pour être sympa, et elle, qui quelques secondes auparavant rêvait qu'on lui adressât la parole, se comportait comme une parfaite idiote.

— Non, reste, s'il te plaît.

Le garçon eut l'air soulagé.

— Je m'appelle Mario.

— Et moi, Anaïd.

Mario s'assit à côté d'elle et alluma une cigarette. Anaïd n'avait rien contre l'odeur du tabac, mais tout à coup, elle détecta dans l'air une autre odeur, âcre, étrange et désagréable. Elle fronça le nez.

— Qu'est-ce qui t'arrive ?

— Ça... ça sent bizarre.

— Merci, c'est agréable !

— Non... ce n'est pas toi, c'est...

Anaïd leva les yeux vers l'endroit d'où lui semblait provenir l'étrange odeur. Elle crut distinguer une ombre dans l'obscurité, mais Mario s'était déjà levé, l'air contrarié.

Anaïd se leva d'un bond.

— Attends-moi !

Mario se dirigeait vers la plage. Anaïd pensa que si quelqu'un les voyait ensemble, elle passerait pour une fille comme les autres, échappée de la fête pour aller embrasser son copain sur la plage.

Et pourquoi pas ?

Mario ne prendrait certainement pas l'initiative. Alors Anaïd s'arma de courage et lâcha de but en blanc :

— On s'embrasse ?

Le garçon s'arrêta net, complètement interloqué.

— Et tu me dis ça comme ça ?

Anaïd se dit qu'elle avait peut-être encore manqué de tact.

— Ben, comment tu veux que je te le dise ?

— Moins brusquement !

Anaïd confessa :

— Désolée, je n'ai jamais embrassé personne.

Mario, mal à l'aise, se racla la gorge.

— Je crois que… je ne suis pas prêt.

Anaïd n'y comprenait plus rien. Que voulait-il dire ?

— Tu n'as pas envie ?

— En fait, tu ne m'inspires pas.

Anaïd n'en croyait pas ses oreilles.

— Je ne t'inspire pas ?

— Ben, tu es tellement antiromantique.

Anaïd s'était imaginée qu'il la trouverait moche ou idiote, mais pas « antiromantique ». Ça, c'était encore plus blessant, et elle se sentit vraiment vexée. Aucun garçon ne la trouverait jamais romantique et n'aurait jamais envie de l'embrasser. L'idée absurde lui vint qu'elle devrait faire une pub pour une lotion anti-garçons ; après tout, il existait bien des lotions antimoustiques.

Elle sourit, imaginant que Mario était un moustique essayant de la piquer sans y parvenir…

Le garçon commença à faire des gestes bizarres, à agiter les bras comme s'il voulait s'envoler, imitant le bourdonnement d'un insecte.

— Mario, Mario, qu'est-ce que tu fais ?

— ZZZZZZZZZ !

Anaïd porta les mains à sa bouche, horrifiée. Mario se prenait pour un moustique.

Heureusement, les gens avaient bu et personne ne trouverait ça étonnant de voir un garçon tituber sur la plage en bourdonnant à qui mieux mieux.

Anaïd était consternée. Elle venait à peine d'être initiée en tant que sorcière Omar, elle avait été acclamée pour ses dons et, à cause d'une histoire idiote, elle venait d'ensorceler ce pauvre garçon.

Mais le pire, c'est qu'elle ne s'était même pas rendu compte qu'elle lui jetait un sort.

Le seul point positif, c'est que, maintenant, elle connaissait les formules de contre-sort.

Mario s'arrêta enfin de bourdonner et s'effondra sur le sable, terrorisé par ce qui venait de lui arriver.

Anaïd s'éloigna sans faire de bruit.

Sa première tentative pour être une jeune fille comme les autres avait été un désastre absolu.

CHAPITRE XXII

Encore

— Essaye encore.

Anaïd bondit à nouveau dans les airs, tandis que l'illusion optique se maintenait devant les yeux d'Aurelia. Elle en profita pour se déplacer à la vitesse de la lumière et surprendre cette dernière par la droite.

Mais ce n'était pas Aurelia, ce n'était que son reflet. Aurelia se trouvait juste derrière elle et l'immobilisa d'un simple mouvement de pince de la main en appuyant sur la jugulaire.

Anaïd lança un cri de douleur et laissa retomber ses bras. Surprendre Aurelia était impossible, elle ne pourrait jamais la vaincre.

— Encore, insista Aurelia, inflexible.

Anaïd était à bout de forces. Aurelia était infatigable. Elle devait recommencer les mêmes exercices encore et toujours jusqu'à ce qu'ils deviennent des gestes mécaniques, automatiques. Le soir, lorsqu'elle s'écroulait sur son lit, elle avait l'impression d'entendre « encore » répété à l'infini. Elle s'était, cependant, résignée à son sort. Mais ce jour-là, elle se rebella.

— J'en ai assez. Je n'arrive pas à te surprendre. J'essaye de me dédoubler aussi vite que toi, mais je n'y arrive pas.

— Encore, répondit imperturbablement Aurelia.

Anaïd leva les yeux d'un air furieux. Elle ne l'avait donc pas entendue ? Est-ce qu'elle était sourde ?

— Encore, insista Aurelia d'une voix neutre et monotone.

Tant qu'elle n'aurait pas maîtrisé la technique, Aurelia ne la laisserait pas en paix, et elle devrait sans cesse recommencer. Anaïd soupira, à nouveau résignée, et se lança brusquement contre la jeune femme, concentrant toute sa rage dans l'impulsion. Elle finirait bien par y arriver. Elle sourit en s'imaginant plus rapide que l'éclair et sans s'en rendre compte, fit un bond prodigieux, dédoublant son image.

— Regarde-moi dans les yeux ! cria Aurelia.

Anaïd obéit et, malheureusement, se fit une fois de plus immobiliser.

— Pendant le combat, tu ne dois jamais écouter ton adversaire. Encore.

Et Anaïd réfléchit. Aurelia n'avait aucun mal à distinguer le corps réel de l'illusion. Et si elle essayait de la vaincre en créant une troisième dimension ? Aurelia hésiterait quelques fractions de seconde entre les trois images, ce qui devrait lui permettre de l'attaquer par surprise et de prendre l'avantage. Ça valait la peine d'essayer. Et elle attaquerait de front.

Aurelia se vit soudain assaillie par trois Anaïd, et hésita quelques fractions de seconde de trop. Avant qu'elle eût eu le temps de créer ses propres illusions d'optique, elle avait été neutralisée par Anaïd qui lui enserrait le cou.

Allongée sur le tapis, vaincue, Aurelia sourit pour la première fois depuis des jours, d'un sourire éclatant qui l'embellissait, adoucissant la dureté de ses traits, dévoilant une rangée de dents blanches dans son visage bronzé.

— Comment as-tu fait ? demanda-t-elle à son élève.

— Encore, fit malicieusement Anaïd en guise de réponse.

Elles se mirent l'une et l'autre en position de combat, et Aurelia, bien qu'elle fût sur ses gardes, se laissa à nouveau surprendre par Anaïd.

Et elles continuèrent sans relâche pendant des heures et des heures, jusqu'à ce qu'elles s'effondrent toutes deux épuisées, chacune ayant la main sur la gorge de l'autre. Match nul, cette fois-ci.

— Tu as fini par apprendre, fit Anaïd sans se démonter. Pas mal.

— J'ai fini par apprendre ? protesta Aurelia. C'est moi ton professeur. Et c'est toi qui as appris à lutter.

Anaïd se leva.

— Ah oui ? Encore.

Aurelia éclata de rire, s'épongea le front et lui offrit un rafraîchissement.

— Tu as appris très vite. Mais je n'ai aucun mérite. Tu es meilleure que moi.

Anaïd ne savait plus où se mettre.

— Non. Ce n'est pas vrai. Il y a des tas de choses que je suis incapable de faire.

Aurelia comprit combien Anaïd était embarrassée.

— Tu ne te rends même pas compte à quel point tu es puissante.

Anaïd pâlit. Que voulait-elle dire ?

— Puissante ?

— Sais-tu combien de dauphines vivantes ont réussi à maîtriser l'art de la métamorphose ?

Anaïd n'en avait pas la moindre idée.

— Valeria est la seule, et elle doute que Claudia y arrive un jour.

— Tu veux dire que je suis la seule, à part Valeria, qui ait réussi à se métamorphoser ?

— Séléné a essayé, mais elle a dû laisser tomber et revenir.

En entendant mentionner le nom de sa mère, Anaïd eut un petit pincement au cœur.

— C'est Séléné qui a demandé à Valeria de me l'apprendre.

Aurelia attrapa sa serviette sur le dos d'une chaise.

— Te rends-tu compte que Valeria ne t'a rien appris ?

— Qu'est-ce que tu racontes ?

— Elle s'est métamorphosée devant toi, mais ne t'a jamais enseigné la métamorphose.

Anaïd ne voulait pas se sentir différente. Elle voulait être une sorcière ordinaire.

— Et c'est pareil pour moi. Je t'ai appris à te dédoubler, à créer l'illusion de ta propre image, mais c'est toi qui as eu l'idée de multiplier l'illusion, toi seule.

Anaïd protesta.

— J'ai juste appliqué les principes que tu m'as appris. C'est une question de volonté et de concentration.

— Et de puissance. Tu es la fille de l'élue. Tu as hérité de son pouvoir et tu dois apprendre à le maîtriser, à t'en servir comme tu le dois.

— Mais elle n'est pas là pour m'aider.

Aurelia eut un regard de compassion.

— Je le sais, et nous savons toutes que tu es la seule à pouvoir nous aider.

— J'ai peur, confessa Anaïd.

Aurelia s'assit auprès d'elle.

— Je sais que c'est terrible de savoir que celles qui sont censées te protéger ont moins de pouvoirs que toi. C'est ce qui m'est arrivé quand j'étais enfant.

— Qu'est-ce que tu veux dire ?

— Ma sœur a été tuée par une Odish.

Anaïd se souvint des illustrations du grimoire montrant de petites Omar déformées, blanches et sans vie. Elle frissonna.

— J'étais toute jeune et on dormait dans la même chambre. Une nuit, je me suis réveillée et j'ai vu une sorcière Odish penchée sur son lit, aspirant les dernières gouttes de sang de son cœur.

Anaïd avait pâli, au bord du malaise.

— Et que s'est-il passé ?

— J'ai lutté contre cette Odish. Personne ne me l'avait appris, mais l'art de la lutte est très ancien chez les couleuvres. Je l'ai fait d'instinct.

— Quel courage !

— Je n'étais qu'une enfant et je croyais que les mères sont toujours plus fortes que leurs filles. Alors j'ai appelé ma mère.

— Et ?

— Ma mère a perdu.

Anaïd se tut. Aurelia, en lui racontant son histoire, avait répondu à de nombreuses questions qui la tourmentaient.

— J'ai juré que je ne me laisserais jamais vaincre.

— As-tu lutté contre d'autres Odish ?

Aurelia regarda de tous côtés. Puis elle prit Anaïd par la main et l'entraîna vers les douches. Elle ouvrit un robinet pour que le bruit de l'eau couvrît son murmure.

— Une fois.

— Pourquoi as-tu besoin de chuchoter ?

— C'est interdit.

— Interdit de lutter contre les Odish ?

— Tu ne connais pas l'histoire d'Om ? Om cachait sa fille Omar pour la protéger de sa sœur Od qui voulait s'abreuver de son sang. C'est ainsi depuis des millénaires, on se cache et on évite d'en parler.

— Om n'est pas restée impassible ; elle a détruit les récoltes et a fait venir l'hiver.

— C'est exact. C'est pour cette raison que nous apprenons à dominer les éléments.

— Pourtant, j'apprends à lutter. Un *coven* de fraternité m'a chargée de retrouver Séléné et de la sauver des Odish, et c'est pour ça que tu m'apprends à lutter.

— Elles ont peur, très peur.

— De quoi ?

— De l'élue.

— De Séléné ? De ma mère ?

— Si Séléné devient une Odish, la prophétie annonce la fin des Omar.

— Mais c'est absurde, Séléné ne deviendra jamais l'une d'entre elles.

— Espérons que non.

— Toi aussi tu as peur ?

— Salma est revenue.

— Salma ? J'ai entendu Valeria parler d'elle. Qui est-ce ?

— Une Odish très cruelle. Elle a changé de nom et d'apparence des centaines de fois.

Anaïd sentit la peur s'insinuer en elle.

— Et ça signifie ?

— Que quelque chose d'important va arriver ou est déjà en train d'arriver.

— Alors il faut que je me dépêche, hein ?

Aurelia lui montra son pied gauche. Il lui manquait deux orteils.

— Si tu dois lutter contre une Odish, souviens-toi de deux choses. Un conseil pour chaque doigt que j'ai perdu.

Anaïd se rapprocha, suspendue à ses lèvres.

— Ne les crois jamais. Ne crois jamais une seule parole de ce qu'elles te disent, même si ça a l'air vrai, même si elles te donnent des indices. Ne les écoute surtout pas.

Anaïd n'oublierait jamais ce précieux conseil.

— Et le deuxième ?

— Ne les regarde pas dans les yeux. Tout leur pouvoir y est concentré. Elles peuvent paralyser ta volonté et te planter une dague dans le cœur. Ne les regarde pas. Lutte dans l'obscurité. Mets-toi un bandeau. Utilise quelque chose qui te protège de leur regard.

Anaïd buvait les paroles d'Aurelia.

— Et… c'est tout ?

Aurelia approcha ses lèvres de son oreille.

— Non, murmura-t-elle ; il y a quelque chose de très, très important.

— Quoi ?

Et brusquement, Aurelia envoya valser son élève sous le jet glacé de la douche. Anaïd laissa échapper un cri et Aurelia éclata de rire.

— Sois toujours sur la défensive, espèce d'andouille !

Anaïd se releva complètement trempée. Elle se planta devant Aurelia, les poings sur les hanches, et lança d'un air de défi :

— Encore.

CHAPITRE XXIII

Soif de sang

Séléné poussa la porte de telle sorte qu'elle alla brutalement heurter le mur. Salma, surprise en plein sommeil, ouvrit les yeux et regarda Séléné sans comprendre.

— Que se passe-t-il, Séléné ? Tu aurais pu frapper avant d'entrer.

Séléné se dressait de toute sa taille, l'air plus redoutable que jamais. Elle désigna le bébé qui dormait entre les bras de Salma.

— Tu peux m'expliquer ?

Salma s'assit et déposa l'enfant sur le couvre-lit. Il continuait à dormir sans se douter de rien.

— C'est quoi, le problème ? C'est ça qui te gêne ? Tu ne partages pas mes goûts ?

Séléné claqua la porte avec rage et avança vers Salma, la menaçant de son index où brillait une bague en diamants.

— Tu me prends pour une idiote ?

Salma, d'abord déconcertée, se reprit rapidement.

— Tu peux me dire ce qui se passe ?

Séléné rit, imitant le rire sans joie de Salma.

— Ce qui se passe, c'est que la comtesse n'apprécierait pas du tout si elle savait qu'au lieu de suivre ses ordres tu ne penses qu'à satisfaire tes caprices, sans penser aux conséquences, et que tu défies son pouvoir et le mien.

Salma eut l'air ennuyé.

— Tu dis n'importe quoi.

— Ah oui ? Toute l'île ne parle que de toi et de tes victimes. La presse locale a publié des photos des bébés disparus et des jeunes filles Omar que tu as saignées.

— Évidemment.

— Évidemment. C'est une évidence pour toi ? La conjonction va se produire d'un moment à l'autre. Tu regardes le ciel toutes les nuits, Salma ? Moi, oui. Je prie pour ne plus attendre, et je te jure, Salma, qu'en arrivant au pouvoir mon premier acte sera de châtier ton imprudence. Tu te crois plus forte que moi ? Tu veux peut-être supplanter la comtesse ? Combien de corps as-tu bus pour t'assurer la puissance pendant les siècles à venir ? Tu aurais dû rester tranquille, Salma. Tu ne suis pas les règles.

Salma commençait à perdre sa superbe.

— J'avais besoin de reprendre des forces.

— Tu mens ! rugit Séléné. Tu essayes de me surpasser. Très bien, Salma. À partir de maintenant, je t'ordonne de me livrer tes victimes pour mon propre plaisir. Le festin est terminé pour toi. Et va les chercher hors de l'île. Ici, c'est mon domaine. C'est de ce palais que je régnerai.

— Que tu régneras ? Ne me fais pas rire ! Où est ton sceptre ?

Séléné fit un pas en avant, l'air menaçant.

— Il apparaîtra bientôt, et quand je l'aurai entre les mains, tu comprendras ta douleur.

Séléné se pencha pour prendre le bébé. Ce faisant, elle le réveilla et il commença à pleurer. Elle le dénuda, cherchant la minuscule blessure que Salma avait ouverte dans sa poitrine. Séléné en approcha les lèvres.

Salma était folle de rage.

— Je croyais que tu ne partageais pas nos méthodes ?

Séléné leva les yeux et la foudroya du regard.

— C'était avant, avant de posséder tout ça.

Salma, hors d'elle, quitta la pièce comme une furie. Séléné cria :

— Où vas-tu ? N'oublie pas ce que je t'ai dit.

Salma répondit, avant de disparaître :

— Je vais faire une exception.

Et elle partit, laissant Séléné seule avec le bébé qui pleurait dans ses bras.

LA PROPHÉTIE D'OD

L'or, le sang et l'immortalité appartiendront à l'élue.

La beauté sera sienne,
et les lunes pour l'éternité,
et le feu de l'amour et les rêves les plus fous.

L'ambition toujours sera là
tout comme l'envie et la jalousie
auxquelles s'ajouteront vengeance et trahison.

Tentation, tu surgiras, et puis tu la vaincras.

CHAPITRE XXIV

Sur les pentes de l'Etna

Anaïd fit une longue promenade en solitaire sur la plage. Elle avait honoré avec succès l'enseignement d'Aurelia, mais au lieu d'en être fière, elle se sentait encore plus triste. Peut-être avait-elle réussi à devenir une lutteuse hors pair, mais... elle était toujours seule, sans amis, sans mère et sans beauté.

Lorsqu'elle rentra, elle trouva Claudia déjà au lit, toussant et tremblant comme une feuille morte.

— Ça ne va pas ?

Pendant quelques instants, Claudia ne répondit rien. Elles ne s'étaient pratiquement pas adressé la parole depuis deux semaines. Elles étaient comme deux étrangères partageant la même chambre, et soudain, Anaïd venait de lui poser une question personnelle.

— Je suis gelée. Tu ne trouves pas qu'il fait froid ? fit-elle enfin.

Elles étaient en plein été et la température sur l'île était étouffante, presque asphyxiante, surtout pour Anaïd, habituée au climat de haute montagne.

— Non. Tu dois être malade. Tu l'as dit à Valeria ?

— Sûrement pas !

Anaïd se tut et Claudia expliqua à voix basse à mots hachés :

— Je me sens mal depuis la nuit de la tempête. J'ai attrapé un rhume et je n'arrive pas à m'en débarrasser. Je ne dors plus.

— Tu as mal quelque part ?

— Dans tous les os, dans la poitrine quand je respire et à la tête.

Les explications qu'elle venait de donner avaient provoqué une quinte de toux. Anaïd s'approcha et posa sa main sur son front. Il était froid, glacial. Comme c'était étrange ! Elle n'avait pas la moindre fièvre. Elle voulut retirer sa main, mais Claudia s'exclama :

— Non, laisse-la, ça me fait du bien.

Anaïd posa ses deux mains sur le front de Claudia. Ces quelques paroles lui avaient fait chaud au cœur ; Claudia lui avait demandé de l'aide. Elle absorba le froid qui envahissait tout son corps et lui comprimait le cœur. Claudia cessa de trembler et ébaucha un sourire, encourageant Anaïd. Celle-ci palpa habilement le crâne de Claudia, les terminaisons nerveuses de ses doigts s'allongeant magiquement pour pénétrer dans tous les recoins malmenés du cerveau de la jeune fille. Elle sentait la tension disparaître peu à peu sous ses doigts et le sang recommencer à couler librement. La respiration de Claudia qui, l'instant d'avant, était haletante, se calma doucement, les traits de son visage se détendirent, tandis que ses yeux se fermaient lentement.

Anaïd la regarda un long moment. Endormie, avec

ses boucles brunes étalées sur l'oreiller autour de son visage pâle, elle lui rappelait une Vierge.

Elle vit une jeune de son âge qui souffrait parce que sa mère l'empêchait de sortir. Elle regretta de ne pouvoir être son amie.

Alors qu'elle enfilait son pyjama, Anaïd se mit à trembler des pieds à la tête. Un froid terrible s'était emparé d'elle et elle claquait des dents. Elle ouvrit l'armoire, en sortit son pull et l'enfila. Bientôt, elle se réchauffa, et se laissa tomber dans son lit, épuisée.

Elle se réveilla quelques heures plus tard, transpirant à grosses gouttes. Elle ressentait une douleur diffuse sur la peau. Comment avait-elle pu s'endormir en plein été avec un pull ? Elle fit un geste pour l'enlever, et une odeur nauséabonde lui assaillit les narines. Elle reconnut l'odeur qu'elle avait remarquée à la fête des amis de Claudia, lorsqu'elle était en compagnie de Mario. Et son instinct lui conseilla de ne pas bouger.

Alors, elle entendit Claudia sangloter. Elle devait faire un cauchemar. Anaïd tenta de se lever, mais son corps ne lui répondait plus. Elle avait beau essayer : impossible de bouger. Même ses yeux restaient obstinément clos. Elle devait rêver, elle allait se réveiller. Mais non. L'odeur âcre se fit plus intense et Claudia sanglota de plus belle. C'était bien réel. Que se passait-il ?

Un sortilège. Elle était victime d'un sortilège.

Elle fit un effort désespéré pour soulever les paupières. C'était l'une des leçons de Chriselda : quand la panique prend possession de toi, concentre tes forces en un seul point.

Ses paupières pesaient aussi lourd que du plomb. Mais au prix d'un effort intense, très lentement, elle parvint à les entrouvrir.

La chambre était dans la pénombre. Les peluches de Claudia, sagement alignées sur les étagères, projetaient des ombres fantasmagoriques sur les murs. Anaïd avait le plus grand mal à garder les yeux entrouverts. Elle réussit à tourner la tête, millimètre par millimètre et vit enfin le lit de Claudia. L'ombre svelte d'une femme aux longs doigts graciles était penchée au-dessus de Claudia.

Anaïd, horrifiée, dut faire un mouvement, car la femme se retourna brusquement et, la fixant, pénétra dans les méandres de son esprit. Anaïd sombra dans un horrible cauchemar...

Le soleil implacable brillait haut dans le ciel et, dans la cuisine, la chaleur était infernale. Anaïd brûlait de honte.

— Je ne veux pas que tu croies que j'espionne Claudia. Mais ça saute aux yeux : elle est pâle, elle a les traits tirés et elle tousse. Toutes les nuits, elle fait des cauchemars.

Tout en écoutant, Valeria retournait le rôti dans le four.

— Je vais lui préparer une potion fortifiante. Elle a un rhume carabiné.

Anaïd insista.

— Elle a mal dans la poitrine et à la tête. Valeria, cette nuit, il m'a semblé voir une ombre dans la chambre.

Valeria ferma la porte du four d'un coup sec et se retourna brusquement.

— Que dis-tu ?

— Je crois que c'était une Odish en train de boire son sang.

Valeria articula avec peine :

— Dans cette maison ?

— Oui.

— Ma propre fille ? C'est absurde. Aucune Odish n'oserait saigner ma fille sous mon toit.

Anaïd, honteuse, prit ses joues brûlantes entre ses mains. Elle s'était trompée sur toute la ligne et ne pouvait plus parler à Valeria des escapades nocturnes de sa fille, de Bruno, son petit ami, ni du bouclier protecteur dont elle s'était débarrassée. Si Valeria avait été au courant, peut-être aurait-elle pris ses soupçons au sérieux. Mais maintenant, si elle ajoutait un mot, elle ne serait plus qu'une sale petite rapporteuse.

Durant tout l'après-midi, alors qu'elles préparaient la cérémonie divinatoire, allumant les feux ou allant chercher le lapin, Anaïd remarqua que Claudia, pâle et distante, la fuyait. Dès qu'elle faisait mine de s'approcher, Claudia s'éloignait. Elle était redevenue la Claudia antipathique et désagréable de toujours.

Quant à Valeria, elle accordait beaucoup plus d'attention à sa fille. Elle lui offrit l'atamé pour qu'elle officiât le rite, et tint elle-même avec force le lapin, pendant que Claudia, sans la moindre hésitation, lui tranchait la gorge. Valeria tendit ensuite un petit récipient d'argent à Claudia, qui servit à recueillir le sang de l'animal.

Claudia présenta l'atamé à Valeria qui, d'une main experte, ouvrit l'animal de haut en bas, puis en retira les viscères encore chauds. Mère et fille les étendirent sur un plateau d'argent, encore tout palpitants et emplis de mystère, pour les examiner.

Elles acquiesçaient en silence lorsqu'elles discernaient des signes dans la couleur, la texture et la forme du foie et des intestins. Elles avaient l'air si complices qu'Anaïd se sentit à nouveau transpercée par la douleur aiguë de la solitude.

Claudia lisait les augures.

— Je vois les Latomies. C'est de là que tu pourras communiquer avec Séléné. À Syracuse.

— Les Latomies ? demanda Anaïd.

Valeria répondit :

— Les Latomies sont d'anciennes carrières d'où l'on extrayait la pierre servant à la construction des plus beaux édifices de Syracuse. Le temple de Jupiter, le théâtre, la forteresse de l'île d'Ortigia. Sept mille Athéniens furent faits prisonniers pendant les guerres contre Athènes et retenus dans les Latomies avant d'être vendus comme esclaves.

— Et c'est là que je pourrai communiquer avec Séléné ?

— C'est ce que disent les augures.

L'arrivée de Chriselda, portant un plateau avec une carafe et quatre verres, mit fin à leur conversation. La pauvre Chriselda glissa sur quelques gouttes de sang tombées à terre et chancela. Elle essaya en vain de retenir les verres qui tombèrent l'un après l'autre et se brisèrent sur le sol. Valeria et Claudia contemplèrent les dégâts sans rien dire. Chriselda se confondit en excuses et s'accroupit pour ramasser les morceaux. Elle s'immobilisa soudain en entendant crier Valeria et Claudia.

— Non !

Elles étaient manifestement horrifiées.

— Qu'y a-t-il ?

— Ne touche à rien ! Nous devons d'abord formuler un sort pour écarter le mauvais augure.

— Quel augure ?

Claudia ne pouvait pas le croire.

— Mais… tu ne le vois donc pas ?

Chriselda baissa les yeux vers les morceaux de verre éparpillés sur les carreaux et porta les mains à sa bouche. Claudia annonça :

— Je vois une mort prochaine. Une mort épouvantable.

Valeria la prit par le bras et continua :

— Je vois le feu qui dévore, le feu qui détruit tout sur son passage et met la vie en péril.

Claudia cacha son visage dans ses mains.

— Je vois la douleur, la douleur et le chagrin, les larmes qui coulent et la souffrance.

Anaïd vit que Chriselda était restée repliée sur elle-même, emplie d'angoisse par les paroles menaçantes de Claudia et Valeria. Le prestige des oracles étrusques était tel qu'elle était convaincue que la mort et la désolation allaient bientôt s'abattre sur elles. Et Anaïd partageait cet avis. Un événement terrible s'annonçait.

Anaïd conjura un bouclier protecteur autour de la chambre qu'elle partageait avec Claudia. Elle s'allongea dans son lit, mais se força à rester éveillée.

Claudia s'agitait. Elle parvint enfin à dormir par intermittence. Son sommeil était ponctué de gros soupirs ; pendant les phases de réveil, elle se sentait oppressée.

L'odeur âcre flottait dans le jardin et imprégnait l'air ambiant, couvrant les fragrances puissantes du jasmin et de la glycine.

Anaïd avait tous les sens en alerte.

La sorcière Odish ne pouvait pas franchir l'entrée, ni formuler de sort sans la force de son regard. Elle était là tout près, appelant Claudia avec insistance, et celle-ci, sans s'en rendre compte, répondait à son appel. Soudain, Claudia sauta hors de son lit et commença à s'habiller.

— Où vas-tu ?

— C'est Bruno. Il est malade. Il a besoin de moi.

Anaïd appuya sur l'interrupteur et la lumière inonda la pièce.

— Comment peux-tu le savoir ?

— Je le sais. Je suis une sorcière, comme toi. Je le sais. C'est le présage de mort. Il annonce la mort de Bruno.

— Tu te trompes.

— Tais-toi.

Mais Anaïd n'était pas disposée à se taire. Elle éteignit la lumière, prit Claudia par la main et la tira vers la fenêtre. En bas, dans le jardin, se dessinait clairement l'ombre d'une femme.

— Tu la vois ?

— Évidemment. C'est la cousine de Bruno ; elle est venue me chercher.

— Tu es folle ! C'est une Odish. Elle est en train de te saigner. C'est pour ça que tu es aussi pâle et que tu as des cernes, et que tu gémis dans ton sommeil et que tu as cette douleur dans le cœur. Enlève ton pyjama, je vais te montrer la blessure.

— Laisse-moi, ne me touche pas !

Anaïd recula d'un pas. Claudia, extrêmement agitée, était secouée par des quintes de toux et respirait avec difficulté.

— Pourquoi je ne peux pas sortir d'ici ?

Anaïd lui devait la vérité.

— J'ai formulé un sort de protection pour que personne ne puisse te faire de mal.

Claudia porta la main à sa poitrine et commença à marcher comme un lion en cage dans l'espace restreint de la petite chambre. Finalement, elle s'arrêta devant la fenêtre, parut réfléchir quelques instants, puis s'assit et baissa la tête d'un air résigné.

— Tu veux dire que la cousine de Bruno est une Odish et qu'elle est en train de me tuer à petit feu ?

Anaïd commença à se sentir mieux. Enfin, Claudia acceptait la situation.

— Je l'ai vue la nuit dernière assise sur ton lit, ici même.

— Et c'est pour ça que tu as parlé à ma mère, tu voulais me protéger.

Anaïd acquiesça. Claudia porta les mains à sa tête.

— Oh, quelle idiote j'ai été ! Je comprends maintenant. Tu voulais juste m'aider.

Anaïd s'assit près d'elle, soulagée. Elle étreignit sa main glacée dans la sienne.

— Tiens, mets mon pull.

Claudia le prit en souriant et l'enfila.

— Tu ne peux pas enlever le bouclier deux minutes, non ? J'ai une de ces envies d'aller aux toilettes...

Anaïd formula le contre-sort à voix basse, ôtant le bouclier.

— OK, tu peux y aller, mais vite, sinon l'Odish finira par s'en rendre compte et je ne pourrai rien contre son regard.

— D'accord.

Claudia sortit de la chambre sur la pointe des pieds.

Anaïd monta la garde près de la fenêtre, surveillant la sorcière Odish dans le jardin. Elle finit par s'éloigner de la maison et se diriger vers sa voiture garée dans la ruelle. Anaïd poussa un soupir de soulagement.

Elle revint vers son lit, entendant le verrou de la porte des toilettes et se prépara à prononcer la formule pour conjurer le bouclier protecteur. L'écho de quelques pas précipités et du bruit sourd d'une porte qui se refermait la fit sursauter.

Elle s'approcha à nouveau de la fenêtre, en proie à une terrible prémonition. Claudia fuyait à travers le jardin, pieds nus et en pyjama, vers la voiture qui l'attendait, le moteur en marche et la portière ouverte. Elle l'avait trompée sur toute la ligne.

Anaïd poussa un cri de désespoir, mais ne s'attarda pas. Elle prit son atamé et sa baguette en bois de bouleau. Elle escalada la fenêtre ouverte, sauta agilement de branche en branche, et sortit du jardin en courant.

Une fois dans la rue, elle se laissa guider par son instinct. Elle allait formuler un sort d'illusion. En quelques secondes, elle se retrouva assise au volant de la voiture de Séléné. Cette fois-ci, elle n'eut aucun problème à démarrer. Elle suivit la petite décapotable blanche de l'Odish qui se détachait nettement sur la route en zigzags. Anaïd n'alluma pas les phares et se maintint à bonne distance.

La décapotable quitta la route et prit un sentier forestier qui débouchait sur le versant sud de l'Etna. Anaïd la suivit, les nerfs à fleur de peau. Elle savait parfaitement que la moindre hésitation ferait disparaître l'illusion de la voiture. Elle essaya de se convaincre qu'elle conduisait réellement la voiture de sa mère et continua un bon moment, les yeux fixés sur le point blanc qui gravissait le sentier.

La décapotable s'arrêta enfin et éteignit ses feux. Anaïd laissa tomber l'illusion de la voiture et continua à pied. Elle se sentait vulnérable. Les sous-bois bruissaient de murmures inquiétants. Elle entendait la voix des chasseurs de la nuit, cachés dans l'obscurité.

Elle dirigea ses pas vers la lumière qui brillait dans un abri de berger. La sorcière Odish y avait fait entrer Claudia. Anaïd avançait prudemment, entourée par les hululements des chouettes et des hiboux, et répondit au brame d'un jeune cerf.

Elle n'avait aucun plan en tête. Elle voulait juste empêcher Claudia de mourir. Tout en regardant autour d'elle pour déterminer sa position, elle lança un appel télépathique à Chriselda. La réponse de Chriselda lui parvint presque aussitôt, lui enjoignant la prudence.

Anaïd avait d'abord eu l'intention de les attendre, puis par l'entrebâillement de la porte elle avait vu l'urgence de la situation. Claudia était maintenant d'une pâleur mortelle, et ses gémissements ressemblaient à des râles d'agonie. La sorcière Odish, penchée sur sa victime à moitié dénudée, se relevait de temps à autre en se léchant les lèvres d'un air obscène, quelques gouttes de couleur pourpre coulant sur son menton. Du sang. Anaïd vacilla, au bord de la nausée. L'Odish ouvrit un des yeux égarés de Claudia de ses longs doigts élégants, palpant le globe oculaire avec l'intention évidente de le lui arracher.

Il fallait faire vite.

Anaïd embrassa la pièce d'un rapide coup d'œil : une table et quatre chaises de bois, un grand coffre et un lit près du foyer. Par terre, elle vit le pull que la sorcière avait jeté. Anaïd comptait plus que tout sur l'effet de surprise.

Un, deux, trois.

Elle poussa la porte avec violence et jeta un sort d'obscurité à la petite lampe à pétrole suspendue à une poutre.

Surtout : ne pas regarder l'Odish dans les yeux. Si elle le faisait, elle était perdue. L'obscurité formait un rempart qui la protégeait. Elle se plaça silencieusement derrière son ennemie. La faible lueur de la lune illuminait la silhouette de l'Odish et lui permettait, à elle, de rester dans l'ombre. L'Odish lança Claudia, inerte, sur le sol, regardant fixement dans la direction d'Anaïd.

— Tu te caches ? Tu as peur de moi, peut-être ?

Anaïd se boucha les oreilles. Elle ne devait pas écouter ces paroles prononcées par une voix douce, caressante... hypnotisante.

En effet, cette voix suave cherchait à la distraire. Fort heureusement, Anaïd sentit venir l'assaut et multiplia son image. Le sort de l'Odish atteignit l'une des trois Anaïd qui se dressaient dans l'ombre, une réplique.

— Tiens tiens tiens. Tu connais l'art de la lutte du clan de la couleuvre.

Anaïd ne répondit pas. Elle sentait la force de l'Odish qui essayait de détruire son bouclier protecteur. Elle était puissante, d'une puissance incroyable. L'odeur âcre qui se dégageait d'elle était insoutenable. L'Odish attaqua à nouveau. Anaïd bondit pour l'éviter, multipliant son image ; mais ne put éviter d'être frôlée par la baguette de la sorcière. Une douleur aiguë lui traversa la jambe.

Anaïd se saisit alors de son atamé, son couteau à double tranchant qui ne lui servait habituellement que pour tracer des cercles et couper des branches. Elle le lui planta dans la main, en un geste spontané et brutal, et entendit quelque chose tomber à terre. L'Odish cria de douleur et resta immobile un instant, sa main blessée serrée contre elle, la respiration haletante. Puis Anaïd entendit le son d'une étoffe que l'on déchirait. Elle était en train de se fabriquer un garrot avec un morceau de robe. Anaïd avait dû lui sectionner un doigt ou une phalange.

La jeune Omar peinait à se déplacer. La douleur de sa jambe était devenue insupportable. Elle concentra toute son énergie dans l'assaut et bondit en hurlant comme une louve. Elle brandit son atamé, mais celui-ci, au contact de la peau de l'Odish, se brisa en mille morceaux. Un fragment s'enfonça dans le bras d'Anaïd qui recula précipitamment, se sentant perdue.

Chacune attendait la prochaine attaque et se préparait à l'esquiver.

— Tu es une couleuvre très puissante.

— Je ne suis pas une couleuvre.

Anaïd s'était décidée à parler. Elle ne se laisserait pas endormir par la voix caressante, elle n'écouterait pas ses mensonges, mais peut-être pourrait-elle gagner un peu de temps ainsi. Elle ne pouvait pratiquement plus bouger. Le poison, ce poison terriblement douloureux qui était entré dans sa jambe, avait commencé à agir et se répandit lentement au reste de son corps. Elle avait besoin d'un antidote.

— Dans ce cas, de quel clan es-tu ?

— Je suis une louve. Mon nom est Anaïd, fille de Séléné. Et petite-fille de Déméter.

— Tu es vraiment la fille de Séléné ? Moi, je suis Salma.

Anaïd était morte de peur. Si Salma découvrait qu'elle ne pouvait plus se déplacer, tout serait fini. Mais Salma paraissait stupéfaite. L'Odish n'était pas de pierre ; peut-être pourrait-elle en profiter. Elle devait gagner du temps.

— Étonnant, non, qu'une sorcière aussi puissante que Salma ne sache pas que la fille de Séléné dort toutes les nuits dans la chambre de Claudia ?

Salma ne répondit pas immédiatement. Elle respirait bruyamment, interloquée par cette gamine qui la défiait. Cependant, impossible de savoir ce qu'elle pensait réellement. Et soudain, elle se mit à rire, d'un rire creux et sans joie, mais ensorceleur. Anaïd baissa ostensiblement sa garde. Exactement ce que voulait Salma.

— Ta mère nous a toutes trahies. Elle t'a abandonnée de son plein gré.

— C'est faux ! hurla Anaïd, oubliant qu'elle ne devait pas l'écouter.

Salma, dans l'obscurité, souriait d'un air moqueur.

— Séléné aime le sang autant que moi. Elle veut garder sa beauté intacte éternellement et aspire à l'immortalité.

Anaïd se boucha les oreilles. Elle ne voulait rien entendre. Mais, malgré elle, ses jambes flageolaient à mesure que Salma se rapprochait. L'oppression sur son cœur s'accentua et sa respiration se fit de plus en plus haletante.

— Séléné ne veut pas de toi, elle ne t'aime pas, elle t'a oubliée pour toujours. Elle regrette d'avoir eu une fille et elle m'a demandé de m'occuper de toi. Elle aimerait quand même que ton sang serve à quelque chose.

Anaïd perdit l'équilibre et tomba à terre. Les doigts crochus de Salma se rapprochèrent et, d'un coup sec et puissant, lui arrachèrent son bouclier. Anaïd, éperdue, leva les yeux et, ce faisant, rencontra le regard de Salma. Une douleur aiguë se propagea dans tout son corps, puis elle perdit connaissance.

Elle reprit conscience quelques instants plus tard. Des éclats de voix lui parvenaient. Salma se disputait avec quelqu'un. Les Omar étaient-elles là ? Que se passait-il ? Elle simula l'inconscience et dressa l'oreille. Salma était furieuse.

— Tu m'as trompée ! Tu ne m'as jamais dit que la fille de Séléné était à Taormine. Tu l'as isolée avec tes sortilèges. Cette saleté de pull qui la protégeait, c'est Claudia qui le mettait ; c'est pour ça que je n'arrivais pas à l'avoir.

Anaïd eut l'impression de recevoir une gifle en entendant l'autre voix, celle de Christine Olaf.

— Elle est à moi ! Elle m'appartient !

— Et que veux-tu faire d'elle ?

— Ça ne te regarde pas. Laisse-la tranquille.

— Tu deviens sentimentale ?

— Occupe-toi de Claudia, mais laisse-moi Anaïd.

— Tu nous l'avais cachée, tu t'es arrangée pour qu'aucune d'entre nous ne sache qu'elle était là, et tu l'as protégée comme un trésor.

— Je la veux pour moi seule, insista Christine Olaf.

Le rire de Salma retentit dans l'unique pièce.

— Trop tard. J'ai déjà planté ma malédiction en elle.

Salma releva Anaïd, comme s'il s'agissait d'un paquet, et posa sa main froide sur son corps.

— Ne la touche pas ! hurla Christine Olaf en la tirant en arrière et en essayant de lui arracher Anaïd.

Salma aspirait son sang et il lui sembla que son cœur allait éclater. Elle allait mourir. Et elle mourrait sans savoir si Séléné l'aimait, sans savoir si Mme Olaf avait eu de l'affection pour elle. Ce n'était pas possible, elle devait connaître la vérité. Cette pensée fut plus forte que tout. Elle repoussa Salma et la main tendue de Christine, et se leva d'un bond.

Elle explosait littéralement de rage. Elle voulait que le monde entier tremblât de douleur, que la terre crachât du feu et que Salma et Christine fussent consumées par ce feu avec elle et sa peine.

Ne pas savoir si l'on est aimée est si douloureux.

Et la terre trembla. Une fois, deux fois, trois fois. Des tremblements chaque fois plus violents. L'Etna se réveillait de son long sommeil, crachant du feu et de la lave. Des lézardes s'ouvraient dans le sol, et les tuiles de l'abri de berger volaient ici et là. Anaïd tira Claudia par le bras et roula avec elle sous le lit, juste avant que le toit ne s'écroule et que deux silhouettes ne sautent par la fenêtre.

La terre crachait la lave et le feu du plus profond de ses entrailles ; et, avec eux, un objet étrange et brillant, une sorte de baguette en or ciselé.

Une jolie chatte mouchetée bondit près de l'objet et se métamorphosa en une femme superbe. Elle se saisit de l'objet brillant et s'enfuit…

Anaïd sentit des bras puissants la tirer de dessous les décombres. Une main chercha son pouls et une voix rassurante tenta de l'apaiser.

— Elles sont vivantes, elles sont encore vivantes.

La voix de Valeria fut la dernière chose qu'elle entendit avant de sombrer dans l'inconscience.

CHAPITRE XXV

Les foudres de Salma

Séléné s'agrippait à la balustrade du balcon, contemplant le spectacle. L'Etna rugissait et crachait sa colère dans un ballet effrayant. Un fleuve de lave coulait sur ses versants, se dirigeant vers la vallée. Le palais, la colline et la vallée tout entière resplendissaient sous les flammes, et l'horizon avait disparu, avalé par l'épais nuage noir qui entourait le cratère.

Et à chaque nouveau tremblement, Séléné entendait les cris derrière elle.

Exaspérée, elle leur fit signe de se taire.

— Silence.

L'une des jeunes filles, la plus hardie, s'agenouilla sur le sol, se signa, joignit les mains et supplia.

— Madame, par pitié, nous n'avons rien fait.

Séléné feignit la surprise.

— Vous croyez que c'est moi ? Que j'ai provoqué l'éruption ?

— Nous vous avons vue regarder fixement le volcan depuis des heures, emplie de colère, conjurant le sort et agitant les entrailles de la terre, jusqu'à ce que l'Etna sorte de son sommeil. Je vous en prie, madame, qu'il se rendorme…

Séléné tapa sa sandale dorée sur le sol de marbre.

— C'est absurde !

Mais une voix cinglante reprit :

— Pas du tout, ça n'a rien d'absurde. Elles ont raison, Séléné. Tu as réveillé le volcan pour te débarrasser de moi.

Salma, sa robe couverte de sang et vibrante de haine, se dressait devant Séléné.

— Tais-toi ! Nous ne sommes pas seules, cria celle-ci.

— Aucun problème, fit Salma avec un sourire mauvais en sortant son atamé.

Mais avant qu'elle n'eût pu s'en servir, Séléné, agacée, avait sorti sa baguette et formulé un sort. Les jeunes filles s'écroulèrent sans vie sur le sol. Salma applaudit sa rapidité.

— Ta prouesse ne t'a pas laissée sans forces, à ce que je vois.

— Je t'ai déjà prévenue d'arrêter tes sottises.

— C'est pour cette raison que tu es intervenue ? C'est pour ça que tu as défendu ta fille ?

Séléné, prise de court, hésita un instant.

— Ma fille ?

— Assez de mensonges !

Séléné se tut quelques instants, puis reprit d'un air méprisant :

— C'est toi qui m'as défiée, et tu as failli en payer le prix.

Salma leva sa main ensanglantée ; il lui manquait l'index.

— Ça, je ne te le pardonnerai jamais.

— Je n'ai rien à voir avec ça.

— Non, c'est ta petite Anaïd, cette gamine insignifiante et sans pouvoirs… La comtesse sera ravie de l'apprendre.

Séléné commençait à perdre de sa superbe.

— Tu ne vas pas prétendre me ramener dans le monde opaque ?

Salma écumait de rage.

— Tu nous as trompées toutes les deux. Tu nous as menti à propos de ta fille.

Séléné désigna la main valide de Salma.

— Et toi ? Qu'est-ce que tu caches, Salma ? Quel est cet objet ?

Salma recula de quelques pas, dissimulant l'objet brillant derrière son dos.

— Demande-le aux esprits !

— C'est ce que je compte faire, et la comtesse le saura.

Les yeux de Salma jetaient des éclairs.

— Eh bien, qu'elle décide !

Séléné regarda autour d'elle et soupira de regret. Elle devrait tout abandonner, le palais, tout ce luxe…

— Très bien. Que la comtesse décide.

CHAPITRE XXVI

Sœurs de sang

Anaïd revint à elle à l'intérieur d'une grotte, allongée sur un lit de paille fraîche. L'air était froid. Autour d'elle, les parois de calcaire suintaient d'humidité. Une odeur de terre mouillée montait jusqu'à elle, et elle entendait le murmure souterrain d'un ruisseau dans le lointain.

Elle tenta de se redresser, mais une main l'en empêcha.

— Attends. C'est encore trop tôt.

Chriselda, sa chère Chriselda.

— Quel jour sommes-nous ? Et Claudia ?

Chriselda lui fit signe de se taire et examina son corps centimètre par centimètre.

— Les blessures cicatrisent, mais tu es encore très faible. Tu es ici depuis une semaine. Assieds-toi tout doucement.

Anaïd eut un léger étourdissement, mais réussit à s'asseoir contre l'oreiller. Elle voulait savoir ce qui était arrivé à Claudia.

— Claudia est dans un état critique. Malgré les potions, les onguents et mes mains. Elle va peut-être mourir. Tiens, prends un peu de bouillon. Ça te fera du bien.

Anaïd but quelques gorgées du bol que lui tendait sa tante et se sentit revivre.

— Maintenant, s'il te plaît, explique-moi ce qui s'est passé.

Anaïd avait encore en mémoire les paroles et les yeux cruels de Salma.

— Oh, tante Chriselda, c'était si horrible !

Et elle raconta à sa grand-tante ce qui s'était passé avant l'éruption.

Il lui sembla que l'angoisse terrible qu'elle portait en elle se faisait moins pesante au fur et à mesure qu'elle parlait.

Chriselda étreignit sa petite-nièce avec tendresse, mais celle-ci la surprit en demandant à brûle-pourpoint :

— Salma mentait à propos de Séléné, n'est-ce pas ?

Chriselda s'agita, mal à l'aise, en lui ébouriffant les cheveux.

— Ma chérie, tu as été très courageuse.

— Et puissante, ajouta la vieille Lucrecia.

Lucrecia était assise dans l'ombre, veillant un corps immobile et pâle.

— Claudia !

Anaïd se traîna jusqu'à la couche où était étendue Claudia, blanche comme une morte, gémissant faiblement dans son sommeil. La main rugueuse de la vieille femme se referma sur son poignet.

— C'est toi qui as réveillé le volcan ?

Anaïd laissa échapper un cri.

— Il y a eu une éruption ?

Lucrecia relâcha le poignet de la jeune fille et ajouta calmement :

— L'Etna dormait paisiblement, mais quelqu'un l'a réveillé et l'a mis en colère. La lave a complètement dévasté le versant sud et la vallée. Ce n'est pas l'une d'entre nous. Est-ce toi qui l'as réveillé ?

Anaïd n'avait pu dominer sa colère. Or, une Omar initiée ne devait pas céder au désespoir.

— Je ne voulais pas, je suis désolée, j'ai perdu les pédales... Je voulais que le feu dévore l'abri et en finisse avec nous toutes.

Lucrecia frissonna. Puis elle passa ses mains ridées et calleuses sur les yeux, la bouche, le cou d'Anaïd. Ses doigts s'arrêtèrent sur les pierres de lune de son collier.

— Aucun doute. Tu peux dominer le feu.

Chriselda s'adressa à Lucrecia.

— Alors, c'est d'accord ?

Anaïd se demanda à quoi elle faisait allusion jusqu'à ce que Lucrecia murmure :

— Je t'enseignerai le secret de la forge et l'alchimie du feu. Tu forgeras ton atamé avec la pierre invincible, la pierre de lune que tu as choisie toi-même.

Anaïd était abasourdie par l'honneur que lui faisait Lucrecia. La vieille femme et sa future héritière du clan de la couleuvre étaient les seules détentrices de ce savoir ancien.

— Ce sera ma dernière tâche avant de mourir. Et maintenant, donne-moi ta main.

Elle palpa sa paume et y plaça la sienne. Elle fit un signe de tête à Chriselda.

— Tu te souviens de la chanson de Déméter, celle qu'elle fredonnait en prodiguant ses soins ?

Anaïd s'en souvenait parfaitement. Chriselda demanda alors :

— Anaïd, impose tes mains sur Claudia. Tu as le don des Tsinoulis. Peut-être auras-tu plus de chance que moi.

Lucrecia dénuda Claudia, et Anaïd contempla la minuscule blessure par laquelle ses forces s'en étaient allées. Elle appliqua ses deux mains sur la plaie et entonna la chanson de Déméter. Elle sentait la mort rôder, toute proche.

De même que la première fois, elle se sentit peu à peu envahie par le froid glacial qu'elle arrachait au corps de Claudia. Claudia revenait à la vie tandis qu'Anaïd faiblissait. L'épuisement la gagna, mais elle continua. Ses doigts atteignaient magiquement le cœur de Claudia et lui redonnaient force et vigueur. Elle dut s'arrêter, cependant, lorsque Lucrecia lui saisit le bras.

— Assez. Repose-toi.

Anaïd se laissa tomber dans les bras de Chriselda, puis s'écarta précipitamment. Chriselda avait voulu lui enfiler le pull ensorcelé par Christine Olaf.

— Brûle-le, brûle-le tout de suite, il est ensorcelé.

— Exact.

— Par une Odish, c'est le sortilège d'une Odish, protesta Anaïd, étonnée.

Chriselda le lui passa de force. Anaïd était trop faible pour résister.

— Tu te trompes. Ce pull vous a sauvé la vie, à Claudia et à toi. Il est ensorcelé, mais c'est un sort bienfaisant.

Anaïd se laissait gagner par la douce chaleur de la laine.

Alors…

C'était vrai ? Christine Olaf avait voulu la protéger ?

Anaïd ne comprenait plus rien. Ses idées se brouillèrent peu à peu et elle s'endormit.

Elles se tenaient sous l'auvent naturel que formait la grotte, abritées de la pluie et du vent, ou de la morsure du soleil. Un endroit paisible pour prendre le petit-déjeuner.

Elles étendirent une nappe à carreaux sur un rocher plat et y posèrent deux serviettes, deux tasses et une bouteille de lait. Elles apportèrent aussi des petits pains tout chauds, préparés au four par les couleuvres, du beurre et du fromage de brebis offerts par les biches, et de la confiture de mûres, le péché mignon des corneilles.

Claudia s'assit près d'Anaïd et lui emplit sa tasse. Anaïd prit une cuillère de crème, y ajouta du sucre et s'apprêta à l'engloutir avec délices. Elle tendit la cuillère à Claudia.

— Tu en veux ?

— Si je continue comme ça, je vais devenir une grosse bombonne, et je ne crois pas que je plairai encore à Bruno.

Anaïd eut un pincement au cœur. Quelle chance avait Claudia !

— Ça m'étonnerait. Il est dingue de toi. Tu peux être grosse, maigre ou tatouée, tu lui plais de toute façon.

Claudia sourit et mordit de bel appétit dans un petit pain à la confiture. Puis elle s'arrêta de mâcher et demanda, l'air surpris :

— Mais… comment tu le sais ?

— Je t'ai suivie. Un soir, je t'ai suivie à un anniversaire. Je vous ai vus vous embrasser.

Claudia se tourna vers elle, les poings sur les hanches.

— Tu m'as suivie ? Alors c'est vrai que tu m'espionnais ?

Anaïd baissa la tête, honteuse.

— Je suis désolée, ça n'avait rien à voir avec les Odish ; je t'ai suivie parce que…

— Pourquoi ?

— Parce que… on ne m'a jamais invitée à une fête d'anniversaire.

— Quoi ?

Anaïd avait envie de rentrer sous terre, et elle se cacha le visage dans les mains.

— Ben, on ne m'a jamais invitée…

— Mais, mais… Pourquoi tu ne m'en as pas parlé ?

— Tu ne pouvais pas me sentir.

— Évidemment.

Anaïd releva la tête, agacée.

— Comment ça, évidemment ? Je ne vois pas ce qu'il y a d'évident. Je ne t'avais rien fait.

— Ah non ? Elle est bonne, celle-là. Tu étais insupportable.

Anaïd manqua de s'étrangler avec son petit pain.

— Ce n'est pas vrai.

Mais Claudia ne voulait pas en démordre.

— Premièrement, tu étais la petite-fille de la grande Déméter. Deuxièmement, tu étais la fille de Séléné, l'élue. Troisièmement, tu étais mystérieuse. Quatrièmement, tu étais mignonne. Cinquièmement, tu étais superintelligente. Sixièmement, tu étais puissante. Septièmement, tu étais obéissante. Huitièmement, tu étais la main droite de ma mère. Neuvièmement, tu étais candidate à l'initiation avant moi et dixièmement, et ça, c'est très, très énervant, tous les mecs de ma bande ont dit que tu étais super sexy.

— Quoi ? s'exclama Anaïd, complètement ébahie.

Claudia était-elle vraiment en train de parler d'elle ? Impossible…

— Quand ? Je veux dire… quand est-ce que ceux de ta bande m'ont vue ?

— Chaque fois qu'ils venaient me chercher, tu étais là.

Anaïd n'en revenait pas.

— Tu te trompes sur toute la ligne, mais surtout sur les points quatre, sept, huit et dix.

— Très marrant. Tu te fiches de moi.

— Je ne suis pas mignonne, je ne suis pas obéissante, je ne suis pas la main droite de ta mère et… je n'ai rien de sexy.

— Ah !

— Ça veut dire quoi ?

— Regarde-toi dans une glace. Ça fait combien de temps que tu ne t'es pas regardée dans une glace ?

Anaïd abandonna. Discuter avec Claudia n'aboutissait jamais à rien.

— Très bien, tu as raison pour tout.

Mais Claudia répliqua, profondément agacée :

— D'accord ! Tu dis que j'ai raison. Bref, tu n'as plus envie de discuter. Eh bien, moi, si ! Admets que si tu connaissais quelqu'un comme toi, tu serais jalouse.

Anaïd se tut un instant. L'envie, la jalousie étaient des sentiments qui lui étaient familiers.

— C'est moi qui étais jalouse de toi.

Claudia se radoucit et se servit un peu de lait. Cette fois-ci, elle se laissa tenter et plongea sa cuillère dans le pot de crème fraîche, avant de la saupoudrer de sucre.

— Je t'écoute.

— Tu as un mec super cool, un tas de copains, tu es la fille de Valeria et, même si tu ne veux pas l'avouer, tu es super mignonne.

Claudia souriait jusqu'aux oreilles. À la différence d'Anaïd, elle acceptait les compliments et les trouvait même très agréables.

— C'est vrai ?

— Non, c'était juste pour parler.

Claudia se leva et claqua un baiser sonore sur la joue d'Anaïd. Celle-ci ne savait plus que dire.

— Je t'adore, fit Claudia.

— Tu… tu m'adores ? balbutia Anaïd.

— Et d'ailleurs, je vais signer un pacte de sang avec toi, que tu le veuilles ou non.

Cela étant dit, elle prit son atamé et, sans l'ombre d'une hésitation, se fit une entaille sur le poignet. Puis

Claudia lui prit le poignet et, avec douceur, lui fit une petite entaille superficielle. Anaïd tendit son poignet ensanglanté à Claudia, qui y posa le sien, mêlant leurs sangs dans un rituel aussi ancien que magique.

Puis Claudia banda leurs blessures avec des serviettes et fit signe à Anaïd de la suivre.

— Viens par ici.

Claudia se mit à quatre pattes dans un boyau étroit et le longea sur quelques mètres ; Anaïd l'imita. Elles débouchèrent rapidement dans une autre grotte. Avec sa lampe, Claudia éclaira l'une des parois, montrant à son amie la silhouette ancienne d'un bison. Près de lui, des dizaines d'empreintes de mains rouges décoraient le plafond et les parois rocheuses.

— Mets ta main dans mon sang, moi je fais la même chose dans le tien.

Elles appuyèrent leurs paumes ensanglantées contre la paroi lisse et les y maintinrent une bonne minute avant de les retirer. Elles y laissaient leurs marques pour l'éternité.

— Maintenant, tu ne peux plus rien y faire. Où que tu ailles, où que tu sois, nos vies seront unies. Ces mains en sont les témoins.

L'écho de pas lents et pesants résonna dans l'une des galeries latérales.

— Anaïd ? Claudia ? Vous êtes là ? demanda la voix de Lucrecia.

Anaïd allait répondre, mais Claudia lui fit signe de se taire. Elles s'éclipsèrent sur la pointe des pieds.

— Où veux-tu aller ?

— On va se cacher un moment. Sûr que Lucrecia veut encore te séquestrer dans les profondeurs de la terre pour t'apprendre tous ces trucs enquiquinants sur la forge et le feu.

Anaïd n'avait pas la conscience tranquille d'esquiver ainsi Lucrecia ; mais elle préférait être avec sa nouvelle amie.

— Et on va faire quoi ?

— Alors voilà mon programme d'activité pour ce matin. Je vais t'apprendre à te maquiller, à te coiffer et à marcher sexy. Si tu n'apprends pas à bouger un peu mieux ce petit cul de rêve que tu as, je te préviens… je te jette un sort et je l'échange contre le mien. À toi de voir.

Anaïd n'hésita plus du tout. La balance penchait décidément du côté de Claudia.

Lucrecia avait attendu cent un ans. Elle pouvait bien attendre quelques heures de plus.

— Mais qu'est-ce que tu fais ? protesta Anaïd, le visage maquillé et à moitié coiffée.

Claudia fouillait dans son sac de voyage, sortant toutes les affaires les unes après les autres.

— Je cherche un peigne et des pinces.

— Pas la peine de tout foutre en l'air.

Mais Claudia avait déjà entrepris de vider le sac d'Anaïd sur le sol.

— Ben dis donc, qu'est-ce que tu as avec toi ? Des dictionnaires encyclopédiques ?

Le sol était couvert de livres et de papiers, mais pas l'ombre d'un peigne ou d'une brosse.

— Je n'ai pas besoin de peigne.

— Ah oui ? C'est ce que tu crois. Tes cheveux commencent à être longs et ils sont pleins de nœuds.

Anaïd se passa la main dans les cheveux, tentant de démêler une mèche. Impossible. Il vaudrait mieux les couper, ça simplifierait le problème.

— Bon, de toute façon, on laisse tomber les cheveux pour aujourd'hui. On s'en occupera un autre jour. Je range tout ça. Lucrecia m'attend.

Aussitôt dit, aussitôt fait. Anaïd commença à ranger toutes ses affaires dans son sac. Claudia n'avait eu aucune difficulté à le vider ; tout remettre en place était une autre histoire. Elle ramassait les livres, les chaussettes, les culottes, l'esprit ailleurs. Elle s'apprêtait à y jeter une feuille qu'elle venait de ramasser, lorsque son instinct lui fit arrêter son geste. Elle comprit soudain que ce papier était important, bien qu'elle n'y eût jamais prêté attention jusqu'à ce jour. Son contact la dégoûtait, et il s'en dégageait une odeur âcre et désagréable. C'était un e-mail de l'ordinateur de Séléné. Elle l'avait imprimé, ainsi qu'en témoignait la date au bas de la feuille, le jour suivant sa disparition. L'e-mail, cependant, était daté d'une semaine auparavant et le texte en était le suivant :

Très chère Séléné,

Dans ton précédent courrier, tu me disais que le meilleur moment pour faire connaissance et passer un peu de temps ensemble serait cet été. Je meurs d'envie d'avancer la date de notre rencontre, mais j'essayerai d'être patiente. On se verra donc aux beaux jours.

Tu ne regretteras pas l'expérience. Avec moi tu pourras satisfaire tous tes caprices, et rien ni personne ne pourra s'y opposer. Si tu le voulais, tu pourrais en profiter indéfiniment.

À toi éternellement.

S.

Anaïd fixait ce « S » sinueux et perfide en frissonnant.

Le « S » venimeux de serpent.

Le « S » de Salma.

Comment avait-elle pu être aussi aveugle ?

LA PROPHÉTIE D'OM

Elle verra le jour dans l'enfer glacé
où mers et cieux toujours s'embrassent,
et grandira tout en haut de la terre,
là où les cimes frôlent les astres.

Elle se nourrira de la force de l'ourse,
et la phoque l'abritera de sa chaude toison ;
la sagesse de la louve sera sienne
tout comme la ruse de la renarde.

L'élue, fille de la terre, surgira de ses entrailles,
elle en sera aimée et accueillie en son sein.
Captive de ses caresses, aveugle et sourde elle restera,
bercée dans l'obscurité par de doux mensonges.

CHAPITRE XXVII

Le sceptre du pouvoir

Dans les profondeurs des cavernes du monde opaque, en un lieu où ni le temps ni la couleur n'osent exister, tonnait la voix de la comtesse.

— Est-ce certain, Séléné ?

Séléné leva les yeux d'un air de défi.

— Oui, j'ai une fille. Salma était au courant.

Salma protesta.

— Elle m'a trompée. Elle m'avait dit qu'elle l'avait adoptée et qu'elle n'avait pas de pouvoirs.

— Anaïd n'avait pas de pouvoirs, je ne t'ai pas menti, se défendit Séléné.

Salma montra sa main blessée à la comtesse. Il lui manquait l'index.

— Cette gamine est très puissante, elle connaît l'art de la lutte des couleuvres et elle ne se laisse pas vaincre par la peur. Séléné ne nous a pas dit toute la vérité.

La comtesse allongea ses tentacules pour tenter de fouiller la conscience de Séléné, mais se heurta à un rempart hostile. Stupéfaite, elle s'écria :

— Tu me résistes ?

— Dis-moi ce que tu veux savoir et je te répondrai, rétorqua Séléné.

La comtesse demanda encore :

— Pourquoi ne l'as-tu pas initiée ?

— Je te l'ai dit mille fois. Anaïd n'avait aucune aptitude. Elle manquait d'assurance, elle était maladroite.

— Possible. Mais ta fille semble très intéressante. Et je crois qu'elle intéresse beaucoup Salma.

Salma avait les yeux pleins de haine.

— Je la veux pour moi, pour moi seule.

La comtesse reprit :

— Tu as entendu Salma. Qu'est-ce que tu en dis, Séléné ?

Séléné se tut quelques instants puis jeta :

— Salma a bu tant de sang que son pouvoir menace ton autorité.

Salma s'écria :

— Tu es en train de m'accuser ?

— Oui, je t'accuse de trahison, et je crois que la comtesse devrait être plus prudente ; elle se rendrait compte que tu ne lui dis pas tout.

La comtesse s'agita dans l'ombre.

— Tu apprends vite, Séléné. Tu lances des accusations, tu aimes l'argent et l'indolence, le pouvoir et le sang. Tu as rajeuni. Toi aussi tu pourrais devenir dangereuse pour moi.

Mais Séléné sourit.

— Non, comtesse. Et d'ailleurs, sans moi, vous êtes condamnées à disparaître.

— Elle dit n'importe quoi, lança Salma, hors d'elle. Ce sont des sottises destinées à nous faire croire qu'elle est indispensable. Elle apprend nos secrets pour essayer de nous dominer.

— En es-tu certaine, Salma ? Tu sais bien que les Odish ne vaincront les Omar que grâce à l'élue, fit Séléné.

— Ah oui ?

— Tu le sais très bien, Salma. L'élue avec le sceptre du pouvoir détruira ses ennemies. Et le sceptre transmettra l'énergie et les pouvoirs des sorcières vaincues aux survivantes.

Salma finit par dire :

— Je ne crois pas en la prophétie.

Ce à quoi la comtesse répliqua :

— La conjonction se produira bientôt. Tous les signes l'indiquent.

Salma pâlit.

— Terminons-en avec Séléné. Si la conjonction ne s'est pas encore produite, la prophétie ne s'accomplira pas.

— Elle est en train de s'accomplir ! cria Séléné avec véhémence, désignant Salma d'un doigt accusateur. Tu as trouvé le sceptre, Salma ; je l'ai vu !

— En effet, tout a déjà commencé, ajouta la comtesse en se levant. Donne-le-moi, Salma.

Salma se tut, et l'ombre de la comtesse grandit encore et encore, emplissant la grotte d'un nuage sombre et menaçant.

— Donne-moi le sceptre du pouvoir.

Salma résista.

— Il est à moi.

L'ombre de la comtesse s'abattit sur Salma, l'enveloppant de ténèbres.

— Il ne t'appartient pas, Salma, donne-le-moi.

La lutte dura quelques instants, un moment absurde dans ce lieu où le temps n'existait pas. Jusqu'à ce que le sceptre roulât aux pieds de Séléné, qui n'eut plus qu'à se baisser et à le ramasser.

— Il est venu jusqu'à moi, il m'appartient.

Dans l'ombre, la comtesse contemplait la scène.

— Tu sais quelle est ta tâche, Séléné, tu dois détruire les Omar.

Salma, épuisée, vaincue par la comtesse, s'était effondrée sur le sol. Elle murmura :

— Elle ne le fera pas. Elle l'utilisera pour servir ses propres intérêts.

— Silence, Salma, ordonna la comtesse.

Séléné caressait le sceptre d'or en lisant les inscriptions qui y étaient gravées. Le sceptre d'O, le sceptre du pouvoir. Ses mains tremblaient. Elle sentait sa puissance, son immense puissance.

— Le moment n'est pas encore venu, Séléné.

— De quoi parles-tu ?

— Du moment de la conjonction. Le sceptre ne sera tout-puissant que lorsque la conjonction se sera produite. Et alors tu devras passer ton premier test.

Séléné s'étonna.

— Un test ? Après tout ce que je vous ai déjà prouvé ?

— Je veux une preuve de ta fidélité. Tu élimineras Anaïd et Chriselda.

Séléné fronça les sourcils, intriguée.

— Pourquoi elles ?

— Elles te cherchent. Elles veulent t'éliminer.

Séléné recula d'un pas.

— Tu mens.

— Non, Séléné. Si tu n'en finis pas avec elles, ce sont elles qui t'auront. Et puis… une fois que les Tsinoulis auront disparu, tu ne seras plus qu'une louve solitaire loin de la meute.

Séléné ne répondit pas. Elle caressait le sceptre, le brandissait au-dessus de sa tête, le frottait contre sa robe d'été.

— Comme il est beau, murmura-t-elle.

— Très beau. Donne-le-moi maintenant.

— Non ! cria Séléné en s'y accrochant de toutes ses forces.

— Ne m'oblige pas à te l'arracher comme à Salma, gronda la comtesse.

Mais Séléné tourna les talons, serrant le sceptre dans sa main.

— Je ne suis pas Salma, je suis l'élue !

Et elle se perdit dans les sous-bois du monde opaque.

CHAPITRE XXVIII

Trahison

Lucrecia ne fit aucune remontrance à Anaïd pour avoir manqué une leçon. Anaïd était habituellement une élève attentive, qui lui était très reconnaissante de ses enseignements. Peut-être avait-elle été trop dure avec elle, oubliant que les jeunes ont le droit, et l'envie, de profiter des plaisirs de la vie. Les nombreuses années qui pesaient sur elle lui faisaient parfois oublier les rires et les plaisirs d'antan.

Elle était vraiment heureuse qu'Anaïd eût fait la paix avec Claudia et qu'elles fussent devenues si proches, pendant la longue convalescence de la jeune fille. Anaïd s'était épanouie. En un mois seulement, depuis qu'elle la connaissait, elle avait embelli et était devenue beaucoup plus sûre d'elle. Elle et Claudia passaient beaucoup de temps à partager des secrets et restaient bavarder jusque tard dans la nuit. Lucrecia savait que l'amitié était le plus beau des cadeaux pour une sorcière solitaire.

Anaïd paraissait triste et abattue lorsqu'elle se présenta devant elle le dernier jour de sa leçon d'alchimie. Lucrecia n'y prêta pas attention. Il n'y avait rien d'anormal à ce qu'une jeune eût des hauts et des bas. Après tout, devant elle s'étalait un avenir d'incertitude et de danger. Il était donc naturel qu'elle eût peur ou qu'elle doutât de ses forces. Lucrecia pensa qu'il valait mieux qu'elle restât seule pour réfléchir et affronter ses démons. Une sorcière initiée pouvait toujours compter sur son clan, la solidarité de sa tribu et des autres clans, mais elle devait apprendre seule à surmonter les moments les plus difficiles.

Lucrecia s'assit sur le sol de la grotte en compagnie de sa jeune disciple. Encore un petit effort et elle aurait terminé sa tâche. À cent un ans, elle avait bien mérité de se reposer. Elle lui tendit le superbe atamé qu'elle avait forgé.

— Anaïd, tu as choisi la pierre de lune et la pierre de lune t'a choisie. Lorsque tu y as sculpté ton talisman, tu ne connaissais pas les secrets qui désormais t'appartiennent. La lune contrôle le temps et les marées, les récoltes et le sang. Mais la lune n'offre pas la force ; sa lumière est froide et indirecte. Le feu qui alimente la terre et qui lui donne vie est sage et ardent. Et tu sais maintenant contrôler le pouvoir du feu et t'en faire obéir. Ton atamé est le plus puissant ayant jamais été forgé par le clan de la couleuvre. Il provient du magma et des larmes que tu as taillées dans la pierre de lune. Parle-lui, il est à toi, il est toi-même, il est ta main, il est la continuité de ta force et de ton pouvoir. Avec la baguette, l'atamé est le trésor le plus précieux d'une sorcière Omar.

Anaïd contempla la lame polie de son atamé. Il était l'œuvre de son habileté et de sa persévérance. Elle en était fière et, pourtant, toujours aussi triste.

La vieille femme se leva, lui ordonnant :

— Unis-toi à ton atamé.

Et Lucrecia s'éloigna lentement, courbée par le poids des ans, abandonnant Anaïd à sa peine, les yeux fixés sur le trésor noir et luisant qui était sien pour toujours.

Son apprentissage de la science alchimique avait comporté la méditation. Elle pouvait rester de longues heures silencieuse, noyée dans l'obscurité. Elle ne craignait ni les profondeurs de la terre, ni la solitude. Pourtant, elle alluma une lampe à huile afin de contempler son œuvre d'art.

La lueur de la flamme lui révéla qu'elle n'était pas seule. Un intrus, un jeune intrus, le visage maquillé, vêtu d'une tunique à l'ancienne, contemplait son atamé avec la même curiosité qu'elle. Anaïd était désormais experte en ce genre de rencontre fortuite.

— Bonjour.

Évidemment, l'intrus ne comprit pas tout de suite qu'elle s'adressait à lui.

— Je te salue, toi avec le visage peint, toi qui portes la tunique.

— Moi ? Tu t'adresses à moi ?

— Bien sûr. Pourquoi pas ?

— Je ne suis qu'un pauvre fantôme désabusé condamné à errer par ma faute.

Anaïd soupira. Il avait l'âme d'un poète.

— Je m'appelle Anaïd Tsinoulis.

— Marco Tulio, pour vous servir et égayer vos soirées avec mon art, si humble soit-il.

— De quel art parles-tu ?

— L'art d'interpréter la comédie.

— Tu es acteur ?

— Acteur comique.

— Eh bien, dommage que je ne l'aie pas su avant, tu aurais pu me tenir compagnie. Et comment t'es-tu retrouvé ici, Marco Tulio ?

— Vous voulez vraiment que je m'en souvienne ?

— Tu n'y es pas obligé...

— J'ai oublié mon texte en pleine représentation, le texte de la comédie de Plaute, *Le Revenant*.

— Eh bien. Tu es mort de honte ?

— Je me suis réfugié dans ces grottes pour éviter d'être lynché par le public.

— Et ils t'ont tué ?

— J'ai glissé et je suis tombé dans un gouffre. Leur malédiction pèse toujours sur moi et mon honneur malmené.

— Pauvre Marco Tulio.

— C'est ma faute. La nuit d'avant, j'avais cédé aux effluves d'un vin sublime de Campanie. Quelle nuit, dans la taverne du Lion-Bleu de Taormine !

— Elle n'existe plus maintenant.

— Tant de siècles se sont écoulés...

— Des regrets ?

— Oh, tellement ! Rien n'est plus affreux que d'arriver sur scène devant un public, et de ne plus rien se rappeler, l'amnésie totale. Angoissant, abominable, indescriptible.

— Je peux t'aider, risqua Anaïd.

— À me rappeler les répliques ? Ça fait deux mille ans que j'essaye et il n'y a rien à faire.

— Non, à tout oublier. À abandonner ta condition d'esprit errant.

— À sauver mon honneur ?

— Je t'offre la paix.

— En échange de… ? demanda le comédien, méfiant.

— Est-ce vrai que je peux rejoindre Séléné par les Latomies ?

— Séléné la louve ?

Anaïd acquiesça et Marco Tulio réfléchit quelques instants.

— Les Latomies relient les mondes, mais pour rejoindre Séléné, tu devras retourner à l'endroit d'où elle a disparu et suivre le chemin du soleil.

— Que veux-tu dire ?

— Tu pourras me libérer ?

— Bien sûr, fit Anaïd avec aplomb.

— Tu es une Odish ?

— Comment pourrais-je te voir sinon ?

— Elles croient toutes que tu es une Omar. Elles sont en train de parler de toi maintenant.

— Qui ?

— Les matriarches.

— Tu peux les entendre ?

Le comédien se pencha au-dessus d'une cavité.

— Approche-toi. Tu entends ?

Anaïd prêta l'oreille. Elle avait du mal à comprendre les paroles.

— Que disent-elles ?

— Chriselda ne veut pas utiliser son atamé contre Séléné. Elle dit que l'atamé n'a pas été créé pour blesser ou tuer une autre Omar. Elle demande qu'on lui prépare une potion empoisonnée.

Anaïd se sentait prête à défaillir. Tout tournait autour d'elle.

— Ce n'est pas possible. Tu te trompes.

— Écoute !

Anaïd, blanche comme un linge, se concentra sur les paroles qui se perdaient entre les tunnels secrets de la roche.

— Anaïd ne doit jamais l'apprendre, insistait Chriselda.

— Sans elle, nous ne pourrions retrouver Séléné, ajouta Valeria.

— La possibilité que Séléné nous soit fidèle diminue de jour en jour, mais nous ne devons pas la condamner sans en être certaines, objecta la vieille Lucrecia.

— J'ai fait le serment de supprimer Séléné et je dois l'honorer, mais la conjonction va bientôt se produire et nous devons nous hâter. Anaïd va mieux, nous pouvons commencer les recherches dès demain, reprit Chriselda.

Anaïd en avait assez entendu.

On l'avait trompée sur toute la ligne. On l'avait trahie ainsi que l'avait prédit l'oracle de son initiation. Les louves, les couleuvres, les corneilles, les dauphines et les biches l'envoyaient à la recherche de Séléné pour que Chriselda, sa propre grand-tante, la sacrifiât.

Elle s'effondra, la tête dans les mains.

Chriselda l'avait trahie.

Elle ne pouvait avoir confiance en personne.

N'allaient-elles pas donner à Séléné une chance de se défendre ?

Et le pire, c'est qu'elle commençait aussi à douter de l'intégrité de sa mère.

Le comédien s'impatientait.

— Et ta promesse ?

— Je vais te libérer. Tu as bien dit que je devais retourner à l'endroit où Séléné a disparu et suivre la voie du soleil ?

— Oui.

La jeune fille sortit sa baguette en bois de bouleau et dessina dans les airs des signes mystérieux.

— Marco Tulio, par le pouvoir qui m'a été conféré lors de l'initiation et par la mémoire de la louve, je te permets de rompre les chaînes de la malédiction et je t'offre le repos éternel parmi les morts.

Marco Tulio sourit, enfin heureux, et commença à disparaître sous les yeux d'Anaïd.

— Salue de ma part ma grand-mère Déméter, cria celle-ci.

Le comédien tenta vainement de rester auprès d'elle.

— Pourquoi ne me l'as-tu pas dit avant ? Les esprits peuvent convoquer les morts, cria-t-il avant de s'évanouir complètement dans les airs.

Anaïd comprit trop tard le sens de ses paroles.

— Attends, attends, ne pars pas !

Mais Marco Tulio n'était déjà plus qu'un souvenir.

Alors, c'était vrai, les esprits pouvaient communiquer avec les morts. Elle aurait donc pu communiquer avec Déméter et profiter de la clairvoyance octroyée aux morts. Les vivants qui l'entouraient étaient incapables de discerner la vérité du mensonge. Elle-même n'arrivait plus à faire la différence.

Sa grand-mère lui manquait désespérément. Elle avait tant besoin de sa sérénité et de sa sagesse.

Elle cria dans les ténèbres.

— Ohé, il y a des esprits par ici ?

Seul lui parvint l'écho de sa voix, multiplié à l'infini.

Elle était seule, plus seule que jamais.

Cornelia, la matriarche du clan de la corneille, aimait errer dans les champs à la tombée du jour et saluer les bandes de corneilles noires au plumage lustré qui volaient au-dessus des champs de blé. Parfois, elle venait jusqu'à la falaise pour contempler la mer que sa petite Julia avait tant aimée.

Ce jour-là, Anaïd la trouva en contemplation devant les centaines de grues, de huppes, d'hirondelles et de cigognes qui, à l'arrivée de l'automne, migraient vers le sud, en route vers l'Afrique.

Cornelia l'accueillit à bras ouverts. Anaïd lui rappelait sa fille. Peut-être à cause du sérieux qu'elle voyait dans ses pupilles, et du bleu de ses yeux, aussi bleus que ceux de Julia le jour de son initiation, son dernier jour.

Cornelia n'avait que peu d'occasions de bavarder avec des jeunes. Sa mélancolie les faisait fuir. Depuis la mort de sa fille, elle s'habillait de noir, comme l'avaient fait ses ancêtres et les oiseaux de son clan. Cornelia tenait à la tradition du deuil pour que son chagrin dure éternellement. C'était ainsi que l'entendaient les femmes et les mères de sa terre, et elle, sorcière et mortelle, maintenait la tradition.

— Dis-moi, Anaïd, en quoi puis-je t'être utile ?

Anaïd comprit que Cornelia ne lui refuserait rien.

— Je veux connaître le secret du vol des oiseaux.

Cornelia comprit qu'Anaïd ne lui disait pas toute la vérité. La jeune fille était mal à l'aise, et elle le sentait.

— Chriselda est au courant ?

— Bien sûr.

— C'est risqué, tu sais ?

— Je n'ai pas peur.

— Pour te faire partager ce secret, j'ai besoin de l'accord des matriarches.

Alors, Anaïd prit la main de Cornelia et planta son regard implorant dans ses yeux noirs.

— Je ne peux pas attendre, il faut que ce soit maintenant et en secret.

Cornelia sentait la chaleur de sa main dans la sienne. Elle était jeune et pleine de vie et une énorme responsabilité pesait sur ses épaules.

— Aide-moi, je t'en prie. J'ai besoin de toi, je le sais, et tu le sais aussi.

Cornelia le savait, mais elle tentait d'échapper au destin.

— Je ne veux pas qu'il t'arrive malheur.

Mais Anaïd ne s'avouait pas vaincue.

— Dis-moi, Cornelia, pourquoi es-tu venue jusqu'ici ? Pourquoi t'es-tu arrêtée pour contempler les oiseaux migrateurs qui passent au-dessus de l'île ?

Cornelia ne voulait pas lui répondre.

— Et toi ?

Anaïd décida de jouer le tout pour le tout.

— Je me suis demandé ce que je devais faire, et mes

pas m'ont conduite jusqu'ici. En te voyant regarder les oiseaux, j'ai compris que c'était toi, le signe que j'attendais. Que tu m'apprendrais à voler comme eux pour rejoindre Sélène. C'est la voie, la seule.

Cornelia soupira. Le destin était venu la chercher pour l'impliquer dans la prophétie. Elle ne pouvait se soustraire au destin.

— Es-tu prête ?

Anaïd était prête. Elle ne l'avait jamais autant été.

Cornelia agita ses bras noirs avec l'élégance d'un cygne et Anaïd l'imita.

— Observe un oiseau, celui que tu préfères. Tu dois sentir le battement de ses ailes et la légèreté de son corps.

Anaïd fixa son regard sur la magnifique femelle d'aigle pêcheur qui plongeait vers le lac, ses ailes étendues.

Cornelia suivit son regard et frissonna. Anaïd avait choisi l'aigle, l'oiseau le plus puissant du lac.

— Répète avec moi le sortilège de vol.

Et toutes deux agitèrent gracieusement les bras, entonnant le superbe chant de l'oiseau. Leurs corps devinrent légers comme des plumes alors que leurs bras se transformaient en ailes ; et, ensemble, elles s'envolèrent.

Anaïd, ses longs cheveux flottant au vent et le visage sillonné de larmes, survola le lac, suivant Cornelia, grisée par ce nouvel apprentissage.

Au coucher du soleil, elle s'aventurait déjà à planer.

Elle fit ses adieux à Cornelia en lançant le cri de l'aigle. Elle se dirigeait vers le nord, à l'inverse des routes migratoires des oiseaux.

Peu lui importait puisqu'elle n'était pas l'un d'entre eux. Elle avait des ailes, mais devait suivre sa voie.

Cornelia, en la voyant s'éloigner, lui souhaita toute la chance du monde. Et, pour la première fois depuis la mort de sa fille, elle comprit que le fardeau de lui avoir survécu avait une raison d'être.

Elle aussi était entrée dans la légende.

CHAPITRE XXIX

La voie du soleil

Anaïd était exténuée. Elle avait volé sans repos des jours et des nuits, s'arrêtant seulement pour s'abreuver de temps en temps. Elle avait beaucoup maigri. Ses vêtements étaient en loques, trempés, ses cheveux ressemblaient à du raphia emmêlé et son visage était desséché par le vent.

En survolant le clocher d'Urt, une vague d'émotion la submergea. Elle avait cru que plus jamais elle n'entendrait le son grave de ses cloches.

Il était plus de minuit, elle n'avait pas de clef et ne pouvait rentrer chez elle. La faim la tenaillait et elle avait besoin d'aide. Sans réfléchir, elle se dirigea vers l'accueillante maison d'Héléna. Elle savait qu'elle y serait reçue à bras ouverts. Elle allait frapper contre les volets, lorsque les pleurs d'un bébé l'arrêtèrent.

Elle devait être folle.

Elle ne pouvait pas apparaître en volant devant les fenêtres d'Héléna.

Héléna avait huit enfants et un mari.

Anaïd descendit doucement et se posa dans la cour. La porte de la grange était entrouverte. Elle s'y faufila, mais ses jambes ne la soutenaient plus. Elle s'effondra dans une botte de foin et perdit connaissance. Lentement, très lentement, ses ailes se transformèrent à nouveau en bras et son corps retrouva sa densité.

Elle rêvait. Dans son rêve, un garçon brun lui caressait le visage et humidifiait ses lèvres avec un linge. Puis il effleurait sa bouche de la sienne.

— Roc ! s'exclama Anaïd, étonnée, en ouvrant les yeux.

Roc, un peu honteux, se releva d'un bond.

— On se connaît ?

Anaïd éclata de rire.

— Quand on était petits, on se baignait tout nus dans la mare, toi et moi.

Roc avait beau chercher, il ne trouvait pas. Curieusement, il ne l'intimidait plus du tout.

— Toi et moi ? Non, je ne me rappelle pas…

— Regarde-moi.

Anaïd écarta ses cheveux et Roc reconnut le regard bleu intense fixé sur lui. La stupéfaction se peignit sur son visage.

— Anaïd ! Où étais-tu ?

Anaïd hésita, puis répondit :

— J'ai fait un long voyage. J'ai faim et… j'ai besoin de vêtements. Ta mère est là ?

Roc lui fit signe que oui et se glissa par la porte entrouverte.

— Attends !

Le garçon s'arrêta un instant tandis qu'elle le regardait d'un air interrogateur.

— Tu m'as donné de l'eau pendant que je dormais ?

Roc acquiesça et baissa les yeux, gêné.

— Merci.

Roc sourit largement. Il avait des yeux brun foncé, des cheveux noirs et bouclés. Un beau garçon, incontestablement.

L'avait-il embrassée sans savoir qui elle était ? Avait-elle changé à ce point ?

En effet, Héléna ne la reconnut pas.

— Anaïd, c'est vraiment toi ?

Elle tenait dans ses bras un bébé grassouillet.

— Encore un autre ?

— Il est mignon, hein ? Aussi beau qu'une fleur. J'ai presque envie de l'appeler Rosito.

Anaïd se mit à rire de bon cœur.

— Ne lui fais pas ça. Il te maudira, et tu ne sais pas ce qu'endurent les pauvres esprits maudits.

— En fait, je l'appelle Ross.

Ross tétait placidement le sein de sa mère. Anaïd soupira.

— Dire que je suis revenue.

— Ma chérie, mais que tu as grandi… Tu es plus grande que moi. Et quelles jambes. Tourne, que je te voie. Des jambes plus longues que celles de ta mère. Et cette tignasse. Pleine de nœuds ! Tu as besoin d'un bon shampooing.

Anaïd souriait, heureuse de toutes ces attentions.

— Ça fait une semaine que je n'ai rien mangé.

Héléna s'écria, horrifiée :

— Pourquoi ne me l'as-tu pas dit avant ? Roc ! Apporte-moi vite une assiette de pot-au-feu.

Le pot-au-feu d'Héléna... extraordinaire ! Il pourrait rendre des forces à un ours qui vient d'hiberner, pensa Anaïd qui s'était jetée sur le lard, les légumes et le bouillon.

En fait, Anaïd ne fit que manger et dormir toute la journée. Puis elle plongea avec délices dans un bain. Mais... elle n'avait pas de vêtements à se mettre.

Roc, d'un œil expert, calcula sa taille.

— La taille de Marion.

Et il revint une heure plus tard avec quelques vêtements à son goût.

— Je lui ai raconté des bobards. Je lui ai dit que je préparais une soirée déguisée. Elle adore.

Anaïd, les cheveux propres et secs, se glissa dans les sous-vêtements de Marion, dans son jean ajusté et son haut sexy.

Roc émit un sifflement d'admiration.

— Il vaudrait mieux que Marion ne te voie pas. Ça te va mieux qu'à elle.

Anaïd aurait aimé se contempler dans le miroir et savoir à quoi elle ressemblait, mais elle n'avait pas de temps à perdre. Héléna l'attendait à la bibliothèque.

Elle la trouva en train de ranger des livres sur les rayons. Elle était contrariée. Anaïd sut immédiatement qu'elle lui cachait quelque chose.

Tout s'était déroulé pour le mieux jusqu'à présent, trop bien, même. Elle devait rester méfiante. Elle décida donc de jouer le jeu d'Héléna et de lui faire croire qu'elle n'avait rien remarqué.

— Juste une minute, j'ai presque fini, fit Héléna sans lever les yeux de ses fiches.

Anaïd se laissa tomber dans la vieille chaise de bois où elle avait passé tant d'après-midi à lire lorsqu'elle était plus jeune. Elle vit Héléna fermer le registre, regarder dans sa direction et, tout à coup, porter la main à la bouche en réprimant un cri.

Anaïd se retourna pour voir ce qui l'avait effrayée, mais elle ne vit rien d'inhabituel.

— Qu'est-ce que tu as ?

Héléna n'avait pas l'air dans son état normal. La main sur le cœur, elle respirait avec difficulté.

— Rien. Non, ça va. Pardon, mais depuis que ta mère a disparu, je suis très émotive, et en te voyant…

— C'est moi qui t'ai fait peur ? demanda Anaïd, jetant aussitôt un coup d'œil à ses vêtements qui étaient plus voyants et osés que tous ceux qu'elle avait jamais portés.

— Oui… en te regardant… j'ai vu, c'est comme si… Tu ressembles à ta mère.

Après quelques instants, Héléna ajouta :

— J'ai convoqué un *coven* pour cette nuit. Gaya et Karen ont hâte d'entendre ton histoire.

Anaïd lui fit un signe de connivence, puis regarda sa montre et s'excusa.

— Je dois passer à la maison pour voir s'il reste un peu de l'onguent de Séléné. Est-ce que j'ai besoin d'autre chose ? Ce sera mon premier *coven* du clan.

— Ton atamé, ta coupelle et ta baguette.

Anaïd le nota sur le dos de sa main et se leva pour partir. Héléna la retint quelques instants.

— Anaïd, tu dînes avec nous, d'accord ? Ça nous fait plaisir. Après on volera toutes les deux jusqu'à la clairière.

— OK, à ce soir, mentit Anaïd.

Et elle fila, heureuse qu'Héléna ne pût lire ses pensées. Jusqu'à maintenant, elle avait réussi à éluder toutes les questions gênantes. Elle répondait de façon évasive tout en sachant que, d'un moment à l'autre, Héléna pouvait recevoir un coup de fil de Chriselda. Ou vice versa.

Un jour seulement s'était écoulé depuis son arrivée, mais il lui paraissait évident qu'Héléna était déjà au courant de sa fuite, et qu'elle devait avoir reçu l'ordre de la retenir jusqu'à l'arrivée de Chriselda. Ou de la faire accompagner d'une autre Omar qui assumerait la tâche d'éliminer Séléné. Héléna, peut-être ? Karen, sa grande amie ? Ou Gaya, son ennemie de toujours ? Anaïd essaya de ne plus y penser.

En arrivant devant chez elle, elle se rappela soudain qu'elle n'avait pas de clef. Elle l'avait sûrement laissée chez Valeria. Elle se creusa la tête, étudiant toutes les possibilités. Elle examina portes et fenêtres. Inutile de penser à les forcer. Elle habitait une véritable forteresse. Elle s'assit sous le porche de l'entrée, maudissant sa malchance.

Tante Chriselda ne lui avait jamais raconté ce qui s'était passé lorsqu'elle était sortie de chez elle en chemise de nuit à trois heures du matin. Elle avait apparemment pris le temps de tout cadenasser.

Une heure plus tard, Karen apparaissait avec un trousseau. Héléna, se souvenant qu'Anaïd n'avait pas de clef, l'avait appelée et lui avait demandé de passer. Anaïd lui en fut réellement reconnaissante. Karen la serra dans ses bras et lui dit combien elle était heureuse de la revoir saine et sauve. Mais elle répondit à peine aux nombreuses questions qu'Anaïd lui posait et insista pour entrer dans la maison avec elle.

— Je me suis chargée moi-même de faire le ménage et de l'aérer. Je savais que vous ne tarderiez pas.

— Vous ?

— Toi et Chriselda... et Séléné, évidemment.

— Merci, Karen, ma mère dit que tu es sa meilleure amie.

Anaïd vit du coin de l'œil que Karen était émue.

— Anaïd, moi... moi aussi j'aime beaucoup Séléné. Mais... parfois, les personnes que nous aimons le plus au monde changent ou... ne sont pas celles qu'on croyait.

Anaïd n'aimait pas le tour que prenait la conversation.

— Oui, c'est vrai, dit-elle.

Karen prit brusquement Anaïd par les épaules, les yeux pleins de larmes.

— Anaïd, ta mère t'a empêchée de développer tes pouvoirs et aussi de grandir.

— Comment ?

Anaïd, au fond d'elle, savait que Karen disait la vérité.

— En te donnant des vitamines que j'avais soi-disant prescrites. Ces *vitamines* bloquaient tes hormones de croissance et tous tes pouvoirs.

Anaïd pâlit. Elle avait toujours refusé de croire toutes les horreurs qu'elle entendait sur sa mère.

— Tu te trompes.

— Non, Anaïd. Nous ne savons pas pourquoi elle l'a fait, mais elle l'a fait.

Anaïd luttait pour ne pas fondre en larmes, et se mordit les lèvres jusqu'au sang.

Séléné l'avait torturée pendant des années en lui faisant croire que son retard de croissance était naturel ? Séléné l'avait privée de ses pouvoirs en toute connaissance de cause ?

Non. Elle refusait d'y croire. Il ne fallait pas y penser. Y penser l'empêchait d'agir, et elle devait avoir l'esprit tranquille, en paix. Seul l'amour véritable et profond qu'elle éprouvait pour sa mère lui permettrait de la rejoindre. Si elle cessait de faire confiance à l'élue, qui pourrait la sauver ?

— Tu dois aussi savoir qu'en ton absence quelqu'un a remboursé l'hypothèque de la maison. C'est beaucoup d'argent, Anaïd, beaucoup.

Karen était très agitée et se tordait les mains. Elle s'en voulait de l'avoir mise au courant.

— Je suis désolée, Anaïd, mais il fallait que tu le saches.

Karen partit la tête basse, accablée par ce qu'elle venait de faire. Désormais, elle avait aussi le chagrin d'Anaïd sur la conscience.

Une fois seule, Anaïd se dirigea vers la chambre de Séléné. Il fallait qu'elle en eût le cœur net. Elle ouvrit les tiroirs et vida les étagères à la recherche d'une preuve d'amour à laquelle se raccrocher.

Et elle la trouva, dans une vieille boîte à chaussures

où Séléné avait écrit de son écriture pointue : « Anaïd, ma fille ».

Elle y avait gardé ses dents de lait dans une ravissante boîte de nacre, ainsi qu'une paire de petites chaussures en cuir verni – probablement les premières qu'elle eût portées – et un médaillon avec une chaîne en argent.

Anaïd, les doigts tremblants, dut s'y reprendre à plusieurs fois avant de réussir à l'ouvrir. Elle y parvint enfin et sentit alors toutes ses craintes se volatiliser.

L'une des faces du médaillon contenait une photo d'elle, bébé, l'autre une mèche de cheveux roux de Séléné. En le refermant, sa photo et la mèche de cheveux reposaient l'une sur l'autre, étroitement unies.

Anaïd accrocha le médaillon autour de son cou, à côté du petit sac de cuir renfermant son atamé et sa baguette, tout près de son cœur.

Elle jeta un coup d'œil à sa montre. Elle ne pouvait attendre la nuit, il fallait absolument qu'elle entrât en contact avec les esprits avant qu'il ne fût trop tard.

Sa chambre était plongée dans la plus complète obscurité, mais elle eut beau les appeler, les supplier, les menacer de venir sur-le-champ… rien. Pas l'ombre d'un esprit. Le silence. Christine Olaf les avait condamnés à l'invisibilité et au silence. Anaïd lança le contre-sort.

— Esprits maudits, je vous ordonne de revenir hanter ces lieux, avec voix et visages, s'écria-t-elle en agitant sa baguette.

Complètement éberlués, la dame et le chevalier apparurent devant elle. Apparemment, ils ne s'attendaient pas à revoir Anaïd de sitôt.

— Oh, belle dame, est-ce vraiment vous ?

— Vous avez réussi à contrer le pouvoir de la sorcière Odish ?

Mais Anaïd n'avait ni le temps ni l'envie d'écouter les compliments auxquels les esprits étaient enclins.

— Je viens pour accomplir ma promesse et vous donner le repos éternel, mais avant, j'ai besoin que vous convoquiez Déméter.

La dame et le chevalier se regardèrent en souriant et disparurent aussi soudainement qu'ils étaient apparus. Anaïd attendit leur retour avec impatience.

— Déméter t'attendra à la grotte au crépuscule. Avant que le dernier rayon de soleil n'ait disparu de la forêt.

— Très bien. Lorsque j'aurai parlé à Déméter, je reviendrai vous libérer.

— Mais... belle dame, ce n'est pas juste.

— Par pitié, ma reine, libérez-nous maintenant.

— Ah oui ? Et qui a dit à Christine Olaf que j'étais en Sicile ?

Et sans leur laisser le temps de répondre, elle quitta la pièce et les laissa plongés dans leurs pensées.

Anaïd parvint à son refuge à l'heure indiquée par Déméter. Elle alluma une lampe à pétrole, explora tous les recoins de la grotte et s'assit. Sa lampe projetait des ombres fantasmagoriques sur les parois et elle sursautait à chaque instant, croyant voir l'ombre de sa grand-mère.

Mais Déméter avait pris une apparence surprenante.

La louve, la grande louve au pelage gris et aux yeux

pleins de sagesse, surgit des profondeurs de la grotte et la salua en hurlant.

Anaïd la reconnut et voulut l'étreindre, mais la louve recula et lui parla dans le langage des loups.

— Elles t'attendent, Anaïd, il n'y a pas de temps à perdre. Je te protégerai d'elles.

— Qui donc ?

— Peu importe. Elles savent ce que tu veux faire, mais tu ne dois pas regarder en arrière. Je resterai avec toi pour te couvrir. Es-tu bien sûre de vouloir y aller ?

— Oui.

— Tu dois suivre la voie du soleil cette nuit même. Tu dois chevaucher le dernier rayon de soleil du crépuscule ; il te plongera dans le monde des ténèbres. Ne crains rien. Je t'indiquerai le chemin.

Mais l'incertitude rongeait encore Anaïd.

— J'ai besoin de savoir si ma mère nous a trahies.

La louve ignora sa question.

— Tu reviendras, avec ou sans Séléné, chevauchant le premier rayon de soleil de l'aube. Souviens-t'en, parce que sinon tu resteras dans les ténèbres pour l'éternité.

— Comment saurai-je si Séléné est l'une des nôtres ?

— Tu ne peux acquérir de certitude avant d'avoir assumé tous les risques. C'est à toi qu'il appartient de décider, et à toi seule. Maintenant, suis-moi et rappelle-toi, surtout, quoi qu'il arrive, ne te retourne pas.

Anaïd se leva et se mit à courir derrière la louve pour rejoindre la forêt. Elles se retrouvèrent bientôt sous le couvert des chênes. Anaïd sentait des yeux brûlants fixés sur elle et le danger tout proche. Une voix l'appelait doucement, l'invitant perfidement à reprendre son souffle et à se retourner. La tentation était terrible ; elle faillit céder à cette voix insidieuse, mais se reprit et continua. Elles atteignirent la clairière juste à temps, le dernier rayon de soleil faiblissant dans le crépuscule.

— Maintenant ! Saute ! ordonna la louve.

Un grondement assourdissant résonna derrière elle. Anaïd s'arrêta net, hésitant à se retourner. Elle entendait la louve grogner et hurler en luttant sauvagement pour la défendre. Elle aurait tant vouler l'aider. Mais les paroles de Déméter lui revinrent en mémoire : « Surtout, quoi qu'il arrive, ne te retourne pas. »

— Maintenant ! lui cria à nouveau Déméter.

Et, obéissant à la grande louve grise, elle bondit sur le rayon de soleil qui caressait la terre. Anaïd, ses longs cheveux brillant dans la lueur du soir, chevauchant le dernier rayon du crépuscule, s'enfonça avec lui dans les ténèbres.

LE TRAITÉ DE DOLS

Dans ce traité, nous nous proposons de développer la thèse de l'appartenance probable de l'élue au clan de la louve.
La tradition, qui prend racine dans l'inconscient collectif, regorge d'allusions à la supposée perversité et agressivité du loup et, par conséquent, de la louve. Le loup a souvent été considéré comme une « créature des ténèbres », parfois même associé au diable.
Il n'est guère étonnant qu'un prédateur comme le loup, se comportant de manière organisée et efficace, réveille les peurs ancestrales de l'homme, poussant ce dernier à le chasser. Pourtant, force est de constater que les agressions de l'homme ont toujours été beaucoup plus sauvages et meurtrières que celles du loup. Pour preuve la situation actuelle de l'espèce, en voie de disparition.
Cependant, le mythe de Romulus et Remus et le mythe de Gargoris et Habis montrent les loups sous un jour différent : des bébés humains y sont allaités par des louves. D'ailleurs, les Indiens d'Amérique voient dans le loup un adversaire honorable qu'ils respectent et admirent grandement. Quant à l'idéogramme chinois repré-

sentant le loup, il signifie littéralement « chien distingué », peut-être en raison de l'aspect étiré des yeux de l'animal.
Le loup est l'un des motifs animaux les plus représentés chez les Ibères, sur les coupes, les urnes et les plats de cérémonie, laissant toujours apparaître le caractère démoniaque de l'animal (yeux étirés, oreilles pointues, babines retroussées laissant voir les crocs). Le lien entre le loup et les croyances d'outre-tombe est clairement établi dans toute la zone méditerranéenne. Dans certaines régions de l'Espagne préromaine, le loup était un animal totémique présent sur les monnaies, avant qu'on lui substitue la louve romaine. De même, le mythe de la lycanthropie fait partie depuis longtemps de notre patrimoine culturel. Le loup-garou figure dans de nombreuses légendes, surtout dans la partie occidentale de la péninsule Ibérique.

En tenant compte de certaines légendes, nous déterminerons la zone géographique de laquelle, selon Om, doivent surgir l'élue et le clan qui lui inculque son savoir. J'écarterai donc donc la possibilité qu'il s'agisse des Alpes ou des Apennins et opterai pour la théorie de Rivana concernant les Pyrénées. Je démontrerai aussi que les possibilités que l'élue appartienne au clan de la louve sont plus nombreuses que celles jusqu'à présent évoquées qu'elle appartienne au clan de l'ourse ou de la renarde.

CHAPITRE XXX

Le monde opaque

Anaïd pensa d'abord qu'elle était revenue à son point de départ.

Elle se tenait dans la clairière au milieu de la forêt. Entre les arbres, dans le lointain, elle apercevait les cimes familières des montagnes.

Pourtant, si, la lumière avait quelque chose d'étrange.

Au début, elle l'attribua au crépuscule, mais après quelques instants, elle commença à noter la différence. La lumière ne variait pas, elle était terne : floue, mate et privée de contrastes. On distinguait à peine les couleurs ou plutôt… il n'y avait pas de couleurs. Anaïd se frotta les yeux. Se trouvait-elle dans un monde parallèle ? Était-ce bien ici qu'habitait Séléné ?

Soudain, des rires. Puis d'autres. Tout autour d'elle, des milliers de rires. Une armée de rires infantiles. Menaçants. Insolents.

Anaïd se leva d'un bond. Qui se cachait dans l'ombre ?

— Il y a quelqu'un ? demanda-t-elle d'une voix forte.

— Moi. Je suis là. Et toi ?

— Moi aussi.

— Où es-tu ?

— Je suis là.

— Moi, je ne sais pas où je suis.

Et de nouveau des rires moqueurs. Mais Anaïd ne se laissa pas effrayer. Chaque voix appartenait forcément à quelqu'un ; elle devait donc essayer de découvrir à qui. Elle entra sous le couvert des arbres et se mit à chercher. Elle regardait de tous côtés, écartant les feuilles mortes sur le sol, fouillant entre les racines des chênes et soulevant les pierres. Et elle trouva. Il y en avait des centaines, des milliers, grouillant partout comme des fourmis. Les lutins des bois, effrontés et minuscules – à peine quelques centimètres de haut – sortaient de leur cachette, riant aux dépens d'Anaïd.

Eh bien, elle ne se laisserait pas faire.

— C'est bon, je sais qui vous êtes. Pas la peine de vous cacher.

— C'est qu'elle est futée, cette enfant !

— Plus que futée, super futée !

— Tu es futée ?

— Ouh là, attention, il faut se méfier des gens trop futés !

Anaïd commençait à perdre patience. Si chacun de ses commentaires suscitait un tel chapelet d'idioties, elle préférait ne rien dire. Elle décida de tenter sa chance une dernière fois, mais il lui fallait une garantie. Elle s'accroupit, étendit rapidement le bras et réussit à attraper un petit homme espiègle qui tenait sans peine dans le creux formé par la paume de sa main. Elle referma les doigts autour de lui et le sentit se débattre, donner des coups de pied, des coups de poing et même des coups de dent acharnés. Puis il finit par se calmer. Anaïd dit à voix basse :

— Je cherche Séléné.

Et ses paroles, prononcées d'une voix à peine audible pour l'oreille humaine, firent le tour de la forêt en un clin d'œil.

— Elle cherche Séléné.

— La belle enfant cherche Séléné.

— Elle est futée la petite qui veut trouver Séléné.

— Où est Séléné ?

— Au lac.

— Dans la cabane.

— Dans la grotte.

Anaïd tenta de respirer calmement pour se calmer, en vain. Furieuse, elle se mit à crier :

— Silence !

Cependant, personne ne songea à lui obéir, et les remarques stupides à propos de Séléné bourdonnaient sans fin sous les chênes. Jusqu'à ce que, depuis la cime d'un arbre, un rouge-gorge lui lançât :

— Attention avec la comtesse, petite.

— La comtesse ? Qui est la comtesse ? demanda Anaïd.

Et à nouveau, autour d'elle, se propagèrent des centaines de réflexions complètement idiotes.

— La petite ne sait pas qui est la comtesse.

— Si la comtesse trouve la petite, elle saura qui est la comtesse.

— Séléné, elle, connaît bien la comtesse.

— Elle dort, la comtesse ?

— Ouh là, tu te rends compte, si la petite réveille la comtesse !

Anaïd commençait à perdre espoir. Elle ne pouvait pas rester là entourée de lutins imbéciles. Elle décida de s'éloigner de la clairière. Si, comme elle le supposait, elle se trouvait dans un monde parallèle au monde réel, elle arriverait bientôt chez elle. Elle suivit donc le vieux sentier. Le lutin prisonnier se débattait de plus belle, complètement enragé, mais Anaïd aussi était folle de rage, et elle ne lui accordait pas la moindre attention.

Finalement, après avoir marché longtemps, elle comprit que ses suppositions étaient fausses.

Le sentier s'arrêtait brusquement et, devant elle, se dressait une paroi rocheuse. Là où auraient dû commencer les premiers signes de civilisation, se terminait le monde opaque.

« Bon, pensa-t-elle, je vais retourner à la clairière et, de là, j'irai vers le lac. »

Elle fit demi-tour et… se perdit. Anaïd, qui connaissait la forêt comme sa poche, découvrit que la rivière était mobile. Elle s'en rendit compte après être passée trois fois au même endroit. C'était désespérant. Elle décida d'avancer en cercles, parce que même lorsqu'elle progressait en ligne droite, le cours de la rivière aussi se déplaçait et croisait continuellement son chemin.

C'est alors qu'elle comprit la différence entre le monde opaque et le monde réel. Ici, rien n'était prévisible. La voûte céleste n'existait même pas. Le firmament était une sorte de voile gris suspendu au-dessus de leurs têtes. Sans étoiles, sans lune, sans soleil. Sans rien.

Elle ne trouverait jamais Séléné.

Elle ne réussirait jamais à retourner dans son monde.

Elle s'assit sur une pierre et se mit à pleurer à chaudes larmes. Dans son désespoir, elle desserra le poing et laissa échapper le lutin. Mais celui-ci ne se sauva pas. Il restait là, à fixer le sol où tombaient les larmes salées d'Anaïd et d'où avait surgi un poisson sans écailles, enterré là depuis des temps immémoriaux, frétillant sur la boue fraîche.

— Oh, c'est ça, quelle merveille ! Pleure, pleure encore. Comme elles sont salées et fertiles, tes larmes ! Il était temps ; j'attends ce moment depuis que la mer s'est retirée.

Mais le lutin ne semblait apprécier ni ses paroles, ni sa venue.

— Retourne d'où tu viens, immonde bestiole.

— Sûrement pas.

Alors le lutin regarda Anaïd et lui dit d'un ton sec :

— Arrête de pleurer, petite futée.

Mais Anaïd avait perdu espoir, et continuait à verser d'énormes larmes qui s'écrasaient sur le sol.

— C'est bon. Je t'emmène voir Séléné, lâcha le lutin à contrecœur.

Les larmes d'Anaïd se tarirent brusquement.

— C'est vrai ?

Le poisson sans écailles protesta.

— Ne crois pas ce qu'il te raconte ! Séléné est morte. Tu ne la trouveras jamais.

Anaïd sourit :

— Menteur. Allez, on s'en va.

Et elle souleva le lutin, qui tira la langue au poisson.

Anaïd se sentait rassérénée. Peut-être ses pleurs l'avaient-ils aidée à se calmer. Mais elle se méfiait toujours du lutin.

— Où va-t-on ?

— Au lac. Mais moi, si j'étais toi, je n'irais pas.

— Pour quelle raison ?

— Tu ne vas pas te remettre à pleurer ?

— Bon, ça vient, oui ?

— Séléné veut te faire disparaître.

— Ce n'est pas vrai ! cria Anaïd, furieuse.

À ce moment précis, le petit homme sauta à terre et disparut dans les racines noueuses d'un chêne. Anaïd pesta, tenta de rester calme et de s'orienter. Elle devait trouver le lac.

— Miaouu.

Anaïd s'immobilisa. Il lui avait semblé entendre...

— Miaouu.

Aucun doute, il s'agissait d'Apollon, de son petit Apollon, son chaton adoré.

— Apollon, c'est Anaïd, lança-t-elle sans prêter attention aux échos moqueurs qui surgissaient des sous-bois.

Et le chaton bondit devant elle. Exactement semblable au jour où il était tombé dans l'abîme. Le chaton sauta sur elle, la léchant de sa petite langue rugueuse. Après de longues caresses et des miaulements attendris, Anaïd miaula le nom de Séléné d'un air interrogatif, et Apollon lui fit signe de venir.

Enfin.

Anaïd le suivit. Sa montre indiquait minuit mais... Déjà cinq heures qu'elle avait quitté la clairière ? Elle n'avait ni sommeil, ni faim, ni soif. Quel monde curieux ! Dès qu'elle retrouverait Séléné, elles devraient fuir. Le premier rayon de soleil de l'aube apparaissait vers sept heures. Elles devaient absolument se trouver dans la clairière à ce moment-là.

Apollon la précédait en jouant et s'arrêta brusquement au détour d'un chemin, près de la rivière, distrait par un galet qui avait roulé jusqu'à lui. Une voix féminine se fit entendre.

— Apollon, allez. Apollon, ramasse le caillou et apporte-le-moi.

Une deuxième voix ajouta :

— Ce n'est pas un chien, c'est un chat.

— Ici, il n'y a pas de chiens. J'aimerais mieux avoir un chien, mais Apollon peut ramasser le caillou dans sa gueule, non ? Hein, mon joli chaton ?

Anaïd se dit que les voix n'étaient pas hostiles et avança d'un pas. Deux jeunes filles aux longs cheveux se baignaient dans la rivière.

— Anaïd !

— Bonjour, Anaïd.

— Tu cherches Séléné ?

— Séléné t'attend ?

Anaïd était stupéfaite. Comment ces deux belles jeunes filles connaissaient-elles son nom ?

— Comment pouvez-vous savoir tant de choses ? demanda-t-elle.

— Grâce aux voix de la forêt.

— Nous sommes toujours attentives à ce qui se passe.

— Les voix parlaient de toi et de Séléné.

— Tu connais Séléné ?

Anaïd hésita, ne sachant à laquelle répondre. Les deux jeunes filles chuchotèrent entre elles.

— Elle ne sait pas, fit l'une d'elles.

— C'est son amie, ou son ennemie ? demanda l'autre comme une enfant.

Anaïd finit par répondre.

— C'est ma mère.

Silence et fous rires. Les jeunes filles bavardaient entre elles, n'accordant pas la moindre attention à Anaïd.

— Je te l'avais bien dit.

— Elle est vieille.

— Et elle se croit belle.

Soudain, l'une des deux redressa la tête en secouant sa longue chevelure.

— Anaïd, dis-moi. Suis-je belle ?

L'autre se redressa également en souriant.

— Elle a la peau flétrie, ne la regarde pas, regarde-moi.

Anaïd les regardait à tour de rôle. Elles étaient jeunes, sveltes, vêtues de gazes translucides et leur longue chevelure était parsemée de fleurs.

— Vous êtes très belles toutes les deux.

— Plus belles que Séléné ?

— Vous êtes différentes, elle n'est pas comme vous…

— Je te l'avais dit, Séléné n'est pas une anjana comme nous. Et toi ? Tu es une anjana ?

— Je suis une sorcière.

Bouche bée, elles restèrent un instant à la fixer de leurs grands yeux effrayés, puis plongèrent sans un mot au plus profond de la rivière.

— Revenez. Je suis une Omar. Je ne suis pas une Odish, je ne vous ferai pas de mal.

Mais les anjanas étaient déjà loin.

Anaïd continua son chemin derrière Apollon, suivant le cours de la rivière, jusqu'à ce qu'elle débouchât sur l'étroite vallée glaciaire et le lac entouré de hautes cimes.

Apollon miaula en lui montrant le paysage grandiose. Et malgré sa tristesse, Anaïd sentit son cœur bondir dans sa poitrine. C'était son lac.

Au même moment, une deuxième arrivée faisait grand bruit, semant à nouveau la pagaille parmi les lutins farceurs de la forêt.

— Toi aussi tu cherches Séléné ?

— Et toi, tu es futée ?

— Aussi futée qu'Anaïd ?

— Tu n'es pas venue avec le rayon de soleil.

— Comment es-tu arrivée jusqu'ici ?

Une voix glaciale les fit sursauter.

— Taisez-vous ! Elle est mon invitée. Elle se nomme Chriselda, et c'est moi qui l'ai amenée jusqu'ici. Je ne veux plus entendre un mot. C'est compris ?

Les petits hommes avaient fort bien compris et s'étaient tus immédiatement. Ils la craignaient comme la peste et lui obéissaient aveuglément. Il s'agissait de Salma.

Chriselda regarda autour d'elle avec précaution et consulta sa montre.

— Alors ? Où est Séléné ?

Salma fit un geste vague.

— Le monde opaque est imprédictible. Elle viendra jusqu'à nous.

Mais Chriselda ne l'entendait pas de cette oreille.

— On ne peut pas attendre. Séléné est dangereuse et la petite est à sa recherche.

— Tu veux arriver avant la gamine ? Elle se défend bien, regarde ma main.

Chriselda regarda la main de Salma du coin de l'œil, mais resta sur ses positions.

— C'est ça, le pacte. Moi, je m'occupe de Séléné, et toi, tu oublies Anaïd.

Salma se tut pendant quelques instants, puis reprit

— Il y a autre chose.

Chriselda soupira.

— C'est bien ce que je pensais. C'est toi qui es venue me chercher et tu ne l'as pas fait par bonté d'âme. Que veux-tu, Salma ?

— Le sceptre du pouvoir m'appartient.

Chriselda répliqua aussitôt :

— C'est absurde. Le sceptre du pouvoir ne peut être utilisé que par l'élue.

Salma ébaucha un sourire.

— Je ne crois pas vraiment en la prophétie, mais le pouvoir du sceptre existe, je le sens.

Chriselda ne céda pas d'un pouce.

— Le marché était clair. On ne va rien y changer. Si l'élue meurt avant que ne se produise la conjonction, vous ne serez pas détruites, et nous non plus.

Salma s'empressa d'acquiescer.

— Bien sûr.

Chriselda ajouta :

— Et dans ce cas, le sceptre devra disparaître.

Soudain, Salma porta la main à sa bouche et fit signe à Chriselda de se taire.

La voix de la comtesse résonnait depuis les ténèbres de la grotte.

— Salma, je sais que tu es là avec une Omar. Elle est pour moi ? Elle est jeune ?

Salma fit encore signe à Chriselda de ne pas répondre. Elle sortit son atamé et le brandit vigoureusement.

— Par les puissances obscures du monde opaque, je t'ordonne, comtesse, de t'assoupir et de rester endormie jusqu'à ce que le sceptre de la mère O te sorte de ton sommeil en t'imposant l'oubli.

Et pendant que Salma prononçait la formule avec la force du sang qu'elle avait consommé, les troncs des chênes centenaires s'inclinèrent, les branches ployèrent dans de sinistres craquements, et de violentes bourrasques faillirent emporter Chriselda. Sous la violence du vent, la sorcière Omar dut fermer les yeux et prier pour que la trahison de Salma et son puissant sortilège n'entraînent pas leur fin.

Mais Chriselda n'était pas au bout de ses peines.

CHAPITRE XXXI

L'élue

Disséminées sur les rives du lac, de magnifiques jeunes femmes peignaient leur longue chevelure, contemplant leur reflet dans les eaux paisibles.

Anaïd sentit son sang se glacer dans ses veines. Son instinct lui soufflait que l'une d'entre elles était Séléné.

Mais laquelle ? Impossible de distinguer ses cheveux roux flamboyants. La lumière neutre du monde opaque supprimait les couleurs et les contrastes. Anaïd s'avança lentement, dévisageant chaque créature et demandant à voix basse :

— Séléné ? Tu as vu Séléné ?

Les anjanas répondaient du bout des lèvres, de façon évasive, tout en continuant leur toilette et leur bain. Et puis soudain elle l'aperçut.

Agenouillée près du bord, le regard perdu dans le vague, elle peignait ses longs cheveux en chantant une vieille chanson. Une chanson qu'Anaïd se rappelait avoir entendue lorsqu'elle était enfant. C'était elle, sa mère. Séléné.

— Maman !!! cria Anaïd en se jetant dans ses bras.

Mais Séléné se replia sur elle-même, les bras serrés autour de son corps, l'air effrayé.

— C'est moi, maman, c'est Anaïd, s'il te plaît, insista la jeune fille, implorante.

Séléné avait le regard vide, égaré, de celles qui ont erré longtemps sans jamais retrouver leur chemin. Ses yeux semblaient traverser la surface du lac et regarder au fond.

— Il est tombé, je l'ai perdu, je n'arrive pas à l'attraper. Personne ne m'aide, je veux que quelqu'un m'aide.

Anaïd suivit son regard et distingua une sorte de branche dorée reposant tout au fond, à moitié dissimulée par les joncs et la vase. Le lac était profond et ses eaux tellement froides que personne n'aurait pu survivre à un plongeon dans les profondeurs glacées. Non. Il était impensable de récupérer l'objet que réclamait Séléné.

— Je suis venue te chercher, allons-nous-en, murmura Anaïd en prenant la main de sa mère.

— Laisse-moi, je ne partirai pas sans mon sceptre, fit Séléné en la repoussant.

Et elle fouilla des yeux les eaux noires, tournant le dos à Anaïd. Les anjanas se mirent à rire doucement.

— Séléné veut son sceptre pour être la plus belle de toutes.

— Et la plus puissante.

— Pour en terminer avec les Tsinoulis.

— Silence ! rugit Séléné d'une voix emplie de haine.

Un frisson secoua Anaïd des pieds à la tête. La voix de sa mère avait changé. Elle avait un son métallique, froid et… effrayant.

— Maman, fit encore Anaïd.

Elle ne reconnaissait pas sa mère, mais elle ne renoncerait pas si près du but.

— Que veux-tu ?

— Toi, maman. Je veux que tu viennes avec moi, parce que je t'aime.

Séléné se tourna brusquement, comme un serpent sur le point de mordre sa proie, son visage touchant presque celui de sa fille.

— Si tu m'aimes, si tu m'aimes pour de vrai, rends-moi mon sceptre.

Anaïd regarda les eaux sombres du lac, puis commença à se déshabiller lentement, laissant ses vêtements tomber un à un sur la rive.

— Ne fais pas ça, écervelée, il te détruira.

— Ne lui rends pas le sceptre, c'est la seule chose qui l'intéresse.

Mais cette fois-ci, ce fut Anaïd qui leur ordonna de se taire.

— Silence !

Puis elle se tourna vers Séléné et lui demanda :

— Si je te rends ton sceptre, tu viendras avec moi ?

Séléné la regarda sans la voir.

Anaïd monta sur un rocher qui surplombait le lac, inspira l'air à pleins poumons et plongea. Les eaux du lac se troublèrent un instant, et Anaïd disparut.

Tout à coup, Séléné étendit les bras vers le lac.

— Anaïd, Anaïd, reviens ! Anaïd, Anaïd…

Une lueur de panique s'alluma dans son regard. Elle sortait de sa torpeur et l'horreur la pénétrait peu à peu.

Les anjanas semblaient se divertir, indifférentes à son angoisse.

— Le lac a englouti Anaïd.

— Le lac a avalé sa proie.

— Le lac ne rend jamais ses victimes.

— Leurs cheveux restent accrochés dans les joncs.

— Elles ne reviennent jamais des profondeurs glacées.

Séléné recouvrait peu à peu la mémoire et cherchait Anaïd à la surface des eaux. Impossible de calculer le temps qui s'était écoulé depuis qu'elle avait plongé. Séléné prit le T-shirt que sa fille avait laissé tout près d'elle et y enfouit son visage. Puis elle leva les yeux vers le ciel et lança un hurlement de douleur, le hurlement d'une louve. Et c'est alors qu'une énorme truite au regard brillant d'intelligence fit surface, tenant le sceptre dans sa bouche. Séléné, hésitante, tendit la main et s'en saisit. La truite, d'un bond puissant, sauta hors de l'eau et retomba sur les genoux de Séléné. Ses nageoires battaient l'air convulsivement. Elle étouffait, et Séléné ne savait comment l'aider. C'était Anaïd.

— Ma chérie, mon amour, mon Anaïd… reviens, mon petit cœur, Séléné te chantera ta chanson et te bercera entre ses bras.

Et Séléné la serra dans ses bras, la berça longuement, lui fredonnant la chanson, tandis que cessaient les convulsions, que les nageoires se transformaient en longues jambes et bras maigres, et que les écailles faisaient place à la peau bleuie de froid d'Anaïd.

— Anaïd ?

— Oui, c'est moi, murmura la jeune fille d'une voix à peine audible, épuisée par l'effort surhumain qu'elle venait d'accomplir.

Séléné l'étreignit avec force. Elle avait repris conscience, et les souvenirs de sa vie d'antan lui revenaient lentement.

— Anaïd, ma petite fille.

— Maman, répondit Anaïd en tremblant de froid, se blottissant dans la tiédeur des bras maternels.

Et la chaleur de cette étreinte eut raison des dernières bribes d'indifférence qui avaient obscurci la raison de Séléné.

— Que fais-tu ici ? Comment es-tu venue ?

Anaïd jeta un coup d'œil à sa montre. Il n'y avait pas de temps à perdre.

— J'ai chevauché le dernier rayon de soleil et nous devons repartir à l'aube avec le premier. Viens.

Mais Séléné ne l'écoutait pas. Ses yeux s'arrêtèrent sur le sceptre qu'elle avait laissé choir sur les cailloux. Elle le ramassa, le sécha sur sa robe et le brandit devant elle.

— La prophétie.

Anaïd ne comprenait pas.

— La prophétie est en train de s'accomplir, murmura à nouveau Séléné.

Elle palpa le sac de cuir que sa fille portait autour de son cou, en retira l'atamé en pierre de lune et proclama :

— Elle chevauchera le soleil et brandira la lune.

Et Anaïd commença à comprendre. Séléné ouvrit le médaillon que sa fille avait emporté et sourit en regardant la photo de la petite Anaïd potelée.

— Ma fille. Je ne pouvais rien conserver de toi, et je voulais tellement t'avoir avec moi…

Anaïd était secouée de tremblements violents.

— Maman, tu es venue ici de ta propre volonté ?

— En effet.

— Et tu n'as pas essayé de résister aux Odish ?

— Non, je voulais les éloigner de toi.

Anaïd avait peur de comprendre.

— Pourquoi ?

— Pour les distraire. Je leur ai fait croire que j'étais tentée par leur vie facile. Alors, elles n'ont vu que moi et se sont éloignées de la véritable élue.

— Mais… alors… tu n'es pas l'élue ?

Séléné ne répondit pas tout de suite, fixant sa fille d'un regard ému.

— Tu n'as donc pas compris ?

Un frisson plus violent secoua Anaïd.

— L'élue, c'est toi, mon amour.

— Non, c'est impossible, fit Anaïd, terrifiée.

Puis Séléné récita la prophétie d'O d'une voix mélodieuse.

Un jour l'élue apparaîtra, la descendante d'Om
à la chevelure de feu,
maîtresse des flots et des cieux,
un hurlement dans la gorge
et la mort dans les yeux.

Elle chevauchera le soleil
et brandira la lune.

Anaïd l'écoutait en silence. C'était impossible. Séléné se trompait.

— Anaïd, tu peux voir les esprits des morts et tu comprends le langage des animaux. Tu es l'élue. Je l'ai su quand tu étais très jeune. Une comète a annoncé ta naissance.

Mais Anaïd refusait encore d'y croire. D'ailleurs, elle n'avait pas cette chevelure de feu. À moins que… Séléné devina ses pensées, et ouvrit le médaillon où s'enroulait la mèche de cheveux roux.

— Ce sont tes cheveux, Anaïd. Je te les ai coupés quand tu étais petite.

— Ce n'est pas possible, s'obstina Anaïd.

Mais Séléné expliqua :

— J'ai toujours teint tes cheveux et les miens. Tes racines sont rousses maintenant.

Et Anaïd admit enfin la vérité. Elle comprit la stupeur d'Héléna en la voyant avec les cheveux propres.

— Alors, alors… tu les as trompées exprès.

— Déméter et moi avons décidé de te protéger en leur faisant croire que j'étais l'élue. La comète que les Odish avaient repérée est apparue il y a quinze ans, lorsque tu es née.

Anaïd se sentait près de défaillir.

— Tu t'es laissé prendre au piège pour moi ?

Séléné pressentit qu'Anaïd était sur le point de s'effondrer.

— Anaïd, regarde ta montre. Ici, le temps ne passe pas. Tu dois y aller. Je protégerai ta fuite. Habille-toi.

Et pendant qu'elle s'habillait, Anaïd suppliait sa mère de venir avec elle.

— Je suis venue te chercher et je repartirai avec toi.

Séléné répondit tristement :

— Non, Anaïd, c'est impossible. Aucune Omar n'a jamais pu sortir d'ici. Nous vivons pour toujours près du lac, nous perdons la mémoire et la raison. Cette fois-ci, je me suis laissé attraper pour ne pas penser, pour ne plus souffrir. Je croyais que tu n'arriverais jamais jusqu'ici. Elles voulaient que je te tue.

— Moi ?

— La comtesse a des soupçons. C'est pour ça que j'ai emporté le sceptre, et c'est pour ça que je l'ai lancé dans le lac. Mais Salma est extrêmement dangereuse et elle ne te pardonnera jamais de lui avoir amputé un doigt. Fuis, Anaïd. Cache-toi jusqu'à ce que tu te sentes prête à gouverner avec le sceptre du pouvoir. La conjonction ne s'est pas encore produite, tu as encore le temps.

Le sceptre brillait dans toute sa splendeur. Anaïd tendit la main pour s'en saisir, mais Séléné l'en empêcha.

— Ne le touche pas !

— Pourquoi ?

— C'est le sceptre d'O. Sa puissance est immense. Salma l'a tenu dans sa main et s'est rebellée contre la comtesse, pour le garder ; et moi je suis devenue folle.

— D'accord, je ne le toucherai pas, mais viens avec moi. Quelqu'un doit le tenir. Ce sera toi.

— Non, Anaïd, je resterai ici. Je serai belle à tout jamais. Quand tu auras de la peine, tu viendras au lac pour me voir. Tu me verras sous les eaux, et je te sourirai.

— Si tu ne viens pas, je resterai ici. Je brosserai mes cheveux, et je charmerai les hommes qui passent près du lac. Moi aussi, je deviendrai folle, lança Anaïd d'un ton catégorique.

Séléné était désespérée.

— C'est impossible. Tu as déjà accompli un long voyage. Ta place est dans le monde réel, auprès des autres Omar. Tu es l'élue, Anaïd, et un jour tu devras accomplir la prophétie, tu comprends ?

— Je suis venue te chercher, répéta Anaïd, et je ne partirai pas sans toi.

Séléné savait qu'Anaïd était aussi entêtée qu'elle. Alors, elle se leva.

— Tu as gagné. Je pars avec toi.

Anaïd regarda sa montre. Il leur restait deux heures. Arriveraient-elles à temps ?

Avec l'aide de Séléné, le retour fut plus rapide. Séléné connaissait les sentiers du monde opaque et ne se laissait pas affecter par les réflexions acerbes des anjanas ou les cris insolents des lutins. Séléné avait retrouvé la raison et plus rien de ce monde absurde ne pouvait l'impressionner. Et Anaïd se sentait plus légère maintenant qu'elle savait que les soupçons qui pesaient sur Séléné étaient calomnieux.

Une louve n'abandonne jamais sa portée, mais Séléné avait agi avec la ruse de la renarde qui éloigne les chasseurs de ses petits en leur servant d'appât. Séléné avait trahi l'esprit de son clan pour mieux tromper les

Odish. Toutes, Omar et Odish confondues, avaient cru en sa condition d'élue. Séléné avait interprété magistralement son rôle en attirant tous les regards sur elle et en cachant, derrière son personnage de rousse provocatrice, la petite et quelconque Anaïd, sorcière sans pouvoirs.

Mais rien ne s'était déroulé comme prévu. Les Odish l'avaient séquestrée avant qu'elle pût mettre Anaïd à l'abri chez Valeria. Et elle avait cru voir échouer sa stratégie, bâtie pendant de longues années avec l'aide de sa mère, Déméter.

Et pourtant, après sa disparition, le destin d'Anaïd s'était accompli peu à peu, inexorablement, presque mathématiquement.

Tandis qu'elles se hâtaient vers la clairière, Séléné retrouva l'espoir et l'envie de vivre, insufflés par la foi et l'amour d'Anaïd. Mais elle lui avait aussi redonné la mémoire et la crainte. Et plus elles approchaient de la clairière, plus elle avait peur.

— Elles savent que tu es là. Elles nous attendent. Elles essayeront de te retenir, murmura-t-elle.

Anaïd aussi pressentait le danger. Elles disposaient d'une heure à peine.

— Anaïd, mon cœur, je savais que tu viendrais.

Anaïd et Séléné s'immobilisèrent, paralysées par la surprise. Devant elles, leur fermant le passage, se tenait la charmante et douce Christine Olaf.

— Comme je suis contente de te voir saine et sauve ; et comme tu es jolie ! J'ai eu tellement peur pour toi. Séléné n'aurait jamais cru que tu pourrais l'éclipser, mais c'est pourtant le cas. Tu es plus grande que ta mère, Anaïd, plus mince, plus jeune, plus belle, et tu as le pouvoir de l'élue.

Séléné, d'une pâleur mortelle, dit à Anaïd :

— Ne l'écoute pas, ne crois pas une parole de ce qu'elle te dit.

Le rire cristallin de Christine résonna dans les bois.

— Tu ne lui as rien expliqué, Séléné ? Tu sais que je l'aime autant que toi et que je ne lui veux aucun mal. Tu ne lui as donc rien révélé ?

Séléné fit un pas en avant.

— Si tu l'aimes vraiment, laisse-nous passer.

— Ah non, Anaïd m'appartient autant qu'à toi, Séléné. Tu m'as trompée une fois, mais tu ne me tromperas plus jamais.

Séléné se dressa de toute sa hauteur et avança vers Christine Olaf. Ses yeux de braise lançaient des éclairs.

— Écarte-toi, rugit Séléné.

Mais la fragilité de Christine n'était qu'apparente. La douce voix avait le tranchant de l'acier et cachait un pouvoir infiniment supérieur à celui de Séléné. Le pouvoir octroyé par les millénaires et l'immortalité.

— Non, ma chère, je ne m'écarterai pas et je ne vous laisserai pas partir. Nous la partagerons toi et moi, comme une famille. Anaïd, souviens-toi, est-ce que je ne t'ai pas consolée ? Je t'ai traitée comme ma fille. Est-ce que je t'ai déjà fait du mal ? J'ai veillé sur toi à Taormine, j'ai surveillé la maison et empêché Salma de t'approcher. J'étais dans ton armoire sous la forme d'une chatte. Dis-le à Séléné. Elle ne me croit pas.

Anaïd ne savait plus que penser. Mme Olaf lui embrouillait l'esprit. Elle disait pourtant la vérité et puis… Séléné et elle paraissaient être de vieilles connaissances. Mais pourquoi Mme Olaf aurait-elle eu des droits sur elle ?

Séléné la prit par l'épaule.

— Ne l'écoute pas, Anaïd. Elle ment. Fuis, Anaïd, le rayon va apparaître. Ne reste pas ici, sors de ce piège.

Anaïd hésita quelques secondes, puis se tourna vers Christine, la regardant dans les yeux.

— Je te crois, mais laisse-nous partir.

Christine Olaf cligna des yeux. L'espace d'un instant, Anaïd crut voir une larme briller sous sa paupière. Était-ce possible ? Il lui sembla que ses lèvres tremblaient ; ou était-ce le fruit de son imagination ?

— Tu me crois ?

Séléné lui prit la main.

— Assez, Anaïd, ne la regarde pas dans les yeux, ne…

Mais Anaïd désobéit à sa mère, fixant Christine sans crainte.

— Laisse-nous partir.

— C'est ce que tu veux, Anaïd ?

— Oui.

— Alors, partez.

— Toutes les deux ? insista Anaïd.

— Oui, si c'est ce que tu veux.

Anaïd se jeta impulsivement dans les bras de Christine et sentit la force de son étreinte. Une étreinte pleine de tendresse, elle en était certaine. Elle l'embrassa sur la joue pour lui dire adieu.

Puis, sous ses yeux stupéfaits, Mme Olaf se métamorphosa en une gracieuse chatte blanche et disparut en quelques bonds.

Anaïd et Séléné arrivèrent à la clairière quelques minutes avant sept heures. Mais elles n'étaient pas seules.

Chriselda et Salma les y attendaient.

Salma leur offrit un sourire mielleux.

— Bienvenue, très chères. Nous commencions à croire que nous n'arriveriez jamais.

Chriselda, l'affectueuse tante Chriselda en compagnie de Salma ? Ça n'avait pas de sens. Que se passait-il donc ?

Anaïd et Séléné ne savaient laquelle était la plus dangereuse, la plus imprévisible.

— Accomplis ta mission sacrée, vieille Omar.

Chriselda sortit son atamé, regarda Séléné, puis Anaïd.

— Je ne peux pas faire ça devant la petite. Il faut qu'elle parte. Lorsqu'elle sera entrée dans le monde réel, j'accomplirai ma tâche.

Anaïd refusa.

— Je ne partirai pas sans ma mère.

Alors, Salma leva sa main amputée d'un doigt.

— Je m'occupe de la petite. J'ai une dette à régler avec elle. Toi, tu t'occupes de l'élue. La conjonction n'a pas encore eu lieu, tu peux la sacrifier, elle n'a aucune utilité, ni pour vous, ni pour nous.

Chriselda guettait la lumière qui filtrait à travers le feuillage. Elle cria soudain à Anaïd et Séléné :

— Fuyez !

Et avec une force et une agilité surprenantes étant donné son âge et sa corpulence, elle se lança contre Salma, son atamé en main.

Séléné hurla, et Anaïd n'eut pas le temps de comprendre ce qui se passait. Chriselda, au lieu d'honorer son serment et d'éliminer Séléné, s'en était prise à Salma. Anaïd voulut l'aider et brandit son atamé. Mais c'était déjà trop tard.

Chriselda s'était effondrée, terrassée par Salma, et gisait inconsciente.

Salma la contemplait, étonnée.

— Je ne comprendrai jamais les Omar, capables de se sacrifier les unes pour les autres de manière stupide.

— Il y a beaucoup de choses qui t'échappent, Salma, fit Séléné avec mépris. Peut-être est-ce toi qui es stupide. J'ai le sceptre. Éloigne-toi ou c'en est fini de toi.

Anaïd vit la lueur du premier rayon de soleil percer l'obscurité opaque. Séléné l'avait également aperçu.

— Vas-y, vite, ordonna-t-elle à sa fille.

Salma avançait vers Séléné, sa baguette tendue devant elle, et elle l'aurait certainement atteinte si Anaïd ne s'était pas multipliée en illusions d'optique pour l'atteindre avec son propre atamé en pierre de lune. L'arme invincible qu'elle avait forgée dans les profondeurs de la terre renvoya à Salma son propre maléfice, la blessant à l'épaule avec une telle force qu'elle hurla de douleur et lâcha sa baguette.

La douleur de Salma déclencha un orage. Les éclairs aveuglaient Anaïd et Séléné, et l'ombre autour d'elles se faisait plus épaisse. Le pouvoir de Salma se manifestait dans toute sa violence. Un poids terrible les oppressait, leur coupant la respiration. Séléné prit Anaïd dans ses bras pour la protéger, et Anaïd sentit le sceptre se presser contre elle et se glisser dans sa main, attiré par l'élue comme un aimant. Sans l'ombre d'une hésitation, elle le brandit au-dessus de Salma.

— Ô sceptre ! Détruis l'immortelle et renvoie-la au néant !

Ensuite tout se brouilla dans l'esprit d'Anaïd. Tout autour d'elle régnait le chaos. Plus tard, elle aurait le vague souvenir d'une terrible explosion et des bras de Séléné la traînant vers le rayon de soleil, lui enjoignant de partir seule ; puis le souvenir de Chriselda poussant Séléné et Apollon vers elle ; puis le souvenir d'elle et de sa mère dans les bras l'une de l'autre, chevauchant le premier rayon de l'aube, hors de ce monde intemporel, terne et gris, vers la clarté et la lumière.

Apollon, en touchant la terre, salua le soleil levant d'un long miaulement.

CHAPITRE XXXII

Le poids de la prophétie

Anaïd sanglotait contre Séléné. Elle était redevenue une enfant, une toute jeune enfant dans les bras de sa mère.

— Je l'ai vraiment éliminée ?

— Oui, mon amour. Salma s'est désintégrée.

— Alors ?

Séléné lui montra le ciel en tremblant.

— La conjonction des planètes vient de se produire. Tu les vois ? Elles sont toutes alignées. Mercure, Vénus, Mars, Jupiter, Saturne, et la Terre, la Lune et le Soleil... Maintenant, tu peux gouverner.

Anaïd contempla le phénomène en retenant sa respiration. C'était insolite et vraiment magnifique.

Elle se tourna vers sa mère.

— Et tante Chriselda, que va-t-elle devenir ?

Séléné, tout en lui caressant les cheveux, se mit à sourire.

— T'es-tu regardée dans un miroir dernièrement ?

Anaïd sécha ses larmes et fit signe que non. Un rayon de soleil vint se poser sur elle.

— La chevelure de feu, murmura Séléné d'une voix émue.

— C'est vrai ? Je suis rousse ?

— On va devoir te teindre immédiatement.

Mille pensées assaillaient Anaïd. Elle ajouta :

— Héléna s'en est rendu compte en me voyant, et je suppose que Karen aussi. C'est pour ça qu'elles ont prévenu Chriselda, et que Chriselda a accepté de jouer ce rôle avec Salma.

— C'est possible.

— Mais pourquoi Salma voulait-elle que ce soit Chriselda qui t'élimine ?

Séléné répondit sans hésiter :

— Pour se justifier devant la comtesse. Celle-ci n'aurait jamais permis à Salma d'éliminer l'élue. Or, elle a besoin d'elle pour survivre. Elle n'en a plus pour longtemps et seule l'élue détient la clef de son immortalité.

— Quelle clef ?

— Le sceptre du pouvoir qui lui permettrait d'exterminer les Omar.

Anaïd sentait la terreur monter en elle. Elle contemplait le sceptre au creux de sa main, étincelant sous le soleil matinal.

— Je ne sais même pas comment j'ai fait. J'ai prononcé les paroles que le sceptre m'a dictées.

Séléné réfléchissait.

— Déméter et moi, nous avons toujours gardé le secret sur ta nature d'élue. Personne n'est au courant ; mais peut-être que Valeria s'en doute.

Anaïd secoua la tête de droite à gauche.

— Non, elles étaient toutes convaincues que c'était toi. Elles croient toutes que tu es l'élue, sauf Gaya.

Séléné éclata de rire, se leva et dit d'un air malicieux :

— Chère Gaya, ça va lui faire plaisir de savoir qu'elle avait raison !

Anaïd se leva également.

— Je ne me sens pas prête.

— Je sais, Anaïd. C'est pour cette raison qu'il vaut mieux continuer à garder le secret et à nous cacher jusqu'à ce qu'il soit temps.

— Quand tu étais enfant, tu avais les cheveux bruns ?

— Oui.

— Alors, comment as-tu fait pour tromper Chriselda et les autres ?

— Quand tu es née, ta grand-mère et moi sommes venues vivre dans les Pyrénées, où personne ne nous connaissait. Déméter a fait courir le bruit qu'elle me cachait et que j'avais les cheveux teints depuis toujours, mais que ça n'avait plus d'importance puisque les Odish avaient découvert qui j'étais.

Anaïd soupira, émerveillée par les ocres, les rouges, les jaunes et les orange de l'automne. Comme ce monde était beau ! Quelle belle sensation que la faim ! Comme c'était bon d'avoir soif ! Et que dire de la fatigue !

— Pauvre tante Chriselda.

— J'ai survécu. On peut survivre au néant.

— Mais toi, tu es plus forte.

Séléné regarda sa fille, stupéfaite.

— C'est ce que tu crois vraiment ?

Anaïd en était convaincue.

— Tante Chriselda est un désastre ambulant, une horreur, elle n'a pas idée de…

Séléné éclata de rire.

— Elle ne te l'a pas dit ?

— Quoi ?

— C'est elle qui a succédé à Déméter. Elle a maintenu l'union des tribus. Elle a veillé sur toi et elle t'a protégée.

Anaïd était sidérée.

— Mais elle avait l'air tellement…

— Ne te fie pas aux apparences. Les Omar ne sont jamais ce qu'elles ont l'air d'être.

— Ni les Odish, murmura Anaïd qui pensait à Mme Olaf.

Mais Séléné ne l'écoutait déjà plus. Elle s'était mise à courir.

— Un, deux, trois ! La dernière arrivée prépare le petit déjeuner !

— Attends ! cria Anaïd. Tu dois m'expliquer pour Max !

La foule se bousculait dans les grands magasins. Anaïd n'avait jamais été aussi heureuse que cet après-midi en ville avec Séléné. Elles avaient toutes deux décidé de piller les boutiques.

— Je peux m'acheter ce pull, c'est vrai ? Comment pouvons-nous avoir autant d'argent ?

Séléné s'assura que personne ne pouvait les entendre.

— C'est un secret. J'ai été une Odish et voilà mon salaire.

— Mais si on dépense tout d'un coup, on sera à nouveau pauvres.

— Je suis dépensière, Anaïd ; c'est bien pour ça que je n'ai eu aucun mal à les convaincre que j'étais tentée. J'adore les bijoux et le champagne.

— Tu n'as pas eu peur ?

— Si. Énormément.

— Quel a été le moment le plus dur ?

— Lorsque j'ai fait croire à Salma que je saignais un bébé.

— Quelle horreur !

— Mais je dois reconnaître que j'ai eu quelques compensations. Et on ne se privera plus, tu peux en être sûre !

Elles quittèrent les magasins chargées de sacs. Soudain, Anaïd s'exclama :

— Marion !

Marion ne la reconnut pas tout de suite.

— Anaïd ?

Anaïd l'embrassa spontanément, comme si c'était une amie de toujours.

— Merci pour les vêtements que tu m'as prêtés. Ils étaient impeccables.

Marion ne savait que répondre.

— De rien… C'est vrai que tu t'en vas ?

— Oui. On part en voyage. Loin d'ici.

— Où ça ?

— Au nord, répondit Anaïd.

— Non, au sud, corrigea sa mère.

Anaïd haussa les épaules.

— En fait, on ne s'est pas encore mises d'accord.

Séléné rit de bon cœur et lui montra tous les sacs.

— Au cas où, on a acheté de tout.

— Ah, super, fit Marion, un peu étonnée.

Avant de les quitter, Marion fit une proposition inattendue.

— Tu veux sortir avec nous samedi ?

Anaïd réfléchit un instant.

— J'aurais bien aimé, mais j'ai déjà rendez-vous. De toute façon, avant de partir je ferai une fête.

— Une fête ? fit Séléné qui n'était pas au courant.

— Oui, une fête d'anniversaire. Tu es la bienvenue, Marion.

— Oh, merci, je... C'est dommage que tu ne sois pas venue à la mienne...

— Ce n'est pas grave. Il y aura tout le monde à ma fête, et aussi ma meilleure amie. Elle s'appelle Claudia.

— Claudia, trop cool.

Anaïd lui fit la bise.

— À bientôt, alors !

Marion ébaucha un sourire et tourna les talons. Séléné attrapa Anaïd par le bras et chuchota :

— Dis donc, on peut dire que tu l'as laissée sans voix.

— Tu sais, j'ai vraiment l'intention d'organiser une fête d'anniversaire où Claudia, ma meilleure amie, sera l'invitée d'honneur.

Séléné en resta bouche bée.

— Eh bien, j'ai l'impression que j'ai raté pas mal de choses.

Anaïd acquiesça.

— Oui, pas mal.

MÉMOIRES DE LÉTO

Je vais et je viens sur la sente de la vie. Aux sources, je fais halte pour m'abreuver d'eau fraîche et de paroles bienfaisantes. Les autres marcheurs sont mon seul vrai bonheur ; je suis avide de leurs paroles. Ils sont le phare qui éclaire ma route.

L'élue aussi a devant elle un long chemin de douleur et de sang, d'abnégation, de solitude et de remords ; mais le savoir n'apaise en rien ma souffrance.
Elle souffrira comme moi de la poussière du chemin, de la morsure du froid, de la brûlure du soleil. Pourtant, rien ne l'arrêtera.
J'aimerais lui épargner les larmes amères de la déception mais, hélas, je ne peux.
L'élue doit suivre sa route et se blesser sur les pierres du chemin placées là à dessein.
Je ne peux l'aider à supporter sa future amertume, ni adoucir des larmes n'ayant pas encore été versées.

C'est à elle de trouver le chemin.

À elle d'accomplir son destin.

CHAPITRE XXXIII

C'est une longue histoire

Les eaux froides du lac ondulaient sous la brise légère. Anaïd marchait sur la rive d'un pas sûr, et sans quitter des yeux la surface où se reflétait son image. Cette image que lui renvoyait le lac était étrange et agréable. Il lui semblait voir Séléné dans cette superbe adolescente à la grâce féline et aux longs cheveux. Mais elle espérait aussi trouver sous la surface un autre visage ; le visage aimé de Chriselda, captive du monde opaque.

Elle le découvrit enfin.

— Regarde, elle est là, fit Anaïd, émue.

Séléné s'agenouilla près d'elle. Elles contemplèrent Chriselda qui brossait sa longue et belle chevelure près de la rive. Elle avait l'air plus jeune, plus sereine, plus absente.

— Elle nous voit ? demanda Anaïd.

Séléné lui fit signe que oui.

— Elle sait que nous sommes là. Regarde.

Et le visage de Chriselda s'illumina d'un sourire paisible.

— Elle est heureuse ?

Séléné prit Anaïd dans ses bras.

— Tu es l'élue et tu es vivante. C'est ça le plus important.

— Elle n'a même pas vu à quel point j'ai changé.

— Si, elle le sait, elle te voit. Regarde-la et dis-lui que tu l'aimes.

Anaïd sourit à Chriselda, un sourire plein de promesses. Elle reviendrait. Elle ne l'oublierait pas.

Anaïd poussa un profond soupir.

— J'ai peur.

Séléné essaya de la réconforter.

— C'est naturel. Le pouvoir donne le vertige.

— Tu ne me laisseras jamais, n'est-ce pas ?

— C'est toi qui me laisseras.

— Moi ?

— C'est la loi de la nature, Anaïd.

— C'est ce que tu as fait ?

— Bien sûr.

— Et c'est à ce moment-là que tu as connu Christine Olaf ?

Séléné pâlit brusquement.

— C'est une longue histoire.

Anaïd s'en doutait déjà.

— Tu me la raconteras un jour ?

Séléné réfléchit quelques instants, puis répondit :

— Un jour, oui.

Soudain, Anaïd porta les mains à sa tête.

— Oh non !

Séléné prit peur.

— Qu'y a-t-il ?

— J'ai complètement oublié d'accomplir une promesse.

— Une promesse ?

— J'avais juré à la dame traîtresse et au chevalier sans courage que je les libérerais de la malédiction.

— Pardon ?

— Eh bien. Exactement ce que je viens de dire.

— Mais…

— C'est une longue histoire, coupa Anaïd d'un ton malicieux.

Séléné sourit et lui fit un clin d'œil.

— Tu me la raconteras un jour ?

Anaïd eut l'air de réfléchir quelques instants, puis répondit :

— Un jour, oui.

Découvrez

LE CLAN DE LA LOUVE

LIVRE II : Le désert de glace

Parution en décembre 2011

Cet ouvrage a été imprimé
par

FIRMIN-DIDOT

27650 Mesnil-sur-l'Estrée
N° d'impression : 105368
Dépôt légal : juin 2011

Imprimé en France

Cet ouvrage a été composé par
PCA – 44400 REZÉ

POCKET jeunesse

12, avenue d'Italie
75627 PARIS Cedex 13